KB272426

지워진 대한제국 황후

지워진 대한제국 황후

권현숙

기파랑

◎ 한성도성도

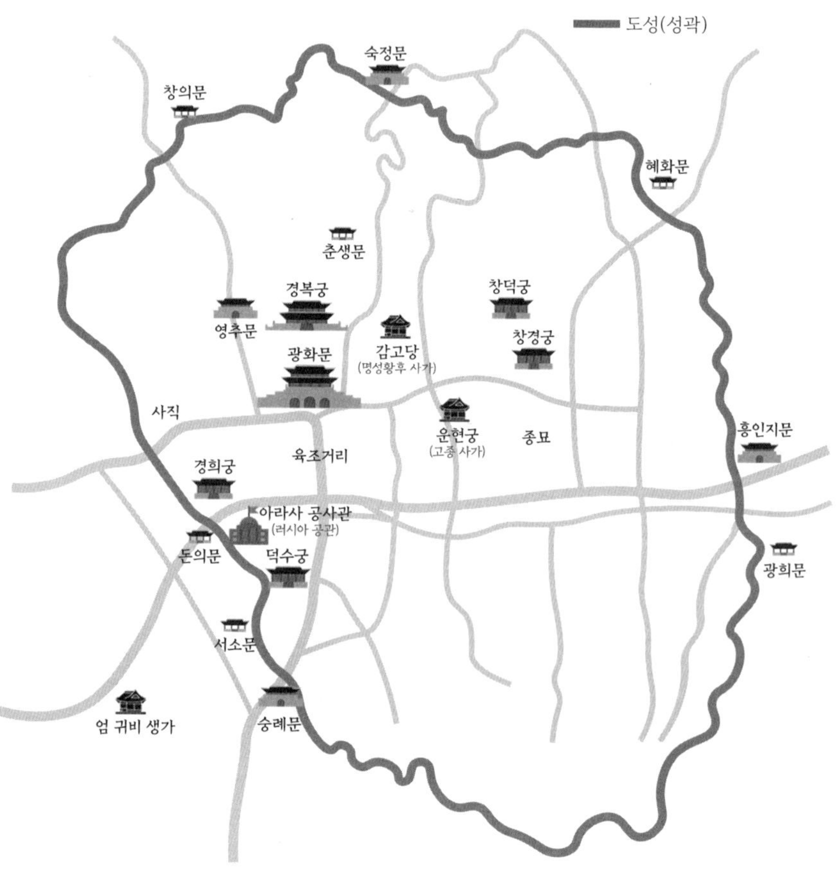

도성(성곽)
숙정문
창의문
혜화문
춘생문
경복궁
영추문
창덕궁
감고당
(명성황후 사가)
광화문
창경궁
사직
운현궁
(고종 사가)
종묘
흥인지문
육조거리
경희궁
아라사 공사관
(러시아 공관)
돈의문
덕수궁
광희문
서소문
엄 귀비 생가
숭례문

차례

가마 두 채, 대한제국을 열다

대한제국은 1897년 10월 12일부터 1910년 8월 29일까지 불과 13년 존속한 단명한 국호이다.

그러나 그 의미는 작지 않다. 유교의 나라 조선이 근대국가로 나아가는 개혁의 물꼬를 텄을 뿐 아니라 세계만방에 자주 독립국임을 선포한 이 땅의 첫 근대국가이기 때문이다.

대한제국 수립으로 이어지는 중요 계기가 된 아관파천은 지략에 뛰어난 엄 상궁의 공이 크다.

대한제국의 선포와 함께 피어나고 대한제국의 붕괴와 함께 묻혀버린 이름, 순헌황귀비.

이 책은 역사가 외면한, 식민사관이 삭제한 한 '숨겨진 인간'에 관한 이야기이다.

걸크러쉬 엄 상궁

보잘것없는 외모의 엄 상궁이 서른넷 늦은 나이에 승은 상궁이 될 줄은 아무도 몰랐다.

민 왕후(명성황후)에게 들켜 죽을 위기에 처했으나 고종이 달려와 간신히 목숨을 건진다.

궁에서 쫓겨난 십 년 도피 생활 동안 민초의 삶을 경험하고 무예도 익힌다.

을미사변 후 왕의 부름으로 복귀한 엄 상궁은 특유의 명민함과 대범함으로 권력을 쌓아간다.

마흔넷, 손자 볼 나이의 엄 상궁이 고종의 아드님 이은(영친왕)을 낳아 귀인으로 봉해지니 천하무적이다.

미모도 없이, 문벌의 후광도 없이, 미천한 일개 궁녀가 몸을 일으켜 대한제국 국모 황귀비에 오른다.

여성 교육의 선각자 황귀비

"국력이 약해진 이유는 민족의 무지에 있다. 여자도 교육을 받고 배워야 한다!"

황귀비는 여성 교육의 시급함을 깨닫고 우리나라 사람 손으로 민족사학 여학교와 남학교를 세운다.

황실 재산 내탕금을 내어 1906년 4월에 진명여학교를,

1906년 5월에 명신여학교(현 숙명여중고)를 창설한다. 그보다 앞서 1905년 4월에는 대한제국기 최초의 민족사학 양정의숙(현 양정중고)을 설립한다.

일제의 사립학교 말살 압력이 심해 황귀비는 황실의 이름을 내지 않는다.

오누이 학교로 불린 세 학교는 모두 황제의 승인 아래 황귀비가 하사한 토지와 하사품으로 운영되었다.

꿈꿀 수 없는 꿈을 이룬 황귀비 엄 씨

운명은 내게 세 번 손 내밀었다
여섯 살 한겨울에, 서른넷 늦가을에, 마흔넷 이른 봄에
생生의 고비마다 불쑥 들어온 그 손을 외면할 수도 있었어
그랬다면, 평생 다섯 살 겨울에 머물렀겠지
행복 없이 무미하게 불행 없이 안전하게

운명은 예고 없이 덮친다
나를 덮쳐온 운명의 손을 움켜잡았다
목숨을 담보로 요구하는 가차 없는 그 손을
운명은 그제야 내가 욕망하는 것들을 허락했다

권력, 재물, 보위…
그 어느 것에도 연緣이 닿지 않는 세 아이가 창덕궁에서
맞닥뜨린다
훗날, 고종이 될 가난한 종친 이하응의 둘째 아들 이李가
명복

훗날, 명성황후가 될 인현왕후 종가 홀어미의 외동딸 민閔
가 정호
훗날, 황귀비가 될 장사군 평민의 딸 엄嚴가 큰애
살아생전 옷깃 스칠 한 자락 인연도 없어 보이는 세 사람
이 부부의 연으로 얽힌다
운명은 이토록 엉뚱한 것이어늘...

1. 운명의 트라이앵글

밤새 쌓인 눈이 가죽신의 운두를 넘었다. 굽이 있고 목이 올라와 운두가 꽤 높은 남자 신발은 눈길을 걸어갈 딸을 생각한 아버지의 마음이었다. 어린 남자 신발이라고는 해도 여섯 살 큰애에게는 커서 솜버선을 겹쳐 신었다.

엄 가 큰애 입궁____여섯 살(만5세) 1859년 철종 10년

목화송이 같은 눈이 펑펑 내리는 길을 큰애는 작은 보따리 하나 가슴에 안고 이모 상궁님을 따라간다. 보따리 속에는 저 먹을 수저 한 벌, 요강 하나, 운혜雲鞋 한 죽이 들어있다. 왕실과 돈 많은 양반댁으로나 들어가는 비단신 운혜를 발이 작고 예쁜 큰애가 몰래 신어보곤 했었다.

큰애는 머리에 쓴 무명 수건을 벗어서 눈을 떨었다.

"궐 이모님. 이런 수건은 할머니들이나 쓰는 거예요. 안 쓸래요."

"수건 안 쓰면 귀가 얼어서 떨어져 나간다. 그리고 이모님

이라니. 상궁 마마님이라고 해야지. 궐에서는 이모 조카 사이
가 아니야. 이제부터 넌 내 제자고 궐이 네 집이다."

"그럼, 궐 이모님이 서당 스승님이세요?"

"또 이모님이라고 하면 종아리 맞을 줄 알아."

입에 약과를 넣어주며 머리 쓰다듬어주시던 그 이모님이
아니었다. 큰애는 '상궁 마마님, 상궁 마마님…' 중얼거리며
걸어가지만 좀처럼 입에 붙지 않는다. 앞서가는 상궁 마마님
조바위 위에도 눈이 소복이 쌓였다. 문안 들어가는 길이 이
리도 멀었던가. 온통 눈 덮인 하얀 길은 가도 가도 끝이 없고
어디가 어디인지 분간이 안 된다.

"이모, 아니 상궁 마마님. 여기가 어디예요?"

"황토현(현 광화문)만 넘으면 육조거리(현 광화문사거리)다. 이
제 다 와 간다."

'아버지 가게가 있던 육조거리로구나. 내가 심부름 다니던
길이야. 엄마가 문안 대감님댁 일 봐주고 얻어온 편육이 상
할까, 떡이 쉴까, 한걸음에 달려갔었지. 심부름 갈 때는 동생
을 업지 않아도 되니까 몸이 새처럼 가벼웠거든. 아버지는 매
일 보는 딸내미를 번쩍 안아 무릎에 앉히고, 엿장수가 지나
가면 호박엿을 사주고, 떡장수가 지나가면 쑥인절미를 사주
었지. 나는 아버지 무릎을 독차지하고 실컷 어리광을 부렸
어. 그때는 문안이 멀지 않았는데 오늘은 왜 이리 멀까.'

저만치 광화문이 보인다. 큰애는 아버지 가게였던 한 칸짜리 작은 그곳을 글썽한 눈으로 바라보았다. 이제 가게도 없이 우리 식구 어찌 살까. 신발가게가 왕왕 잘되지는 않았지만 밥을 굶지는 않았다. 가게 늘리려고 빚을 내어 갓신이며 운혜 당혜 같은 값비싼 물건들을 잔뜩 사들인 것이 화근이었다. 궁궐에도 세도가에도 연이 없던 아버지는 고리채를 견디지 못하고 결국 가게를 넘기고야 말았다. 아버지는 술이 늘었다. 엄마가 이웃에게 푼돈이나마 꾸는 것도 한계가 있었다.

큰애는 엄마와 상궁 마마님이 얘기하던 생각시 월봉을 떠올렸다.

백미 너 말에, 콩 한 말 닷 되에, 북어 열세 마리면 우리 다섯 식구 배는 곯지 않을 거야. 아니지, 내년에 태어날 넷째까지 치면 여섯 식구네. 아니야, 다섯 식구 맞아. 나는 이제 우리 집 식구가 아니라고 하셨어. 궐이 내 집이라고 하셨어. 큰애의 빨갛게 언 볼로 주르르 뜨거운 눈물이 흘러내렸다. 지난가을, 엄마가 늘 말하던 '궐에서 출세한 외가 쪽 상궁 언니'가 우리 집에 왔다.

"언니가 상궁 마마님에 올랐다는 소식은 들었수."
"그랬구먼."

큰애는 잠투정하는 동생을 업고 마당에서 서성이며 방안 얘기에 귀 기울이고 있었다.

‘그런 줄 알았어. 비단옷 입은 고운 아주머니가 우리 집 마당으로 척 들어설 때, 척 알아봤다니까.’

“그 젖먹이는 딸인가?”

“또 아들이에요. 돌재비가 어찌나 먹성이 좋은지 젖을 놓질 않아요. 내 얼굴이 꼭 비루먹은 말 같지요? 언니는 얼굴이 피었네. 좋은 일 있수?”

“좋은 일은 무슨…”

“대궐 밥이 좋은가. 꽃처럼 활짝 피었네. 시집갈 날 받아놓은 새색시 같아요.”

“아이구, 못할 소리가 없네.”

별것 아닌 농에 최 상궁은 얼굴을 붉히며 얼른 화제를 돌렸다.

“마당에 있는 저 창호지들은 무어야? 글이 쓰여 있던데 누가 썼나?”

“액막이 연이에요. 동네 사람들이 우리 큰애에게 써달라고 맡긴 거예요.”

“큰애? 그리 큰아들이 있어?”

“언니두 참, 큰아들이 어디 있어요. 들어오면서 봤잖우, 우리 큰애.”

자기 얘기가 나오자 큰애가 쫑긋 귀를 세웠다.

"그 아이가 글을 알아? 몇 살인데?"

"여섯 살이에요."

"예닐곱은 된 줄 알았네."

"애가 실팍해서 그리 보여요. 어려두 글을 배워 그런가, 나는 큰애 못 이겨요."

"글을 알어?"

"남들이 그래요. 하나를 배우면 열을 깨친다나 뭐라나."

"제부가 가르쳤나?"

"어디요. 아범은 언문이나 읽지요."

"그런데 어떻게?"

"그게 말이유, 언니. 윗동네에 다 쓰러져 가는 초가 서당이 있는데, 양반 부스러기라구 글줄이나 읽었나 봅디다. 큰애가 그 집엘 드나들기에 첨엔 말렸지요. 서당을 공으루 다니우? 하루는 큰애가 아범한테 암탉을 사달라고 조릅디다. 아범은 큰애라면 달도 따준다고 할 사람이에요. 정말 암탉을 세 마리나 사다 주더라구요. 식구 먹을 양식도 빠듯한데 그놈의 닭들이 을마나 먹어대는지. 아무튼 그래서 닭알을 낳기에 장에 내다 팔아야지 했더니 웬걸요, 큰애가 자기 닭이라고 손도 못 대게 하는 거예요. 그 닭알을 꼬박꼬박 선생에게 갖다 바치더니 언문도 떼구 하늘 천 따지두 떼구 동, 동…"

"동몽선습."

"맞아요, 그거. 서당 선생이 그럽디다. '공으로 가르칠 테니 보내기만 하시오' 그럼 뭐해요. 기집애 똑똑해봤자 벼슬을 하겠수, 장사를 하겠수."

"그래, 장사는 잘되구?"

"여름이 좀 가물었어요? 나막신은 한철 장산데 잔뜩 쌓여 있수."

"그 젖먹이까지 애가 셋인가?"

"내년이면 넷이유. 어려운 형편에 애는 왜 자꾸 들어서는지…"

방에서는 수다가 끊이지 않았다. 어른들은 무슨 할 얘기가 저리도 많을까. 큰애는 자꾸만 잠에서 깨는 동생을 달래어 다시 재우면서 손님이 가기를 기다렸다. 아이가 흘러내려서 무겁고 배도 고프다.

"나 다우, 큰애."

"아이가 똘망똘망하다구 언니가 여러 번 그랬지요."

"동생도 '그럽시다' 했구."

"농이었수."

"농이라니. 나는 여직 그 말 맘에 두고 있었는데."

"그게 말이유, 언니. 아범이 형편 어렵다구 자식 팔아먹느냐구…"

'나를 팔아먹는다고?'

큰애가 털썩 댓돌에 주저앉았다.

"마침 대비 마마께서 생각시 말씀이 있으셔서 급히 나왔어. 다른 상궁이 냉큼 제 일가붙이라도 들이는 날이면 나중에 궐에 들어와도 찬물에 손 담그는 세답방 신세를 면치 못하지. 그리될까 싶어 서둘렀네. 말 나온 김에 지금 당장 제부 가게루 가지."

"앉아요 언니. 가게는 벌써…엄 서방과 으논해 보구 기별 넣을게요."

"궐에서 나오기가 쉽지 않아."

"아범이 큰애를 여간 귀애하지 않아요. 그렇잖아두 한 번 입 뗐다가 큰애 대궐에 팔아먹으면 내쫓아버린다구 난리가 났었어요. 한다면 하는 사람이에요. 엄 서방 눈치 봐서 내 다시 잘 얘기해 볼게요."

'그럼 그렇지. 아버지가 나를 팔아먹을 리 없지.'

큰애는 얼굴 가득한 눈물을 쓱 닦았다.

"대비 마마께서 '가까이 두고 서책 읽어줄 아이 하나 없겠느냐' 명이 계셨어. 대비전 지밀로만 들어오면 평생 손에 물 묻힐 일 없지, 대비전 수라상 물림 받아 기름진 음식으로 배불리 먹지, 뜨끈한 온돌방에서 지내니 추운 걸 아나 배고픈 걸 아나. 내가 상궁으로 있으니 지밀 나인으로 들일 수 있는 게야. 이런 기회 흔치 않네.”

큰애가 자장자장 흔들던 몸을 딱 멈추었다. ‘궐 아주머니가 나를 서책 읽어줄 아이로 데려가려고 나왔구나. 그런 일이라면 난 얼마든지 할 수 있어.’ 큰애는 서책 읽어주는 아이라는 말이 마음에 들었다.

“궁에만 들어오면 제 몸 편하지, 본가 양식 걱정 덜지. 아기 나인 월봉두 제법 돼.”

“얼마나 주?”

“백미 너 말에 콩이 한 말 닷 되, 북어 열세 마리, 해마다 명주 무명 한 필씩, 솜도 열 근이나 받아. 그 물목들이 다 어디루 가겠나? 죄다 본가로 오지.”

큰애는 눈이 번쩍 뜨였다. 백미 너 말에 콩에 북어까지? 그깟 책 읽어주는 일에? 큰애가 벌컥 방문을 열었다.

“궐 아주머니. 저 책 읽어주는 아이 할래요! 언문책 한문책 다 읽을 수 있어요.”

“아가. 이런 일은 어른들끼리 의논해야 하는 일이라서...”

상궁의 말이 채 끝나기도 전에 큰애가 물었다.

“궐에도 서당 있어요?”

“서당? 비슷한 곳이 있긴 하지. 지밀 생각시는 공부를 아주 많이 해야 한단다.”

“저 할래요, 그 지밀 생각시.”

"지밀 생각시가 뭔줄은 알구?"

상궁과 엄마가 눈을 맞추며 웃었다.

"내 정신 좀 봐. 먹을 것 좀 가져왔네."

상궁이 비단 보자기를 풀었다.

"아이구, 나라님 드시는 귀한 걸. 큰애야 배고프지? 떡 먹어라."

큰애는 동글동글 납작납작 예쁘게도 생긴 떡들을 그림 보듯이 들여다보았다. 과연 나라님 드시는 떡은 무시루떡이나 쑥버무리하고는 생김새부터가 달랐다. 함지에는 기름종이에 싼 전과 편육, 약과와 사탕들이 붓붓하게 담겨있었다. 엄마가 문안 대갓집에서 얻어오는 잔치 음식이 최고인 줄 알았는데 아니었다. 나라님은 맨날맨날 요렇게 이쁜 잔치 음식을 드시나 보다.

큰애가 잠든 동생을 업은 채 약과 하나를 집었다.

"아기 내려놓고 편히 먹어라."

상궁이 아이를 받아 안았다. 그 바람에 잠이 깬 아이를 상궁이 다독다독 다독였다. 칭얼대는 아이를 들여다보는 상궁의 얼굴에 알 수 없는 그늘이 스친다. 상궁의 손길에 칭얼대던 아이가 스르르 잠이 들었다.

"큰애야, 엄마 외사촌 언니 되시는 상궁 마마님이시다. 네게는 외종...어떻게 되나...아무튼 이모님 되신다. 너 어릴 적에 이모님 몇 번 봤는데 생각 안 나지?”

“생각이 안 나지만 알아봤어.”

큰애가 상궁을 쳐다보며 대답했다.

“오호! 생각이 안 나는데 어찌 알아봤누?”

상궁이 눈을 가늘게 뜨고 큰애에게 물었다.

“엄마가 늘 그랬어요 궐에 높은 언니 있다구. 그리구 우리 동네에는 궐 아주머니처럼 비단옷 입은 아주머니는 없어요. 그러니까 아주머니가 궐에 있는 출세한 언니 맞지요?”

상궁도 엄마도 소리 내어 웃었다.

“언니, 내 말 좀 들어보우. 지난봄에 시주 다니는 스님이 와서 줄 건 없구 물이라도 드려야지 하는데 큰애를 한참 보더니 묻지 않은 말로 그럽디다. ‘관운이 들었다. 들어도 크게 들었다.’ 기집애한테 무슨 관운인가 웃어넘겼는데, 궁궐에서 나랏밥 먹으문 그게 관운이지, 안 그러우?”

“그 중이 용하구먼.”

상궁이 맞장구를 쳤다. 그러더니 문득 손에 끼고 있던 누런 쌍가락지 중에 하나를 빼어 동생 손에 쥐어주었다.

“아니 언니, 이 귀한 걸...”

“궐에 들어갈 때 어머니가 시집 보내는 셈 치고 해 주신 거야. 본래 쌍가락지야 남편 자식 거느린 여인네에게나 제격이지 홀몸인 나한테 가당키나 한가.”

"왜요, 언니만큼 출세한 여자가 어디 있어요. 나 이거 받아 두 되우?"

"맞나 끼워 봐."

"맞겠지요."

엄마는 재빨리 치마를 들추고 속곳 주머니 속에 금가락지를 넣어버렸다.

"우리가 준비할 건 뭐 없수?"

"아이 요강이랑 저 먹을 수저 한 벌, 솜이불 한 채, 그거면 돼."

상궁이 반지 하나가 빠져나간 허전한 손가락을 들여다보았다.

"요강 하나, 수저 한 벌, 솜이불…그건 어떻게 하우? 그래 두 궐에 넣는 건데…"

엄마가 걱정 가득한 눈으로 상궁을 쳐다보았다.

"무명 이불이지 비단이불일까? 이참에 큰애 시집 보내는 셈 치구 솜이나 넉넉히 둬 줘. 허긴, 신랑 없는 시집두 시집이긴 허지."

벌컥, 방문이 열렸다. 아침부터 아버지에게서는 술냄새가 진동을 한다.

"뭐요? 신랑 없는 시집이요? 읎이 산다구 사람 그리 무시해도 되오? 나는 우리 큰애 곱게 키워서 좋은 데루 시집보낼 거요. 궁인지 뭔지엔 안 보낸단 말이오! 다신 우리 집에 발걸음 하지 마시오!”

엄마가 상궁 눈치를 보며 아버지를 말렸다.

“무시는 누가 무시를 한다구 그래요. 맑은 정신에 얘기해요.”

“큰애 궐에 넣겠다는 말, 한 번만 더 해봐. 그날루 연 끊구, 큰애 데리구 나가 살 테니 그리 알어!”

아버지는 문을 꽉 막고 서서 엄마 들으라는 듯 처형 들으라는 듯 사납게 소리쳤다. 큰애는 저리 무섭게 화내는 아버지를 처음 본다.

봉변을 당한 상궁이 치맛자락을 당겨 잡고 일어났다.

“제부 생각은 잘 알았네. 대비전 지밀 생각시 자리가 아깝구먼. 아이가 없어서겠나? 집안사람을 들이려니 그렇지. 허나 어쩌겠나. 이런 일은 부모네가 내켜하지 않으면 안 되는 일이지. 내 그리 알고 그만 가겠네.”

엄마가 젖먹이를 떼어놓고 일어나 언니를 잡았다. 따라나서는 엄마를 궐 아주머니가 떠밀 듯이 하고 방을 나갔다. 큰애는 궐 아주머니의 성난 뒷모습을 보이지 않을 때까지 바라보았다.

육조거리를 지나는 동안 바지런한 등짐장수를 보았을 뿐

이른 새벽 도성은 눈에 갇혀 적막하다.

"조심해라. 미끄럽다. 춥지? 이제 조금만 더 가면 된다."

상궁의 입에서 하얀 김이 피어올랐다.

더 갈 것도 없이 광화문이 코앞이다. 지붕은 이층으로 높고 대문도 세 개나 되고 정말 어마어마하다. 늘 먼빛으로만 슬쩍 보았다. 막상 저 큰 대문 안으로 들어가게 될 줄은 몰랐다. 큰애가 광화문 구경에 정신이 팔린 사이 상궁은 저만치 가고 있었다. 다른 생각 하다가 지나치셨나 보다. 큰애가 소리쳐 불렀다.

"궐 이모님! 아니, 상궁 마마님! 상궁 마마님!"

상궁은 뒤도 안 돌아보고 걸어간다.

"광화문 지나쳤어요!"

"게 섰지 말고 어서 오너라. 어서! 어서!"

상궁의 소리가 멀다.

궁은 여긴데 어디로 가시지? 큰애는 광화문 앞에 서서 상궁 마마님을 바라보았다. 빠른 걸음이다. 어린 소견에도 뭐에 쫓기는 사람의 발걸음으로 보인다. 어떤 예감 같은 것이 스쳤다.

'큰애, 나 다우.'

아버지는 '안 된다' 했지만 궐 이모님이 금가락지 주고 나를 샀나 보다. '궁에 데려간다' 하고 나를 팔아먹으려나 보다. 달아나자!

큰애는 보따리를 꼭 끌어안고 어디로 갈지도 모르면서 무조건 도망쳤다. 집으로는 갈 수 없다. 다시 잡으러 올 테니까. 발목이 푹 푹 빠지는 눈길이 아이의 걸음을 더디게 했다. 몇 발짝 가지도 못해 힘센 손아귀에 어깨를 잡혔다. 궐 이모님 상궁 마마님이었다.

"나 안 갈래요."

왈칵 울음이 터졌다.

난감해진 상궁이 작전을 바꾸었다.

"아가. 춥지? 이모 등에 업히렴."

상궁이 아이에게 등을 돌리고 앉았다.

"싫어요. 집에 갈래요."

"가두 이따 저녁에 엄마 오면 가렴."

"저녁에 엄마가 와요?"

아이가 눈물 글썽한 눈으로 상궁을 보았다.

"니 이불 가지고 온단다."

"참말이에요?"

"참말이지 않구. 벌써 집 생각이 나는 게로구나."

큰애는 눈물을 닦고 상궁의 등에 업혔다.

상궁은 아이를 업고 요강이 든 보따리를 뒷손에 들고 눈길을 걸었다. 글도 깨치고 자기주장도 할 줄 아는 아이라서 깜빡 잊었다. 여섯 살, 아직 아기인 것을.

"아가. 마당에 널려있던 그 창호지에다 뭐라고 쓴 게냐?"

여러 장의 창호지에는 사람 이름과 생년월일시, 주소 등이 적혀 있었다.

"연 만들 거예요."

"연? 이름과 사주가 쓰여있던데?"

"액막이 연 모르세요? 정월 대보름에 액막이 연을 날려 보내면 액운을 가져간대요."

"좋은 뜻의 연이로구나. 너도 연 날릴 줄 아니?"

"그럼요. 바람만 좋으면 한없이 날리지요. 근데 이모 상궁님, 지금 어디루 가요?"

"궁으로 가지."

"광화문이 궁이 아니에요?"

"거긴 경복궁인데 아무도 안 살아. 창덕궁으로 가는 거야."

"궁이 또 있어요?"

"그럼. 창덕궁에는 임금님도 계시고 대비 마마도 계시지."

"광화문엔 왜 아무도 안 살아요?"

"경복궁은 아주 오래전에, 삼백 년 전에 불이 났단다. 임진 왜란 때 왜놈들이 쳐들어와서 불을 질렀어. 불난 집에서 어찌 살겠니. 지금은 짐승들만 우글거리지."

아이는 어느새 잠이 들었다. 집 떠나 새벽부터 눈길을 걸어왔으니 곤하기도 하겠지. 상궁은 스승이었던 노상궁 마마님에게 들은 이야기가 생각났다.

경복궁 터에는 악귀가 들끓는다. 태조 임금의 아들 이방원이 혈육인 제 형제들을 죽이고, 계유정난으로 단종이 폐위되어 죽고, 연산군 4년엔 무오사화가 일어나 김종직 등 사림파들이 대거 죽었지. 갑자사화 때는 연산군이 산 사람도 죽이고 죽은 사람도 부관참시로 두 번을 죽였구. 그 다음 중종 왕 기묘사화 때는 조광조부터 신진 사림들이 죽어 나갔고, 명종 즉위년 을사사화에는 억울하게 무고당한 사람들이 숱하게 죽어 나갔니라. 피비린내 나는 사화가 네 번씩이나 일어났으니 원혼들이 드글드글하지 않겠느냐. 봐라. 선조 임금 때는 왜란이 한 번도 아니고 두 번씩이나 일어나 완전히 불타버렸지.

그 후로 근 삼백 년간 폐허로 방치된 경복궁은 '귀신 씐 자리' '비운의 터'라 하여 사람들이 꺼려 가까이 가려 안 한다.

"아가, 아가. 다 왔다."

상궁이 등을 흔들어 아이를 깨웠다.

큰애가 상궁에게서 보따리를 받아 안고 눈 위에 섰다. 커다란 궁궐 대문 앞이었다.

"예가 창덕궁이다. 이제부터 네가 살 집이야."

상궁이 아이 등에 엎힌 눈을 떨어주었다.

두 사람은 창덕궁의 큰 대문 돈화문을 지나 남쪽으로 담을 따라 걸어서 작은 대문에 이르렀다. 큰애는 궁 대문에 걸린 편액의 글자를 올려다보았다.

"붉을 단丹, 봉새 봉鳳, 문 문門. 단,봉,문."

한 자, 한 자, 소리 내어 읽고는 상궁을 쳐다보았다.

상궁이 미소 지으며 고개를 끄덕였다.

"그렇지. 영특하구나. 왕실의 친인척분들과 궁인들이 드나드는 문이다."

"이따가 엄마가 이 문으로 와요?"

큰애가 눈을 반짝이며 물었다.

상궁이 고개를 끄덕였다.

졸고 있던 군졸이 짜긋한 눈으로 두 사람을 쳐다보았다.

"수고가 많으시오."

상궁이 군졸에게 인사하고 패를 보였다.

"이 아이는 누구요?"

군졸이 큰애를 훑어보며 물었다.

"대비 마마 명 받아 들어오는 아기 나인이요."

상궁이 고개를 꼿꼿이 세웠다.

"알았수."

군졸이 퉁명스레 대답하고는 패를 돌려주었다.

대문이 열렸다. 상궁이 잰걸음으로 궐 안으로 들어섰다.

큰애가 문득 걸음을 멈추었다. 세상과의 이별을 직감한 것일까. 눈 덮인 너른 길을 하염없이 바라보고 서 있다.

상궁은 아직 이르지 못한 말을 할까, 잠깐 생각했다.

'한번 궐에 들어오면 죽기 전에는 나갈 수 없다. 궁인은 아파도 안되고 궐에서 죽지도 못한다. 그리 알고 집 생각은 말어. 이제는 예가 니 집이다. 모르는 것은 뭐든지 내게 물어라. 배우고 또 배우면 익숙해질 게야. 궐에서는 오직 웃전 마마님만을 바라보며 충성을 바쳐야 한다. 그러면 구염 받고 네 한 몸 편할 게야.'

나중에 해도 될 말이었다.

상궁은 아이를 문 안으로 밀어 넣었다. 그 바람에 보따리 속에서 쨍그랑 소리가 났다. 아이 엄마가 '큰애 시집 보내는 셈 치고' 큰맘 먹고 마련해준 놋수저가 요강에 부딪친 소리일 게다. 등 뒤에서 묵직한 소리를 내며 단봉문이 닫혔다.

민 가 정호____여덟 살 1859년 철종 10년

안국방 감고당 감나무에 대봉시가 탐스럽게 열렸다.

높이 올라간 처마, 위엄 있는 솟을대문, 긴 담장...규모 있는 감고당의 외관과는 달리 사랑채며 행랑채에는 묵직한 붕어 자물통들이 채워져 있었다. 적막한 집안 안채 댓돌 위에 여인네 신발 두 켤레가 놓여있어 사람 사는 집임을 알려주었다.

안방에서는 모녀가 조촐한 아침 겸상 중이었다. 집의 규모와는 격이 맞지 않게 빈한한 밥상이다. 어머니 이 씨 부인이 딸을 지그시 바라보다가 수저를 놓았다.

"왜요? 입맛이 없으세요?"

걱정스런 얼굴로 정호가 물었다.

"곧 추석인데 구름재 댁에 좀 다녀오련?"

"또, 저 혼자요?"

정호가 발끈했다.

"나는 손이 붉어서...네가 휭나케 다녀오면 좋겠구나."

정호는 내키지 않는다. 대답이 없다.

이 씨 부인은 채근하지 않고 기다렸다.

"흥선군 댁 조카님이 네게는 12촌 언니가 되시지 않니."

부인이 딸의 눈치를 살피며 넌지시 건넸다.

"누가 몰라요? 어머니 생각해 보세요. 그 댁이나 우리나 어렵기는 매한가진데 무슨 덕을 보겠다고 설이고 추석이고 인사를 가느냔 말이에요, 손에 든 것도 없이."

"느 아버지 세상 뜨고 한성에 올라와 일가붙이라곤 그 댁 뿐이니, 어쩌겠니."

정호가 뾰루퉁한 얼굴로 말했다.

"저 대봉시라도 싸 주셔요."

가겠다는 뜻이다. 문갑 위 나무 그릇에 빨갛게 익은 감이 가득 담겨있었다.

"그러자꾸나."

부인은 홍시를 나무 그릇째 보자기에 싸면서 혼잣말인 듯 중얼거렸다.

"조카님이 홍시를 좋아하시지."

"구름재 언니가 사람이 좋아서 그냥 좋다고 하는 거예요. 어머니는 그것도 모르세요?"

정호가 쏘아붙였다.

"그러냐?"

부인은 웃으며 딸의 말에 토를 달지 않는다. 자기 주장이 강한 아이다. 글줄이나 읽은 딸에게 말꼬리를 잡히면 이길 재간이 없다. 온순한 부인은 대가 센 딸이 조심스럽다.

정호가 감 보따리를 들고 안방을 나갔다. 부인은 '추석 인사로 온 줄 알게 추석빔 차림으로 가라' 하려다 그만두었다. 잔소리하면 안 가겠다고 성질을 낼 지 모른다. 남편 세상 뜨고 어린 딸 하나를 의지하여 한성으로 올라왔다. 저 아이마저 없었으면 어쩔 뻔했나, 부인은 가슴을 쓸어내렸다.

한성 오기 전 여주에서 남편 민치록의 상을 당하여 부인이 넋을 놓고 앉아 있을 때였다. 마을 사람들이 혀를 차며 하는 말이 들려왔다.

"어린 것이 즈 아버지 염습하는 걸 눈도 깜짝 안 하고 지켜보네."

"외동딸이 아들 몫 상주 몫 톡톡히 하는구먼."

"계집아이가 좀 영악스러워야 말이지."

정호의 아버지 민치록은 숙종 대왕의 장인 여양 부원군 민유중의 5대손이다. 그러니까 숙종 대왕의 계비 인현왕후는 민치록의 증조고모가 되신다. 인현왕후는 장희빈의 모함으로 폐서인이 되어 생가이자 친정인 이 감고당에서 비통한 세월을 보내게 된다. 정호 모녀에게 재산이라고는 그 감고당 한 채뿐이다.

재산이라니. 당치 않다. 감고당은 여양 부원군 시절부터 장손에게 물려내려 오는 문중의 가산이다. 아들을 놓쳐 대가 끊길 위기의 민치록은 민승호를 양자로 들여 간신히 감고당을 물려받았다. 영조 대왕께서는 법적 어머니이신 인현왕후의 옛일을 회고하며 '감고당'이라는 이름을 내려주시고 현판까지 달아주셨다. 굶어 죽는 한이 있어도 팔 수는 없는 이름만 덩그런 집이다. 모녀는 선혜청에서 매해 나오는 5대조 할아버지 여양 부원군의 제수祭需비를 받아 근근이 살아가는 처지였다.

정호 아버지는 재물 복도 자식 복도 없는 사람이었나 보다. 전처는 혈육 없이 일찍 죽었고 후처 한산 이 씨에게서 1남 3녀를 두었으나 모두 잃고 마흔 넘어 얻은 딸이 정호다. 민치록은 귀한 외동딸의 이름에 여흥 민 씨의 항렬을 따라 '호鎬'를 넣어 정호라 짓고 학문을 가르쳤다. 딸도 학문을 좋아하였다. '하나만 달고 나왔으면 집안 일으킬 재목인데' 민치록은 아쉬워 혀를 차곤 하였다. 그나마 복이 그만인지 민치록은 제대로 된 약 한 첩 써보지도 못하고 세상 떴다.

비록 빈한하지만 무남독녀로 귀하게 자란 탓인지 정호는 제멋대로인 면이 있었다. 양반집 규수답게 수틀 앞에 앉아 조신하게 꽃이나 수놓다가 시집가면 좀 좋겠는가만은 그런 것엔 영 손방이었다. 할 줄도 모르지만, 할 생각조차 안 했다. 한 땀 한 땀 수놓을 생각만으로도 숨이 막힌다며 수틀을 걷어차 버렸다. 그 대신 아버지가 남겨둔 책 읽는 것으로 취미를 삼았다. 여덟 살 어린 나이지만 '천자문'과 '계몽학습' 정도는 줄줄 외고 '맹자'도 반 너머 읽었다. 어느 날 정호는 사내랍시고 건방 떠는 이웃 사내아이들을 집으로 불러들여 글 외기 경합을 벌였다.

"너희들은 서당에 다니지만 나는 집에서 공부한다. 누구 실력이 더 좋은가 내기하자."

사내아이들이 히죽히죽 웃었다.

"내가 문제를 낼 터이니 맞히면 곶감 한 개, 틀리면 딱밤 한 개, 어때?"

아이들이 자신만만하게 좋다고 찬성했다.

"약속했다. 자 그럼, 이 천자문을 다른 말로 뭐라고 하지?"

정호가 천자문을 높이 들었다.

"백수문이지 뭐야. 아무렴 것도 모르려구."

참판댁 둘째 아들이 삐죽거렸다. 정호가 곶감 한 개를 주고 다음 문제를 냈다.

"이 백수문의 마지막 문장 아는 사람?"

"언재호야."

이번에도 참판댁 둘째였다. 곶감 두 개가 둘째의 입으로 들어갔다.

"세 번째 문제다. '언재호야'가 무슨 뜻이지?"

사내아이들은 서로 얼굴만 쳐다볼 뿐 답하지 못했다.

"뜻도 모르고 외웠니? 곶감이 많이 남았는데 아깝구나. 다들 잘 들어. 언. 제. 호. 야. 네 글자는 어조사야. 어조사라는 건 말이지, 한문을 해석할 때 유용하게 쓰이지만 그래봤자 허사虛辭야. 뜻이 없는 말이다, 그런 뜻이란 말이야. 내 말 알아듣겠니?”

그날 사내아이들은 매운 딱밤을 서너 개씩 얻어맞아 이마
에 혹을 달고 돌아갔다. 기세등등한 벼슬아치의 안주인들이
감고당에 쳐들어와 난리가 났다.

한씨 부인이 한숨을 쉬었다. 저렇게 대가 센 아이를 어느
시부모가 며느리로 들이려 할까. 어느 남정네가 사내보다 똑
똑하고 글 좔좔 외는 처자를 맞으려 할까. 그렇다고 똑똑한
딸을 자기처럼 나이 든 영감의 재취로 보낼 수는 없는 노릇
이었다. 아버지도 없고 물려받은 재산도 없는 한미한 집안의
딸아이 장래를 생각하면 앞이 보이지 않았다.

이 가 명복____일곱 살 1859년 철종 10년

창덕궁과 이웃한 정선방 구름재동에는 권세 있는 양반들
의 내로라 하는 기와집들이 즐비했다. 아침이면 등청하는 가
마들로 분주한 그곳에 쇠락한 집 한 채가 짓눌린 듯 끼어 있
었다. 서운관(관상감) 맞은편 야트막한 언덕배기 운현마루 턱
에 자리 잡은 흥선군 이하응의 집이다. 기와지붕에는 잡초들
이 무성하고 담벼락은 군데군데 허물어져 안이 훤히 들여다
보일 지경이지만 손댄 흔적은 보이지 않는다. 말이 종친이지

끼니 잇기도 어려운 처지라 대갓집 하인들은 그 집 사람들을 만나도 뻣뻣하게 지나치기 일쑤였다. 그나마 한 동네 초가집 사람들은 임금님과 몇 촌간인지는 몰라도 아무튼 '군'자 붙은 왕족 일가붙이라고 고개 숙여 읍揖* 정도는 했다.

(*두 손을 모아 가볍게 몸을 굽혀 하는 인사)

그 댁 둘째 아드님 명복은 동네에서 손꼽히는 연날리기 선수다. '연'이라면 끼니도 거르고 뛰쳐나가는 아이가 오늘은 연도 잊고 글방도 빼먹었다. 청나라 북경에서 들여왔다는 신기한 양물洋物에 정신이 팔렸다. 기계가 알아서 때가 되면 댕~댕~거리며 시각을 알려준다는 귀물의 이름은 자명종 시계. 글방 가는 길에 한성판윤 댁 막내아들 짝눈이에게 그 얘기를 듣고는 궁금하여 견딜 수가 없었다.

"그거 나 좀 보여줘."

명복은 새로운 문물에 호기심이 많은 아이다.

"안돼. 아버지가 여간 아끼시는 게 아니야. 손 대면 큰일나."

두 손을 가로젓는 짝눈이의 작은 쪽 눈이 더 작아졌다.

"보기만 할게."

"아무한테나 보여주고 그러는 거 아니래."

"거짓말일 줄 알았어. 기계가 어떻게 종을 치냐."

명복이 그럴 줄 알았다는 듯 고개를 저었다.

“거짓말 아니야.”

짝눈이가 펄쩍 뛰었다.

“참말이면 보여줘 봐.”

“아무한테도 말하지 말랬어. 도둑 든다구.”

“못 보여주는 걸 보니 거짓말이구나.”

명복이 약을 올렸다.

“거짓말 아냐. 보여주면 될 거 아냐.”

성이 난 짝눈이가 씩씩거리며 앞장섰다.

자명종 시계는 판윤 대감 서재 안 서가(책꽂이) 한가운데에 소중히 모셔져 있었다. 커다랗게 짠 서가에는 처음 보는 진귀한 물건들이 많았지만 황금빛 자명종 시계가 단연 돋보였다. 서가는 아버지 사랑에 걸려있는 책가도冊架圖와 비슷했다. 서가는 보통 사랑에 있기 마련인데 집 안쪽 서재에 따로 둔 것을 보니 자명종 시계가 얼마나 귀한 것인지 알 수 있었다.

“우리 아버지가 청나라에 사신으로 갔을 때 어렵게 구해서 들여온 거야. 저 작은 것이 기와집 서너 채 값이라니 이 자명종 시계가 얼마나 비싸고 귀한 것인지 알겠지?”

명복은 짝눈이의 자랑이 귀에 들어오지 않았다. 가느다란 바늘이 째깍째깍 살아서 움직이는 모습을 눈도 깜빡 안 하고 지켜보았다. 혹여 눈 깜짝할 새 도술이라도 부릴지 모른다.

우리나라에도 시계가 없는 것은 아니다. 오목한 솥 모양의 앙부일구해시계는 사람들이 많이 다니는 종묘 앞에도 있고 광화문 혜정교에도 있다. 하지만 비 오는 날, 흐린 날에는 제 구실을 못 한다. 그래서 흐린 날이나 밤중에도 시각을 알 수 있게 자격루(물시계)를 만들었다지만 물이 어는 겨울에는 쓸모가 없고 궁궐 안에 있어서 본 적도 없다. 그런데 자명종 시계는 해가 져도 비가 와도 얼음이 얼어도 시각을 알려준다. 명복은 잠깐 보는 것만으로는 성이 차지 않았다. 자명종 시계가 종 치는 소리까지 들어야겠다고 고집을 부렸다. 결국 둘 다 서당을 빼먹고야 말았다. 명복은 짝눈이 몫까지 벌 숙제를 해주기로 약속했지만 손해라는 생각은 들지 않았다.

한낮이라 집에 갈 수 없어 명복은 동네 한 귀퉁이에 구부정하니 서 있는 오래된 소나무로 갔다. 구렁이처럼 구불구불한 노송 중간쯤에 걸터앉을 수 있게 휘어진 가지가 있다. 그 단골 자리에 앉으면 도성의 긴 성곽이 보이고, 사대문 드나드는 사람들이 보이고, 창덕궁도 훤히 내려다보인다.

창덕궁 긴 담장 안에는 이웃 대감댁 잘난 기와집들과는 비교도 안 되게 크고 멋진 전각들이 겹겹이 들어서 있다. 전각과 전각 사이에는 화초담이 둘러져 있어 각 전각의 주인이

다르구나, 짐작만 할 뿐 명복은 한 번도 궐에 들어가 본 적이 없다. 그래도 궁궐 담장 안이 얼마나 너른지, 철 따라 꽃 피는 정원이 얼마나 아름다운지 알 것 같았다. 전각들 사이로 가끔 궁녀가 나타나기도 하는데 안타깝게도 얼굴은 보이지 않았다. 그러나 오늘은 성곽도 전각도 궁녀들도 아무것도 눈에 들어오지 않았다.

방금 보고 온 자명종 시계의 특이한 종소리가 아직도 귀에 쟁쟁하다. 그 서양 귀물이 스스로 종 치는 모습을 보려고 동그란 시계 얼굴 판에 눈을 박고 기다렸다. 긴 바늘이 살금살금 움직일 때마다 명복의 심장도 두근두근 발맞춰 움직였다. 작은 바늘이 10자를 가리켰다.

댕~ 댕~ 댕~ 댕~ 댕~ 댕~ 댕~ 댕~ 댕~ 땡~

명복은 숨도 안 쉬고 종소리를 세었다. 정확하게 열 번이다. 그러니까 사시巳時(9~11시)의 가운데 시각이라는 거다. 한 시진의 중간 시각마다 종을 치다니 신기하고 놀라웠다.

명복은 눈을 감고 그때의 감동에 젖어 들었다.

"야, 너 거기서 뭐하니?"

깜짝 놀랐다. 하마터면 나무에서 떨어질 뻔했다.

감고당 정호 누이였다. 한 살 많다고 존대하라고 성화를 대는 외가 쪽으로 외고모쯤 된다는 먼 친척이다. 하필 이때 나타날 게 뭐냐.

“오늘은 연 안 날리니?”

“연은 뭐 시도 때도 없이 날리나?”

명복이 투덜거렸다.

“너 서당 빼먹었구나. 아버지한테 이른다.”

아버지라는 말에 명복은 정신이 번쩍 들었다.

“그런 소리 마. 아버님 아시면 날벼락 떨어져.”

아버지는 형이나 누이들에게는 안 그런데 유독 명복에게만 엄하시다. 아버지가 가르치는 서책은 글방에서 배우는 글과는 다르다. ‘대학연의大學衍義’니 영조 임금이 직접 편찬하셨다는 ‘어제자성편御製自省編’이니 듣도 보도 못한 책들을 읽으라 하신다. 형님에게 물어보니 “왕세자들이나 읽는 책이다” 코웃음을 쳤다. 왕세자가 읽는 글을 왜 읽어야 하는지 도무지 알 수가 없었다.

책이 어렵기도 하지만 아버지 앞에서는 잘 외던 글도 더듬거리고 글씨도 흔들려서 곰방대로 어깨 맞기 예사였다. 그깟 곰방대로 맞는 것이 무에 대수일까마는 명복은 아버지가 무서웠다. 인왕산 호랑이보다 아버지가 더 무서웠다. 자애로우신 어머니는 ‘부자 간에도 성정이 맞지 않으면 그렇다’ 하셨고, 형님은 ‘호랑이 속에서 강아지가 나왔다’며 껄껄 웃었다. 개를 좋아하는 명복은 형님 말이 터무니없게 들리지 않았다.

지지난해인가, 복날 잡아먹힌 어미 개의 젖먹이 강아지가

마루로 기어올라오자 아버지가 냅다 걷어차 버렸다. 끙끙 앓는 어린 강아지가 너무 가여워 몰래 방으로 데리고 들어와 자기 탕약도 한 술 먹이고 밥도 씹어 먹이며 밤낮으로 보살폈다. 정들여 키운 그 개도 다음 해에 잡아먹혔다. 명복은 개장국 말만 들어도 속이 뒤집힌다.

"나무에서 떨어지면 앉은뱅이 된다. 앉은뱅이 되면 너 장가도 못 가."

정호가 놀렸다.

"내 걱정 말고 누이 시집갈 걱정이나 해."

명복이 나무에서 내려오며 볼멘소리를 했다.

글방 빼먹은 것을 하필 정호 누이에게 들켰으니 큰일이다. 오늘 아버지는 종친부에도 나가지 않으셨다. 명복은 정호 누이가 들고 있는 보따리를 쳐다보며 말했다.

"그거 감이지? 감고당 감이 좋다고 어머니께서 꼭 차례상에 올리셔. 어서 들어가 봐. 나 봤다는 말은 하지 말고."

"본 것을 어떻게 안 봤다고 하니?"

역시나 쌀쌀맞은 대꾸가 돌아왔다.

정이 이를 모양이다. 명복은 풀이 죽어 어깨가 늘어졌다.

"명복이 너 작년보다 많이 컸다. 동글동글하니 귀엽게도 생겼네."

정호가 놀리듯이 명복의 볼을 꼬집고 흔들었다.

명복은 자존심도 상하고 어른인 체하는 누이에게 새삼 부아가 치밀어 냅다 소리 질렀다.

"나 안 귀여워. 사내한테 귀엽다는 말은 모욕이야."

명복의 이마에서 번쩍 불이 났다. 정호가 딱 소리가 나게 딱밤을 먹였다. 손이 어찌나 매운지 눈물이 핑 돌았다.

"너 우니?"

정호 누이가 생글생글 웃으며 명복의 얼굴을 들여다보았다.

"안 울어!"

안 운다 하는데 눈물방울이 툭 떨어졌다.

"사내라면서 뭐 이깟 일로 울고 그러냐?"

명복은 눈물을 닦아주려는 정호 누이의 손을 탁 쳐냈다. 그러고는 냅다 노송 둥치를 주먹으로 쳤다. 정호가 놀라 뒷걸음질쳤다. 자기를 때리는 줄 알았나 보다. 명복의 주먹에도 피가 맺혔다. 순하고 어려도 남자는 남자였다.

실컷 약을 올린 정호가 휙 돌아섰다.

명복은 씩씩거리며 주먹을 불끈 쥐었다. 언젠가 이 수모는 꼭 갚고야 말 테다!

저만치 가던 정호가 갑자기 돌아서더니 인심 쓰듯 말했다.

"오늘 일은 이르지 않을게."

그 목소리도, 그 웃는 얼굴도, 살랑살랑 흔들리는 감 보따리도 다 얄미웠다.

"저 왈패를 누가 데려갈지. 그 사내는 평생 재수 옴 붙었다."

대비전 으뜸 생각시____철종 14년

함박눈 수북수북 내리는 신새벽에 상감께서 승하하셨다. 계해년 철종 14년(1863년 12월 8일) 바로 그날로 새 임금이 결정되었다. 새 임금은 흥선군 이하응의 둘째 아드님으로 보령 십이 세의 유충한 소년이라고 한다. 나인들은 모이기만 하면 귀동냥한 소문 나누기에 바빴다. '끼니 잇기도 어려운 집안이래' '글은 뒷전이고 맨날 연만 날렸대' '아버지가 이름난 한량이라더라'...

대비 마마께서 그토록 경계하셨건만 어린 상감에 대한 소문은 부풀려질 대로 부풀려져 퍼져나갔다. 일 끝난 대비전 퇴선간에서도 아기 나인들의 입방아가 한창이었다. 아이들의 떠드는 소리가 문밖에까지 들려왔다. 이런 일이 대비 마마 귀에 들어가는 날에는 큰애까지 경을 칠 일이다. 큰애가 퇴선간 문을 벌컥 열었다.

아기 나인들의 삿대질과 낄낄거리는 비웃음을 한 몸에 받으며 한 아이가 땅바닥에 꿇어앉아 있었다. 대비전에서 가장 어린 옥금이었다. 큰애는 생각이고 뭐고 할 겨를도 없이 소리쳤다.

"그만! 멈춰!"

대비 마마의 아낌을 받는 으뜸 생각시의 등장에 놀란 아이들이 삿대질하던 손을 내리고 조용해졌다. 큰애는 성큼성큼 걸어가 옥금이의 손을 잡아 일으켜서 자기 옆에 있게 했다. 큰애는 그렇잖아도 강한 눈빛에 더욱 힘을 주어 아기 나인들의 얼굴을 하나하나 훑어보았다.

"무슨 짓들이냐. 여럿이서 동무 하나를 두고."

"도둑년 자백받는 중이다, 왜?"

아지가 썩 나서며 으스대는 태도로 대들었다. 대비전 아기 나인 중 가장 나이 많은 대장 격인 아이다. 제깐에는 큰애를 경쟁 상대로 여겨 시기 질투한다.

"그런 일이라면 내가 더욱 알아야겠어."

큰애가 침착한 목소리로 말했다.

"니가 뭔데? 으뜸 생각시니 뭐니 해주니까 뭐나 된 거 같냐? 왜 우리 일에 참견이야? 내가 증좌도 없이 그러는 줄 알어? 봐! 이게 증좌야. 이게 옥금이 보따리 속에서 나왔다구."

아지가 이빨 빠진 빗 하나를 큰애 앞에 들이밀었다.

저 빗은...큰애도 아는 빗이다. 양 상궁 마마님이 거북이

등껍질로 만든 최고급 빗이라고, 일본에서 들어온 값비싼 대모빗이라고 하도 자랑을 해대서 모르는 사람이 없다. 그 유명한 빗을 옥금이가 훔쳤다고? 감히 양 상궁 마마님 경대를 뒤져서? 말도 안 되는 소리. 큰애의 얼굴에 헛웃음이 스쳐 갔다.

큰애의 표정에 불안해진 아지가 빗을 들고 소리쳤다.

“이 대모빗은 양 상궁 마마님이 나한테 주신 거야. 알지? 다들 알지? 그걸 옥금이 년이 훔쳐 갔잖아. 니들두 봤지? 옥금이 보따리 속에서 나온 거. 봤지? 봤잖아?”

아지의 기세에 눌린 아기 나인들이 고개를 끄덕였다.

옥금이는 아무런 표정이 없다. 큰애가 옥금이의 어깨를 힘 있게 쥐어 무언의 신호를 보냈다. ‘안심해. 나는 네 편이야.’ 옥금이는 아무런 반응도 보이지 않는다.

“아지 말은 잘 들었다. 옥금이 말도 들어봐야 공평하지만 이런 일은 우리끼리 해결할 수 있는 문제가 아니야. 물건이 없어지는 것도 나쁘지만, 너희들이 사적으로 벌을 내리는 것이 더 나쁜 짓이야. 날 밝으면 감찰 상궁 마마님께 정식으로 고하는 게 좋겠다. 그러면 궁궐 법도에 따라 죄 있는 사람에게 처벌을 내리시겠지.”

갑자기 튀어나온 감찰 상궁 얘기에 아기 나인들이 웅성거렸다.

"그리 알고 돌아들 가. 옥금이는 남고."

아기 나인들이 겁먹은 얼굴로 머뭇머뭇 퇴선간을 나갔다.

아이들의 발소리, 웅성거리는 소리들이 멀어지고 있었다.

옥금이는 그제야 마음이 놓이는지 작게 한숨 쉬었다. 한숨 뒤 끝에 작은 어깨가 가늘게 떨렸다.

"날이 춥다."

큰애는 두르고 있던 솜 둔 목도리를 옥금이에게 둘러주었다.

"얼굴이 꼭 열흘 세수 안 한 고양이 같구나."

큰애의 농에도 옥금이는 반응이 없다.

"저녁은 먹었니?"

"…"

큰애가 선반 어디선가 작은 항아리를 가져왔다.

"저녁도 안 먹은 얼굴이네. 배고프지?"

"…"

"맛있는 거야. 꺼내 봐."

큰애가 항아리 뚜껑을 조금 열고 옥금이를 재촉했다. 옥금이가 주춤주춤 틈새로 손을 넣었다.

"조심해! 뱀 있다!"

"엄마아!"

옥금이가 기겁을 하며 소리 질렀다. 그래도 입은 열었다.

비록 외마디 소리지만.

큰애가 뚜껑을 열어 보였다. 또아리 튼 굵은 가래떡이 정말 뱀처럼 들앉아 있었다. 옥금이는 웃지 않았다.

"먹어봐. 안 물어."

"…"

"입이 심심할 때 구워 먹으려고 남겨둔 거야."

"그래두 돼요?"

옥금이가 빈정거렸다. '이건 도둑질 아니에요?' 그렇게 묻는 것 같았다.

"쉿! 비밀이야."

"…"

"너한테만 보여준 거야. 아무도 몰라."

"…"

옥금이가 한쪽 입꼬리를 올리고 삐쭉 웃었다. 비웃고 있다.

이 아이는 사람을 믿지 않는구나. 이 작은 아이에게 무슨 일이 있었기에 이리 마음을 닫아버렸을까. 사람에 대한, 세상에 대한 신뢰가 전혀 없다. 말라버린 우물처럼. 이 아이를 어쩌면 좋은가.

"오늘은 말하고 싶지 않은 게로구나. 그럼, 그만 일어나자."

큰애가 벌떡 일어났다. 옥금이가 큰애의 치맛자락을 붙잡았다. 큰애를 노려보듯 쳐다본다. 성난 눈이었다. 슬픈 눈이기도 했다. 큰애는 순간 깨달았다. '나를 시험하고 있다.'

"말을 안 하면 너를 도울 수가 없어."

"…"

"연실이 끊어지면 연은 어떻게 될까? 바람에 휘둘리다가 결국 어딘가에 떨어지거나 찢겨버리고 말겠지."

"…."

"연실을 다시 묶어준다 해도 '이것도 결국 끊어질 거야' 그리 생각하면 연은 다시는 날 수 없어."

"내가 연이란 말이에요, 줄 끊어진?"

"내 눈에는 그리 보여."

"…"

"지금 처소로 돌아가면 아지가 너를 가만두지 않을 거야. 아이들도 동조하겠지. 언제까지나 그렇게 살 거니? 그렇게 살 수 있어? 연줄은 이어줘도 또 끊어지겠지. 그러면 또 이으면 돼. 실 이어주는 사람이 네 편인 거야. 이 궐 안에서 네 편이 한 사람쯤은 있어야 하지 않겠니?"

"나 오늘 재워줄 수 있어요?"

역시 어린아이다. 당장 가서 당할 일이 무서운 거다. 그렇다고 최 상궁 마마님 허락도 없이 데리고 가기는 좀 그렇다.

어쩐다? 옥금이가 간절한 눈으로 큰애를 올려다본다. 처음 보는 애처로운 눈빛이다.

그래, 이 아이를 호랑이 굴로 떠밀 수는 없지. 꾸중하시면 듣지, 뭐. 난감하지만 일단 오늘은 재우기로 마음을 정했다.

"알았다. 가자."

옥금이가 냉큼 따라나섰다.

처소는 비어 있었다.

오늘은 야간 번 차례가 아니신데. 이모님은 이따금 대전의 동무 상궁을 만나고 늦은 시각에 들어오시곤 한다. 오늘도 동무 만나러 가신 모양이다.

큰애가 옥금이에게 따뜻한 보리차와 곶감을 주었다. 아이의 눈이 곶감에 꽂힌다. 큰애가 하나 집어주자 허겁지겁 먹는다. 한창 단 것 좋아할 나이에 오랫동안 먹지 못한 티가 난다. 내리 아홉 개나 먹었다.

"저녁을 안 먹은 게로구나."

"…"

"왜 안 먹었어?"

"못 먹었어요. 밥상머리에서 내가 앞에 있는 반찬 하나라도 집어 가면 아이들이 눈을 흘기며 그릇을 가져가요. 그래서 아이들이 안 먹는 간장에 비벼 먹었는데 도둑년이 무슨 밥을 먹느냐고 밥그릇을 빼앗아 갔어요."

서러움이 북받쳐 목이 메는 목소리다. 눈물을 흘리지는 않는다.

"...세상에, 얼마나 서러웠을고."

"밤에 잘 때도 저희들끼리만 모여서 자고...도둑질 옮는다고 수군거리고..."

큰애가 옥금이의 등을 쓰다듬었다.

갑자기 옥금이가 소리쳤다.

"나, 도둑년 아니에요! 양 상궁 마마님 빗 훔치지 않았어요! 공기돌도, 소꿉 살림도, 소라껍데기도 안 훔쳤어요! 아이들 거 아무것도 안 훔쳤어요!"

"알아. 나는 너를 믿어."

"뭘 알아요? 나를 어떻게 믿어요?"

"눈을 보면 알아. 네 눈은 거짓말하는 눈이 아니야."

"거짓말."

"아무도 네 말을 믿어주지 않아서 억울했구나. 너는 참말을 말하고 있는데도 말이야."

옥금이가 입을 삐죽거리더니 갑자기 큰 소리로 울기 시작했다. 누구한테도 보이지 않던, 누르고 눌러왔던 울음이 한꺼번에 터졌다.

"나한테는 아무도 말 안 걸어요. 나한테 말 거는 아이는 아지한테 혼나고 저처럼 되거든요. 아지가 생과방에 가서 약과를 훔쳐 오라기에 못한다 그랬더니 그 벌로 자기 요강 비우고 깨끗이 닦아오래요. 다른 아이들도 따라서 그러구...새벽마다 요강을 여섯 개나 비우고 닦고...”

“못된 것들...”

위로할 말이 없었다.

“요강보다 더 힘든 일도 했어요.”

“더한 거? 무어?”

“아지가 서답을...자기 서답 빨래를 한 보따리 내놓고 빨아오라고...”

큰애는 입이 떡 벌어졌다. 누가 볼까, 밤에나 빠는 서답 빨래를 여덟 살짜리에게 시키다니.

한 번 말문이 터진 옥금이는 밤늦도록 이야기를 그치지 않았다.

“부모 동기들은 역병으로 다 죽었어요...친척 아저씨가 저를 데려갔는데 물 길어오라 하고, 밥 많이 먹는다고 때리고...그 친척이 다달이 제 월봉을 받아요...”

“어떻게 되는 친척이냐?”

“몰라요. 본 적도 없어요.”

“그건 돌릴 수 있을 거야. 날 밝으면 내 알아볼게.”

옥금이가 불쑥 물었다.

"돌리면 누가 받아요?"

"부모 동기 없는데 옥금이 니가 받아야지."

"참말이에요?"

"니 월봉이잖아."

옥금이는 믿기지 않는 듯 한참을 생각하다가 큰애를 빤히 쳐다보았다.

"언니라고 불러도 돼요?"

"그럼, 되지 않구."

"그럼, 제 보물 받아주세요. 엄마가 지어주신 색동 주머니예요."

"아니다. 어머니 지어주신 주머니는 네가 소중히 지니고 있어야지."

"약조의 증거에요. 언니가 가지고 있어야 안심이 돼요."

약조의 증거라니, 그래야 안심이 된다니 아니 받을 수가 없었다. 큰애는 잘 보관했다가 이담에 크면 주어야지 마음먹고 옥금이의 보물을 받았다.

옥금이가 배시시 웃었다. 웃는 얼굴을 처음 본다. 웃으니 볼우물도 들어가고 귀여운 얼굴이다.

"근데 언니는 어떻게 으뜸 생각시가 되었어요?"

"'으뜸 생각시'라는 직책이 있는 것은 아니야. 얘기가 좀 길어. 대비 마마 회갑연 때였는데 모처럼 큰 잔치여서 궁에서는 몇 달 전부터 진연 준비에 바빴지. 왕실의 큰 행사를 처음 맞은 우리 아기 나인들도 바짝 긴장했어. 보통 때라면 웃어넘길 작은 실수도 상궁 마마님들이 매섭게 꾸짖고 벌까지 내리셨거든.”

새근새근…옥금이의 낮은 숨소리가 들려왔다. 어린 것이 그리 혹독하게 당했으니 얼마나 곤할까. 그래, 나쁜꿈 꾸지 말고 하루라도 편히 자거라. 큰애는 옥금이에게 이불을 덮어주고 옛 생각에 잠겼다. ‘으뜸 생각시’로 불리게 된 것은 대비 마마 회갑연 때부터였지.

회갑연에서는 상감 마마와 중전 마마, 이제 겨우 첫발 뗀 영혜 옹주 아기시까지 왕실 온 가족들이 대비 마마께 술과 함께 축하의 말씀을 올린다. 대비 마마께서도 응당 덕담을 내리시는데, 그것이 문제였다.

“이번 진연에는 한문체 덕담을 내려야겠다. 큰애 네가 지어보거라.”

한문체 덕담이라니. 그런 것도 있나? 짐작 가는 바가 없지는 않았다. 대비 마마는 언문밖에 모르신다. 대비 마마가 언문 교지를 내리면 실력자 지밀상궁이 한문으로 번역하여 다시 올린다. 혹여 대비 마마가 수렴청정이라도 하시는 날에는 그 지밀상궁이 실세가 되어 벼슬 부탁 뇌물이 줄을 선다고 한다. 지금은 양 상궁 마마님이 그 일을 하신다.

이모 상궁님이 큰애에게 언질을 주었다.

"양 상궁이 뇌물을 크게 받았어. 대비 마마께서 알고 계신다."

"예에…"

"대비 마마께서 네게 괜한 하명을 내리신 게 아니다."

"예? 예에!"

"다시없을 기회다. 잘해 보거라."

"예 마마님. 무슨 말씀인지 알겠어요."

큰애는 규장각 서책들을 두루 살폈다. 중국의 옛 시와 고사에서 골라낸 사자성어들을 엮어 그럴듯한 문장을 만들어 내는 일은 그리 어렵지 않았다. 대비 마마께서 저으기 만족해하시며 상으로 분홍색 비단을 내리셨다. 마침내 회갑연 날이었다.

대비 마마는 중앙에 자리하시고 왕실 가족들이 차례로 나아와 무릎 꿇고 절을 올리는 예가 시작되었다. 맨 먼저 상감(철종)께서 절을 하시고 장수를 기원하는 말씀을 올렸다. 대비 마마는 그동안 외우신 대로 잘하셨다. 두 번째로 중전 마마가 절을 하시고 무병장수를 기원하는 말씀을 올렸다. 대비께서 덕담을 내리실 차례다. 말씀이 없으시다. 참석한 사람들이 대비 마마를 올려다보며 덕담을 기다렸다.

큰애는 속이 탔다.

대비께서 손으로 콧등의 땀을 닦으신다.

큰애가 재빨리 수건을 올리며 그 틈에 슬그머니 덕담 적은 쪽지를 큰 그릇 뒤에 놓았다. 대비께서는 '몇 줄 되지 않으니 수월히 외웠노라' 하셨지만 만약을 대비해 준비해 둔 것이었다. 대비께서는 그제야 언문 토가 달린 문장으로 유창하게 덕담을 내리셨다.

회갑연을 지휘하던 제조상궁이 큰애의 글솜씨와 민첩한 대응을 가까이에서 다 보았다. 큰애를 불러 이름과 나이를 묻고 잘했다고 칭찬하며 과일과 정과를 상으로 내렸다. 수백 궁녀를 거느리는 제조상궁의 눈에 들었다는 것은 꽃길이 열린 것이나 진배없었다. 진연이 끝난 후 제조상궁이 최 상궁을 찾아왔다.

"제자를 잘 가르쳤소. 생각시 중에 으뜸이오."

"좋게 보셨다니 감사하오이다. 아이가 워낙 영리합니다."

"그리 보이오. 내 밑에서 잘 가르쳐보고 싶은데 최 상궁의 의향은 어떠하오?"

제조상궁이 자기가 가르쳐보겠다는 것은 큰애를 장차 제조상궁으로 키워보겠다는 뜻이다. 최 상궁은 난감했다. 큰애를 빼앗기고 싶지도 않지만 오만한 제조상궁에게 밉보여서도 안 되었다. 최 상궁 본인에게는 물론 애먼 큰애에게도 화가 미칠 수 있는 민감한 일이었다.

"아이가 아직 어리고 무엇보다도 대비 마마께서 귀애하시니 좀 더 두고 보시지요."

대비 마마를 앞세우는 데야 제조상궁도 더는 억지를 부릴 수 없었다.

소문은 금방 퍼졌다. 엄 가 생각시로 불리던 큰애가 대뜸 '으뜸 생각시'로 불리기 시작했다. 나이 든 궁녀들도 큰애를 장차 제조상궁의 재목으로 보고 공손히 대우하였다. 열 살 남짓 또래들의 으뜸 생각시 큰애는 아기 나인들의 대장이 되었다. 큰애는 아기 나인들이 한창 배우는 '소학' '규범' '내훈'들은 벌써 뗐고 그때 이미 공자, 맹자를 읽고 있었다.

그때까지만 해도 상감이 살아계셨고 궁은 무탈했다. 그러나 상감 마마의 자리보전이 길어지자 '누가 다음 보위에 오를 것인가'에 대한 추측성 소문이 궐 안에 떠돌았다. 궁인들은 헛소문을 부지런히 퍼뜨렸다. 큰애는 한마디도 보태지 않았다. 대비전 지밀 생각시 큰애는 보위에 오를 새 임금이 정해지는 과정을 낱낱이 알고 있었다.

상감께서 몸져누우신 그 무렵부터 승후관 조성하 나리의 입궁이 잦아졌다. 대비 마마는 친정 조카 조성하 나리를 가까이 두고 시정의 돌아가는 소식도 듣고 궐 안의 일도 의논하신다.

어느 날 조성하 나리가 머리 희끗한 어른을 모시고 들었다. 그날도 큰애는 대비 마마께 인현왕후전을 읽어드리다가 눈치껏 물러 나왔다. 대비께서는 '인현왕후전' '계축일기' '한중록' 같은 궁중 여인 비사들을 한숨을 쉬시면서도 거듭 들으신다. 큰애는 대비 마마의 부르심을 기다리는 동안 대비전 지밀상궁 마마님들의 어깨를 주물러드리기도 하면서 장지문 앞에서 대기했다. 매사에 엽엽한 큰애를 다른 전각의 마마님들까지도 탐내며 구여워하였다.

이모님은 동틀 무렵이 다 되어서야 돌아왔다. 잠든 옥금이를 보고 "웬 아이냐?" 물었다. 짧게 자초지종을 들은 이모님이 고개를 끄덕이고는 양 상궁에게 알아보겠다 하셨다. 이모님은 뒤척이며 얼른 잠들지 못하였다. 큰애는 '나도 이모님처럼 밤새 흉금 터놓고 이야기 나눌 동무가 있으면 얼마나 좋을까' 생각하였다.

"양 상궁 마마님께는 알아보셨어요?"
다음날 큰애가 이모 상궁께 물어보았다.
"대모빗 잃어버리고 달포쯤 지났을 때 아지가 어디서 찾았는지 빗을 가지고 왔더래."
"뭐라고 하면서요?"

"그건 모르겠구, 양 상궁 말이 그때는 이미 새 빗을 구해서 그깟 이빨 빠진 빗, 아지에게 주어버렸대. 그러면서 농으로 그랬대. '아지 네가 가져갔었구나. 갖고 싶으면 가져라. 그 말이 가슴에 박혔나 보네. 맹랑한 것. 어린 옥금이한테 덤터기를 씌워버렸구먼. 그럴 수도 있지 뭐. 아이 때는 다들 그렇잖어? 아이들은 싸우면서 크는 거야.' 웃으면서 그러더구나."

큰애는 그 즉시로 아지를 찾아가 이모 상궁에게 들은 이야기를 그대로 전했다.

아지가 펄펄 뛰며 끝까지 아니라고 발뺌했다.

"좋아. 믿을게. 추후로 또 이런 일이 생기거나 옥금이를 괴롭히거나 하면 그때는 감찰상궁 마마님께 정식으로 고할 테니 그리 알아."

아지는 더는 말을 못하고 씩씩거렸다. 여전히 몇몇 아이들은 옥금이를 흘겨보고는 했지만 감히 노골적으로 괴롭히지는 못했다. 큰애의 서늘한 눈빛, 단호한 말 한마디가 그 아이들에게는 보이지 않는 경고였다.

옥금이는 얼어붙었던 땅이 녹아 새싹이 돋아나듯 달라지기 시작했다. 말도 없고 웃음도 없던 아이가 참새처럼 재잘재잘 말도 잘하고 별일 아니어도 잘 웃었다.

큰애가 으뜸 생각시로 자리를 잡아가는 와중에도 극복하기 어려운 일이 하나 있었다. 훈민정음 글씨체가 활달한 달

필로 남다르다는 것이 문제였다.

"글씨가 너무 크다. 휘갈겨 쓰지 말아라."

엄하기로 이름난 정 상궁 마마님께 몇 차례나 꾸중 들었다.

"힘을 빼라니까. 누가 보면 힘깨나 쓰는 사내 글씨인 줄 알겠구나."

함께 공부하는 아기 나인들이 킥킥 웃었다.

궁녀들의 글씨는 마구 섞어 놓아도 누구 글씨인지 분별이 안 가게 똑같아야 한다. 큰애는 '서책 한 권을 통째로 외는 게 낫겠다' 투덜거렸다. 보다 못한 정 상궁 마마님이 회초리를 들었다.

"글씨체 하나를 못 잡고 한심하구나. 종아리 걷어라."

그때 갑자기 옆에 있던 옥금이가 정 상궁 마마님 손에 들린 회초리를 잡아채어 잽싸게 달아났다. 정 상궁은 너무나 어이가 없어 '허어 참' 소리만 계속했다.

"큰애, 네가 잘 가르쳐야겠다. 요즘 아이들은 버르장머리가 없어."

"예에, 마마님…"

일각(15분)쯤 지났을까, 옥금이가 돌아왔다. 손에 회초리 대신 식혜가 한 사발 들려있었다.

"회초리는 어디 있느냐?"

"퇴선간 아궁이 불이 꺼지려 한다고 각심이가 달라 사정하여 주었습니다. 대비 마마 수라 덥힐 아궁이 불이 꺼지면 경을 칠 터인데 어쩌겠습니까."

"…그러면 다른 회초리를 만들어 오거라."

"예, 마마님. 우선 식혜 좀 들어보시어요. 이번에 잘 됐다고 나인들이 자기네 상궁 마마님께 드린다고 얻어가길래 저도 우리 마마님께 드리려고 한 사발 얻어왔사옵니다. 들어보셔요."

"식혜는 무슨…"

"마마님. 언니의 언문체는 제가 고칠게요. 어떡해서든 꼭 고치게 할게요. 언니 용서해 주셔요."

"네가 어떻게 고친단 말이냐?"

"두고 보셔요. 만약 못 고치면 제가 종아리를 맞겠어요."

"허어, 고것 참. 내, 두고 보마."

당돌한 옥금이의 제안에 엄격한 정 상궁 마마님이 물러나셨다.

그날부터 옥금이가 큰애 곁을 지켰다. 밤늦도록까지 먹을 갈아주고, 졸면 차 끓여줘 가면서.

"언니는 어려운 책도 다 외우고 한자도 양 상궁님보다 더 많이 알잖아요. 언니가 맘만 먹으면 이깟 언문체 하나 못 고치겠어요? 하기 싫은 거잖아요!"

흠칫했다. 큰애는 모든 궁인들의 언문체가 똑같아야 한다
는 말이 이해되지 않았다. 사람마다 얼굴과 성정이 다른데
어찌 글씨체가 똑같을 수 있단 말인가. 언문 연습 시간만 되
면 몸이 비틀리고 하품이 났다.

'못하는 게 아니라 하기 싫은 거라고?'

깜짝 놀랐다. 옥금이는 마냥 보호해야 할 어린아이가 아니
었다. 큰애 자신도 알지 못하는 큰애의 내면을 훤히 들여다
보고 있지 않은가.

큰애는 제조상궁이라는 목표를 향해 앞만 보고 달려왔다.
마음 나눌 동무 하나 없이, 애당초 그런 생각조차도 못한 채.
그런데 어린아이로만 여겼던 옥금이가 감히 정 상궁 마마님
에게 정면으로 맞서 내기를 걸고 큰애를 보호하였다. 이런 일
이 있으리라고는 상상도 못했다. 큰애는 이 차가운 궐에서
옥금이가 마음을 나눌 벗이구나, 깨달았다.

2. 밀약

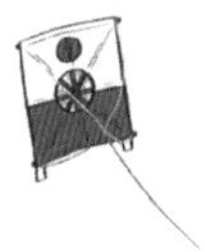

"흥선군, 대비 마마께 문후 올리옵니다."

카랑카랑한 목소리가 장지문 밖에까지 들린다.

"어서 들게나. 내 승후관에게 자네 얘기는 듣고 있었네."

대비 마마의 목소리에 반기는 기색이 역력하다.

"강건하신 모습 뵈오니 기쁘기 한량없사옵니다."

"그래, 가내는 평안하신가?"

"염려 덕분에 그럭저럭 지내옵니다."

"흥선군이 어렵게 지낸다는 말은 들었네. 왕실의 어른으로 민망하기 그지없구려."

"아니옵니다, 대비 마마."

"그래, 흥선군은 슬하에 몇이나 두셨는가?"

"아들 셋에 여식 셋을 두었사옵니다."

"다복도 하시구려."

큰애가 흥 콧방귀를 뀌었다. '강건하신 모습 뵈오니 기쁘기 한량 없사옵니다' 언제 뵈었다고 아부인가. 대비전에 드는 사람들은 약속이나 한 듯 똑같은 말을 한다. 대비 마마도 그렇지. 행색도 초라한 저런 종친이 무에 반갑다고 받자하실까.

미관말직이나마 바라고 온 게 분명한데 말이지.

큰애는 들으나 마나 한 방안의 대화에 흥미를 잃고 퇴선간으로 갔다. 거기서는 바삭바삭한 강정도 단단한 볶은 콩도 소리 내며 먹을 수 있다. 밖에 드나드는 방자가 물어오는 시중의 소문을 듣는 곳도 퇴선간이다. 지금 밖에서는 상감마마의 환우가 깊어 곧 일을 당하게 생겼다는 소문이 파다하다고 한다.

"서른 셋 한창 나이에 기 한번 못 펴보고 불쌍해서 어쩔거나."

"강화도에서 끌려와 허수아비 왕노릇하다 속병이 든 게야."

백성들은 저마다 한마디씩 하며 혀를 찬단다.

그 말들처럼 상감께서는 아예 자리보전하고 누우셨다. 대통 이을 세자도 없이 승하하신다면…다들 그런 생각을 하고 있지만 누구도 입 밖에 내지는 않는다. 막상 일을 당하면 누구로 대통을 잇게 하느냐의 결정권자는 궁중의 최고 어른 대비 마마일 것은 자명한 일이다.

큰애는 지난번 진연 때의 일로 제조상궁이 최 상궁을 찾아와 의중을 묻더라는 얘기를 들었다. 큰애는 '저는 이모 상궁 마마님 밑에 있겠어요' 똑똑히 밝혔다. '혹여 대비 마마께서 허락하시더라도 제가 어찌 집안 이모님을 떠나겠어요' 라고도 했다. 말은 그렇게 했지만 그게 다는 아니었다. 상감께서 승하하시고 대비께서 새 임금을 지명하시면 김 씨 세도가들도 대비 마마를 뒷방 늙은이라고 업수이 여길 수 없을 터이다. 어디에 남아있는 게 이로울 것인가. 세상 돌아가는 이치가 어린 소견에도 빤히 보였다.

‘흥선군은 슬하에 몇이나 두셨는가?’

대비 마마께서는 첫 대면에서부터 그렇게 물으셨다. 그 말씀에 뼈가 있었다.

‘아들 셋에...’

큰애는 비로소 한미한 종친 흥선군의 무게를 알아차렸다.

흥선군은 승후관 나리를 앞세워 뻔질나게 대비전에 드나들었다. 흥선군이 들면 대비 마마는 지밀상궁들을 모두 물리고 큰애만 가까이 있으라 명하신다. 큰애는 장지문 앞에 다소곳이 앉아서 방안에서 흘러나오는 은밀한 대화에 귀 기울였다.

“상감께서 후사 없이 병세가 깊으시니 내가 밤잠을 이루지 못하네.”

“소자 안타깝기 그지 없사옵니다.”

“왕통을 중시하는 왕실이 아닌가. 이러다 갑자기 흉한 일이라도 당하면...”

대비가 흠 흠 헛기침을 했다.

"대비 마마께서 왕통을 거론하시니 제 속에서 울화가 치미옵니다. 이 나라가 이 씨의 나라이옵니까, 안동 김 씨의 나라이옵니까."

"말해 무엇하겠나. 그래, 내 허물없이 묻겠네. 왕실의 직계 비속 중에 누구 없겠는가?"

흥선군은 대답하지 않았다.

큰애가 슬며시 웃었다.

'그렇겠지. 자기 세 아들 중에 하나를 왕으로 올리라고 말하기가 쉽겠어? 대비 마마께서 먼저 말씀하시기를 기다리는 거야.'

두 어른의 눈치 싸움이 길어지고 있었다. 큰애는 지루해서 하품이 나왔다.

"기탄없이 말해보게. 흥선군 자네가 종친부 일을 본다기에 묻는 것이네."

대비가 흥선군의 기색을 살핀다.

"대비 마마께서도 아시다시피 왕족이란 왕족은 김 씨 일족에게 희생되어 씨가 마르지 않았습니까. 살아남은 왕실의 직계비속이라야 남연군의 자손인 소자의 집안뿐이옵니다."

흥선군이 상체를 곧추세우고 대비에게 아뢰었다.

"알고 있네. 내 자네를 보자 한 것도 그래서이네."

흥선군은 달려 나가려는 말의 고삐를 잡아채듯 지그시 자신을 눌렀다.

'대비가 나서면 나는 종친으로서 따르는 모양새만 갖추면 된다. 그래야 뒤탈이 없다. 마음 같아서는 당장 결판을 내고 싶지만, 섣불리 패를 보여서는 안 된다. 운은 떼어놓았으니 서두를 것 없다.'

"대비 마마께서 지혜의 방책을 내려주시면 소자 따르겠나이다."

두 마리 노회한 구렁이들의 싸움은 길고도 지루했다.

며칠 후 조성하 나리가 대비전에 들었다.

"알아보았느냐?"

대비 마마의 하문에 승후관 나리가 흘깃 큰애를 쳐다보았다. 대비 마마께서는 물러가 있으라 손짓하셨다. 큰애는 대비 마마 어깨 주물러 드리던 손을 떼고 조용히 물러 나왔다.

"…그중 둘째 명복이 총명하고 영특하다 하옵고…성품도 온유하고 너그러워 동네 천것들과도 스스럼없이 잘 어울린다 하옵니다…열두 살이면 적당한 보령이옵지요. 덕완군(철종)은 열아홉에 보위에…"

두 분이 하도 은밀히 말씀하시어 알아듣지 못하는 곳이 중간중간 있었다. 대통을 잇게 되실 임금 이야기는 흥미로웠다. 열두 살, 소년 나이에 군왕이 되실 그분은 총명하고 영특하고 온유하고 너그러우시다고. 천것들과도 스스럼이 없이 하신다고. 큰애는 총명하고 어진 새 임금을 마음에 담았다.

추석 명절에서 며칠 지나지 않은 어느 날, 승후관 나리와 흥선군이 함께 대비전에 들었다. 큰애는 '잘하면 새 임금의 부친이 되실 흥선군'을 눈여겨보았다. 크지 않은 키에 날카로운 눈매며 꽉 다문 입매가 고집깨나 있어 보인다. 깡마른 체격에 지나치다 싶게 곧게 편 등은 대비 마마 앞에서도 기죽지 않아 보인다.

흥선군에 대한 소문은 좋은 것이 별로 없었다. 하릴없이 '난蘭'이나 치는 한량이라고도 하고, 술과 노름에 빠져 왕족의 품위를 떨어뜨리는 망나니라고도 한다. 그러나 큰애가 보는 흥선군은 한량도 망나니도 아니었다. 부러질지언정 휘지 않는 꼿꼿함이 느껴지는 대가 센 어른으로 보였다.

흥선군은 명절이나 생신 때 외에도 무슨 핑계를 대서라도 대비전에 들었다. 안동 김 씨 세도에 밀려나 뒷방 처지인 대비 마마를 위로하고 사자성어의 유래를 들려드리기도 하면서 말벗이 되어 드렸다.

그런데 오늘은 빈손이었다. 며칠 전 추석에는 자신이 친 난초 그림을 들고 왔는데 함께 온 승후관 나리가 '중국에까지

명성이 뜨르르한 조선 제일의 난'이라고 추켜세웠다. 오늘 흥선군의 눈빛은 어딘지 여느 날과는 다르다. 대비 마마께서는 아직 확답을 내리지 않으셨다.

"내 오늘 자네를 보자 한 것은 묻고 싶은 말이 있어서이네."

대비가 허리를 곧게 세웠다.

"하문하소서."

흥선군이 머리를 조아렸다.

"상감의 환후가 급해졌네."

"듣고 있사옵니다."

흥선군도 대비도 쉽사리 입을 떼지 않는다. 서로 상대방의 의중을 헤아리기 바쁘다. 대비가 흥선군을 빤히 쳐다보았다. 뒷방 늙은이의 시선이 아니다. 상대의 가슴 속까지 훑어보는 매섭고도 강렬한 눈빛이다. 하지만 권력다툼으로 닳고 닳은 조 대비도 흥선군의 맞수는 못되었다. 결국 먼저 입을 연 것은 대비였다.

"마냥 허송세월하고 있어도 괜찮겠는가?"

"소자는 대비 마마의 뜻을 받들 뿐이옵니다."

대비가 가까이 오라 손짓했다.

"내 흥선군의 둘째 아들을 의중에 두고 있네만, 자네 의향을 듣고 싶네."

흥선군의 눈이 번쩍 빛났다. 고대하고 고대하던 말이다. 그러나 마음의 동요를 누르고 아뢴다.

"대비 마마께서 그리 말씀하시니 감히 한 말씀 올리겠사옵니다. 소자의 둘째 아들로 대통을 잇게 해 주신다면…"

"그리하면?"

대비가 흥선군 쪽으로 상체를 내밀었다.

"대비 마마께서는 왕가의 촌수로 소자의 육촌 형수뻘이 되시옵니다."

흥선군의 아버지 남연군이 사도세자의 서자 은신군의 양자가 된 덕분이지 혈연은 아니다.

"오, 그런가."

대비가 반가운 기색을 드러냈다.

"소자의 둘째 아들이 마침 혼전이옵니다. 이 말씀은, 대비 마마께서 풍양 조 씨 문중에서 왕비를 택하실 수도 있다, 그런 뜻이 되옵지요."

"화통해서 좋으시오."

대비가 크게 웃었다.

흥선군은 대비가 방금 허우체*로 말을 높였다는 사실을 알아차렸다.

대비도 알아들었다. 왕의 아버지 될 흥선군이 풍양 조 씨 문중에서 며느리를 맞겠다는 뜻을 밝혔다. 그동안은 3대에 걸쳐 안동 김 씨 문중에서 줄곧 왕비를 냈다.

(* 사적인 자리에서 쓰는 궁중어. 자신보다 낮은 신분이기는 하나 함부
로 말을 놓을 수 없는 상대를 대할 때 쓰는 어체)

"허나 대비 마마, 이후의 일이 더 중차대하옵니다."

"이후의 일? 무엇을 말이오?"

"그동안 대비 마마께서는 왕통에서 제외된 원통한 세월을
잘 견디어 오셨사옵니다. 그 설움, 소자가 잘 아옵지요."

대비가 복잡한 얼굴로 고개를 끄덕이었다.

"대비 마마께서 소자의 아들로 보위를 잇게 하신다고 하루
아침에 세상이 달라지지는 않사옵니다. 김씨 세상은 계속될
것이옵니다."

"뾰족한 수가 없지 않소."

"뾰족한 수야 만들면 되옵지요."

"만든다? 어떻게요?"

대비가 서안에 두 손을 짚고 흥선군을 똑바로 쳐다보았다.

"소자의 둘째 아들을 익종 대왕의 양자로 들이시옵소서."

느닷없이 튀어나온 지아비 익종 소리에 놀란 대비가 되물
었다.

"익종 대왕의 후사 말씀이요?"

"생각해 보옵소서. 대비 마마께서 소자의 둘째 아들을 보
위에 올리신다 해도 이는 승하하신 선대왕의 뒤를 잇는 것이

되옵니다.”

“그렇지요.”

“그리되면 안동 김 씨 중전의 수렴청정을 막을 길이 없사옵니다.”

“옳거니!” 대비가 무릎을 쳤다.

“흥선군, 참으로 명민하시오. 내 밤낮으로 숙고하였건만 방도를 찾지 못했소. 참으로 신묘한 계책이요.”

흥선군은 ‘되었다!’ 안도의 숨을 내쉬었다.

명복이 보위에 오른다면 선대 왕(철종)의 대를 잇는 것이니 순리에도 맞고 뒷말도 나오지 않는다. 그리되면 나이 어린 왕을 대신하여 중전 김 씨가 수렴청정을 맡게 될 것이고 안동 김 씨 세력은 그대로 연장된다. 그러나 조 대비가 수렴청정에 나설 수만 있다면 안동 김 씨 세도는 한풀 꺾일 것이고 그리되면, 추락했던 왕실의 위엄을 되찾기가 한결 수월해진다. 물론 왕통을 거슬러 올라가 추존왕 익종의 후사를 잇는 것이 무리이기는 하나 아주 안 되는 일도 아니다. 대원군은 터져 나오려는 득의만만한 웃음을 눌러 참았다.

‘육십 년 세도가 안동 김 씨 문중의 젊은 중전보다야 뒷방 늙은이 조 대비가 다루기에 쉽지. 암, 훨씬 수월하고 말고!’

흥선군이 조 대비께 넙죽 절을 올렸다.

“소자의 아들을 대비 마마의 양자로 들이시어 후사를 잇는다면 더할 나위 없는 광영이겠나이다!”

조 대비의 얼굴에 만족한 미소가 떠올랐다. 흥선군 또한 오랜 세월 웅크렸던 가슴을 쫙악 폈다. 그동안 서로의 속내를 감추고 타진해 오던 밀담이 비로소 합의에 이르렀다.

조선 제26대 국왕 익성군 즉위____1863년 12월 8일

상감이 승하하자 조 대비는 국새를 틀어쥐고 자리를 지켰다. 친정 조카 조성하 형제에게 안동 김 씨들이 준동하지 못하도록 궁궐을 엄중히 지키라 명하고 중신들을 창덕궁 중희당重熙堂으로 불러들였다. 상감의 승하 소식을 접한 영의정 김좌근, 좌의정 조두순, 영중추부사 정원용, 판중추부사 김흥근 등이 댓바람에 달려왔다. 조 대비는 발을 치고 앉아서 대신들이 모두 들기를 기다려 무겁게 말하였다.

“죽지 못해 사는 이 몸이 차마 망극하고 차마 감당할 수 없는 일을 당하고 나니 그저 원통한 생각뿐이오. 지금 나라의 안위가 시각을 다투기에 여러 대신들을 청해 종묘사직의 큰 계책을 의논하여 정하려는 것이오. (중략)

이에 대신들은 승하하신 상감의 뒤를 이어 보위에 오르실 왕을 속히 결정하기 바라오."

　상감이 병중이었다고는 해도 이리 갑자기 승하하실 줄은
몰랐다. 미처 후계자를 정해놓지 못한 안동 김 씨들은 당황하
여 서로 얼굴들만 쳐다보았다. 모두가 눈치만 보고 우물쭈물
하고 있을 때 전 영의정이었던 영중추부사 정원용이 나섰다.
　"왕실의 웃어른이신 대왕대비 마마께서 밝은 지혜로써 명
을 내리시면 중신들은 따를 뿐이 옵니다."
　모두가 어쩔 줄 모르고 머뭇거리는 사이 왕위의 결정권이
순식간에 조 대비에게로 넘어가 버렸다. 놀란 영의정 김좌근
이 뭐라 아뢸 참인지 고개를 드는 순간, 조 대비가 민첩하게
김좌근을 앞질렀다.
　"알았소. 중신들의 뜻이 정이 그러하다면 왕실의 어른으로
서 내가 결정을 내리겠소."
　대비가 흐음 흠, 크게 기침 소리를 내더니 큰 소리로 명을
내렸다.

> "흥선군의 적자 둘째 아들 이명복으로 익종 대왕의
> 대통을 입승入承하기로 작정하였다."
> (고종실록 1권, 고종 즉위년(1863년) 12월 8일 기사)

중희당에 울려 퍼진 대비의 목소리는 흡사 개선장군의 승전보처럼 우렁찼다. 이 일의 이면에는 흥선군이 있었다. 김 씨 세력과 사이가 좋지 않은 정원용과 일찌감치 밀약을 맺어 두었다.

'궁에서 후사가 논의되면 대감께서 나서주시오. 그 공을 어찌 잊겠소. 배로 갚으리다.'

안동 김 씨의 다른 한 축 김병학과는 혼약을 맺어 두었다.

'아들 명복이 보위에 오르면 대감 댁과 사돈을 맺을 생각이오.'

김병학의 딸을 며느리로 들이겠다는 약조였다. 평소에 김병학은 흥선군을 점잖게 대하고 쌀 말이라도 보태주어 둘은 은밀히 내통하고 있었다.

안동 김 씨들은 갑자기 정해진 왕위에 당황했지만 크게 걱정하지는 않았다. '대원군'이란 왕의 부친이라는 허울 좋은 명칭일 뿐 벼슬이 아니다. 당연히 실권이 없다. 새 왕의 아버지는 응당 승하하신 선대왕이었다. 그런데 새 왕의 아버지가 살아있는 대원군이라니 역사에 없는 일이 생겼다. 그렇다고 안동 김 씨 세상이 흔들릴 일은 일어나지 않는다. 결코 일어날 수가 없다. '직책 없는 대원군이 궐에 들어올 일이 없으니 마주쳐 난처해질 일도 없다'며 대수롭지 않게 여겼다. 그렇기는 해도 흥선군이라니. 얼마나 경멸했던가. 단 한 번도 고려해 본 바 없는 하찮은 종친이 아니던가. 김 씨들은 쓴 입맛을 다셨다.

"대왕대비 마마, 교지를 내려주시옵소서."

영중추부사 정원용이 목소리를 돋우어 아뢰었다.

대왕대비 조씨가 기다렸다는 듯 수렴 아래로 언문 교지를 내놓았다. 너무도 급하여 한문 교지를 내릴 여유가 없었다. 이제 왕위는 확고해졌다. 1863년 12월 8일 새벽에 승하하신 선대왕 어체御體의 온기가 채 식기도 전에 조선 제26대 왕이 정해졌다. 워낙 급하게 왕위를 정하느라 절차나 예법을 따지지 않고 일을 진행하였다. 안동 김 씨들이 이것저것 따져가며 반대하기 전에 왕권을 기정사실로 굳혀놓아야만 했다. 대왕대비는 남몰래 가슴을 쓸어내렸다.

대원군 흥선은 보위에 오를 명복의 이름을 재황載晃으로 급히 지어 올렸다.

대왕대비 또한 흥선군의 둘째 아들 재황에게 부랴부랴 익성군翼成君으로 봉한다는 교지를 내렸다. 원래 익성군은 효명세자의 군호였으나 어차피 명복이 보위에 오르면 없어질 임시 군호이므로 급한 대로 법적 아버지의 군호를 그대로 내렸다. 공식 작위도 없이 보위에 오를 수는 없는 일이다.

영중추부사 정원용은 그 즉시로 군사를 풀어 새 임금댁의 경비를 명하였다. 사람 키가 넘는 긴 창과 날랜 검으로 무장

한 근장군사近仗軍士들이 흥선군의 쇠락한 집 주위를 에워
쌌다.

　"봉영 사절이 당도하였사옵니다."

　흥선군은 새 국왕의 봉영 사절이 도착했다는 전갈에 지그
시 눈을 감았다.

　'나는 왕의 생부生父다. 혹독했던 지난 시절은 잊고 어린
왕을 보필하는 일에만 전념하자. 나를 박대했던 영의정 김
좌근, 그 김 씨 세력들에게 정치보복 따위는 하지 않을 것이
다. 나 이하응은 그런 졸장부가 아니다. 오랜 세월 세도정치
에 억눌려 온 백성들에게 살만한 세상을 베풀어 좋은 정치의
본을 보이자.'

　마음을 추스른 흥선군이 방문을 활짝 열어젖혔다.

　영의정 김좌근과 딱 눈이 마주쳤다. 김좌근은 대왕대비의
교지를 실은 가마 선두에 서 있다가 흥선군과 맞닥뜨렸다.
두 사람은 짧은 순간 서로를 보았다. 흥선군은 김좌근의 얼
굴에서 미처 감추지 못한 당혹감과 두려움을 읽어냈다. 흥선
군은 시선을 거두고 무심한 얼굴로 마당으로 내려섰다. 때마
침 명복이 대청에서 내려와 대신들을 맞이하는 참이었다.

　도승지 민치상이 명복에게 이름과 나이를 물었다. 명복이

잘 대답하였다. 도승지가 대왕대비의 교지를 서안책상 위에 올려놓았다. 명복이 대청 위로 올라가 서안 앞에 무릎을 꿇었다. 대비의 언문 교지를 대신들이 급히 한문으로 옮겨 적은 것이다. 도승지가 대왕대비의 교지를 읽었다.

> "王大妃殿傳敎, 大行王奄棄群臣, 悲慕罔極。當擇君承
> 大統, 以固國本, 不可私情所度。
> 今聽於延德宮益成君子載晃, 使承大統。於是, 不究論,
> 當卽位。群臣其體予命"
> 왕대비전이 전교하기를, 선왕大行王이 갑자기 세상을 버려 슬프고 망극하다.
> 마땅히 대통을 이을 임금을 정하여 국본國本을 굳게 해야 하는데 사사로운 정으로 헤아려서는 안 될 것이다.
> 지금 연덕궁에서 익성군 재황에 대해 듣고 그로 하여금 대통을 잇게 한다.
> 이에 대하여 길게 논의하거나 따질 필요 없이 마땅히 즉위시킬 것이다. 군신들은 내 명에 따르라.

익성군이 대청 아래로 내려와 네 번 절하고 다시 올라가 서안 앞에 섰다. 도승지 민치상이 익성군 재황에게 무릎 꿇고 교지를 전했다. 익성군이 교지를 읽고 서안 위에 올려놓았다. 교지를 받는 절차가 끝났다.

궐에서 나온 상궁들이 익성군을 방으로 모시고 들어가 복건을 씌우고 푸른 도포를 입히고 흰 비단 띠를 둘렀다. 명복은 가만히만 있으면 되었다. 방에서 나오자 대신들이 익성군에게 입궐을 청하였다.

비단을 덧댄 검은 가죽신에 발을 넣으면서 명복이 아버지를 쳐다보았다. 어딘지 알 수 없는 먼 곳에 시선을 두고 계셨다. 그 곁에서 어머니가 웃는 듯 우는 듯 명복을 바라보며 고개를 끄덕이셨다. 명복은 형님과 누이들과도 눈인사를 나누고 누군지 모를 궐 사람들의 부축을 받으며 대문 문지방을 넘었다. 주렴을 드리운 크고 호화로운 가마가 대기하고 있었다.

명복은 크고 화려한 가마보다도 가마 메는 장정들의 수에 놀랐다. 열도 어쩌면 스물도 넘어 보인다. 더 놀라운 것은 집 앞에 가득한 사람들이다. 집 안도 집 밖도 그야말로 인산인해, 멀미가 일 정도다.

명복이 나오자 그 많은 사람들이 일제히 엎드려 절하였다. 얼굴을 아는 동네 사람들도 많았다. 며칠 전만 해도 대추나무에 걸린 연을 찾으러 올라가면 '명복이 이눔. 나무 다 부러지겠다' 소리치던 분들이 아닌가. 같이 연 날리고 제기 차던 서당 동무들도 머리를 숙인 채 감히 명복을 쳐다보지 못한다. 자명종 시계 자랑하던 판윤댁 짝눈이는 어디 있을까.

"어가에 오르시옵소서."

나이 많은 궐 사람이 나직이 아뢰었다.

명복은 번득 정신을 차리고 익성군으로 돌아가 가마에 올랐다.

흥선군은 어가에 오르는 아들을 묵묵히 바라보았다.

'이 순간을 얼마나 고대했던가. 남연군 명당의 발복을 드디어 보는구나.'

흥선군은 감회에 젖어 아버님 남연군의 상가리 명당 터를 떠올렸다. 가야산 명당 터를 점지한 지관은 추존왕 익종 효명세자의 수릉을 점지한 그 지관이었다. 믿을 만했다. 다만, 지관이 혼잣말처럼 던진 한마디가 걸렸다.

"二大天子之地!"
2대에 걸쳐 임금이 나오는 땅이로다!

천자는 대대손손 이어져야 하는 법. 어찌 2대에 걸쳐 나온다 했을꼬. 고얀 눔 같으니라구. 하늘의 뜻이 있어 왕이 나온 것을 제 놈이 2대라고 못 박는 심사는 무어란 말인가.

흥선군은 지관을 나무라면서도 문득 짚이는 일이 있었다.

그 땅에 천년 고찰 가야사가 있었다. 아버님이 사도세자의 서자 은신군의 양자가 된 덕분으로 대물림한 궁가를 팔아서 가야사를 샀다. 그리고는 불을 질러 천 년 된 절집을 폐가로 만들어 버렸다. 절 마당의 5층 석탑도 허물어뜨렸는데 거기서 사리가 세 개나 나왔다. 돈 먹은 가야사 주지가 사리라고 하니 사리인가 하지, 알 수 없는 일이었다. 그렇게 손에 넣은 탑 자리에 아버지 남연군을 이장하여 모셨다.

흥선군은 목 너머 깊이 박혀있는 가래를 끌어 올려 뱉어 내었다. 께름칙한 생각도 날려버렸다. 어쩌면...2대는 명당의 발복이고 그다음은 인간의 힘으로 이어가라는 하늘의 뜻이 지 싶다.

'나라의 근본은 백성임을 명심하고 경거망동하지 말라는 그런 뜻일 게야.'

가슴이 뛰었다. 60여 년 동안 지속되고 있는 김 씨들의 세 도는 국왕까지 좌지우지할 정도이니 밑바닥 힘없는 백성들 이야 오죽하겠는가. 바로 이때 아무것도 모르는 어린 명복이 왕이 되었다. 그것은 아비인 나에게 이 나라와 백성을 구하 라는 하늘의 명이 아니고 무엇이겠는가. 우선 김 씨 세력을 척결하고, 불합리한 토지제도를 개혁하고...군포! 그놈의 군 포 때문에 얼마나 많은 백성들이 죽어 나가고 있는가 말이 다. 양반들한테도 군포를 걷어야 한다. 양반은 조선 백성이 아니라더냐. 그리고 그리고...마치 둑이 터진 듯 이것저것 순 서 없이 마구 떠오르는 국정의 구상들로 흥선군은 정신이 혼 미할 지경이었다.

익성군의 어가 행렬이 눈 덮인 하얀 길에 길게 늘어섰다. 붉은색, 녹색, 노란색, 검은색 신분에 따라 관복을 갖춰 입은 사람들의 행렬이 위엄있게 느릿느릿 움직인다. 울긋불긋 긴 어가 행렬은 눈밭을 기어가는 거대한 화사花蛇처럼 길고도 화려하다. 새 임금의 행차를 구경 나온 백성들이 길가 눈 위에 엎드려 절을 했다.

어가 행렬이 창덕궁에 이르렀다. 창덕궁의 큰 대문 돈화문은 굳게 닫힌 채였다. 익성군을 태운 어가가 돈화문의 동쪽 겹문으로 들어갔다. 명복은 아버지께 들은 말이 생각났다.

'교지는 받았으나 즉위 전이어서 큰 대문 돈화문으로는 못 들어가십니다. 즉위식을 치룬 다음에라야 왕으로서 당당히 돈화문으로 드실 수가 있지요. 즉위 전의 비공식 입궁임을 잊지 마시고 매사에 조심하셔야 합니다.'

뒤늦게 명복이 고개를 끄덕였다. 당시에는 정신이 없어서 '예, 예' 건성 대답했었다.

어가가 인정전에 이르자 궁에서 나온 늙은 사람이 아뢰었다.

"여기서부터는 걸어서 들어가셔야 하옵니다."

궐의 뜰은 적막했다. 명복은 아무 흔적 없는 깨끗한 눈 위를 걸어갔다.

'이곳이 나무 위에서 내려다보던 그 궁궐이구나. 그 궐 안

이구나.'

명복은 꿈을 꾸듯 사방을 둘러보았다. 밖에서는 크게 보이지 않던 전각들이 아흔아홉 간 고래등 같다는 대감댁 기와집들보다 훨씬 크고 훨씬 더 멋있어 보인다.

소년이 신은 임금의 신 어혜御鞋가 가지런한 발자국으로 어린 왕의 뒤를 따랐다.

숨은 꽃

부스럭거리는 소리에 잠이 깬 최 상궁이 자리에서 일어났다.

"요즘 왜 이리 일찍 일어나니?"

"대비 마마께서는 벌써 기침하셔서 기다리고 계실 텐데요."

큰애가 빠른 손놀림으로 최 상궁의 이부자리까지 개어서 머릿장 위에 얹었다.

"허긴, 새 상감께서 새벽 문후를 드시니..."

최 상궁이 부시를 쳐서 등잔 심지에 불을 붙였다. 들기름 냄새가 고소하게 방안에 퍼졌다.

세수하고 들어온 최 상궁이 머리카락 한 올 날리지 않게 쪽을 찌면서 작은 경대 거울 속으로 노랑 저고리에 분홍치마

받쳐입은 큰애를 바라보았다. 진연 때 대비 마마께서 상으로 내리신 비단으로 어느새 치마를 지어 놓았다.

"이 신새벽에 누구에게 보이려 그리 차려입는 게냐?"

"...곧 봄이니까요."

"아직 설중매도 피지 않았는데 봄타령은."

최 상궁은 언제나처럼 옥색 저고리에 남색 치마를 입으면서 새삼 자신의 복색을 내려다보았다. 궁의 여관이 색깔 화려한 활옷을 입을 수 있는 날은 평생 단 하루, 계례식날 뿐이다. 상궁은 초록색 곁막이를 덧입고 옷고름을 매며 생각하였다.

'하긴 머지않아 우중충한 남색 치마만 입을 텐데 생각시일 때 실컷 입거라.'

"오늘도 따라나서려구?"

새벽 번 나갈 때마다 큰애가 따라나서기에 하는 말이다.

"빨리 배워서 빨리 정식 나인이 되어야지요."

"때가 되면 어련히 될 것을. 생각시가 뭐 하러 새벽 번까지 따라나서 나서길."

최 상궁은 붉은 새앙 댕기를 드리느라 애쓰고 있는 큰애를 바라보며 한숨 쉬었다. 심상치 않았다. 새로 보위에 오르신 상감과 비슷한 또래로 어쩌면 왕을 마음에 두고 있지 않은가, 의심되었다. 오르지 못할 나무는 쳐다보지도 말아라.

혹시 몰라 넌지시 일렀거늘 들리지 않는 모양이다. 저 아이를 어쩌면 좋은가.

"은애하지 말거라."

"예에?"

"편히 잘 수 있는 것도 생각시 때뿐이야. 쓸데없이 바지런하면 몸이 고단하다."

"예, 마마님."

동도 트지 않은 어두운 하늘에서 꽁꽁 언 별 몇 개가 반짝이고 있었다.

큰애는 상궁 마마님들 틈에 끼어 상감마마 드시기를 기다렸다. 어른 나인들의 똑같은 남색 치마들 속에서 화사한 분홍치마는 한눈에 뜨일 것이다. 큰애는 치마폭을 부풀리며 자꾸만 옷매무시를 가다듬었다. 최 상궁이 가만히 있으라고 눈으로 주의를 주었다.

"주상전하 납시오."

상선 어른 특유의 길게 끄는 소리에 나인들이 몸을 바로 했다.

큰애는 옆눈으로 살짝 보았다. 상감께서는 잔뜩 긴장한 얼굴이시다. 입은 꾹 닫고 눈은 아래를 본다. 꾸중 들으러 가는 아이 같다. 그렇겠지. 섣달 새벽 댓바람부터 양어머니께 문안드리는 행차가 즐거울 리 없지. 그 양어머니가 어떤 분이신가. 자신을 왕으로 올려주신 대왕대비가 아니신가. 무슨 말씀을 내리실지, 혹여 꾸중을 내리시지는 않으실지 두렵고 떨리실 거야. 큰애는 자기 일 인양 어깨를 떨었다. 상감께서 방금 문지방을 넘으셨다.

"대왕대비 마마. 소자 문안드리옵니다. 밤새 평안하셨사옵니까?"

"오, 주상. 어서 오시오. 이른 새벽에 예까지 발걸음하여 주시니 기특도 하시오. 이 늙은이 매우 기쁘구려. 주상도 편히 주무셨소?"

"염려 덕분으로 소자도 평안히 침수 들었사옵니다."

"아직 궐 생활이 익숙지 않으실 터인데, 불편한 일은 없으시오?"

"염려 덕분에 편히 잘 지내고 있사옵니다."

"그래요? 편하시다니 참으로 다행이오."

'거짓말!' 큰애가 슬그머니 웃었다. 대전 아기 나인들에게 들은 말이 있었다.

상선 영감이 어린 왕의 말 한마디, 행동거지 하나, 걸음걸이에 이르기까지 '전하, 법도에 어긋나옵니다' '전하, 아니되옵니다’ 일일이 간섭하고 지적질을 해댄다고 한다. 잔소리꾼이 어디 상선뿐일까. 노老상궁들은 막 잠에서 깬 상감에게 득달같이 달려들어 초조반을 먹이고, 의관 정제하여 대왕대비전에 문안 보내고, 돌아오는 즉시 아침 수라상을 들여 먹이고는 시저 놓으시기 무섭게 경연에 내보낸다는 것이다.

“저녁 수라상 앞에서는 꾸벅꾸벅 졸기까지 하셔.”

“오늘은 어땠는지 알어? 아침 수라 드시고 잠깐 쉬시는가 했는데 그대로 잠이 드신 거야. 코까지 골더라니까.”

“각 전각의 이름도 모르시고 처소도 못 찾으셔.”

아기 나인들이 킥킥거리며 흉을 보았다.

큰애는 웃지 않았다. 주상께서는 조강, 주강, 석강 하루 세 차례 경연을 모두 받으신다. 그 고단함에 식곤증까지 겹치면 졸지 않을 사람이 어디 있을까. 왼 종일 깐깐한 원로 학자들과 학문을 논하다 보니 며칠 새 주상의 용안이 반쪽이 되었다는 말도 들린다. 아무것도 모르는 어린 왕이지만 발을 치고 앉은 대왕대비와 문무백관들이 국사를 논하는 막중한 자리에도 참여하여야 한다. 올리는 문건마다 ‘그리하라’ ‘그리하라’ 옥음玉音을 내리셔야 나라가 돌아간다. 궁중에서 자란 세자라면 어릴 적부터 몸에 배었을 법도와 학문을 상감은 하루아침에 몰아 배우면서 왕으로서의 책무까지 다해야 하니 숨이 턱에 찰 일일 게다.

며칠 전만 해도 동무들과 팽이치고 축국하며 개구지게 놀던 도련님이 얼마나 답답하실까. 세상 부러울 것 없는 왕이지만 부모 동기간(형제자매)도 그립고 동무들도 보고 싶으실 테지. 12첩 반상 수라상을 받으시지만 사가 음식도 생각나실 테지. 큰애는 엄마가 긁어주던 조밥 누룽지가 생각나 꿀꺽 침을 삼켰다.

대왕대비 마마께서 상감의 공부에 대하여 하문하셨다. 그저 공부에 대하여 묻는 것이 아님을 상감도 아실 게다. '주상, 학문을 게을리해서는 아니 될 것이오. 늦은 만큼 더욱 매진하여 성군이 되셔야 하오.' 은근한 압박인 것을. 다행히 상감은 모후께서 흡족히 여기실 답변을 올리셨다.

큰애는 상감께서 보위에 오르던 첫날, 첫 문안이 잊히지 않는다.

내 아들아! 어서 오너라!

대왕대비 마마께서 벌떡 일어나 두 팔로 새 상감을 안듯이 맞이하셨다. 핏줄도 아닌 종친을 아드님으로 입적한 덕분에 조선 최고의 권력자가 되셨으니 그러실 만도 했다.

대왕대비 마마께서는 열 살에 왕세자빈으로 책봉되어 왕세손까지 낳으셨으나 지아비 효명세자의 갑작스런 승하로 왕비에는 오르지 못하시었다. 큰애는 마마의 한을 헤아릴 것 같았다.

상감께서 나오신다. 큰애는 자세를 바로 했다. 상감께서는 부리나케 대왕대비전을 나가셨다. 큰 숙제를 마치신 듯 용안이 편안해 보이신다. 덩달아 긴장이 풀린 큰애가 하품을 했다.

"졸리면 가서 더 자거라."

최 상궁이 큰애의 등을 떠밀었다.

서편 행각으로 가는 큰애의 분홍치마가 바람에 흩날렸다. 이모 상궁님 말씀대로 아직 설중매도 피지 않은 2월의 매운 바람이 홀로 달뜬 치마 속을 파고들었다. 춥지만 춥지 않았다. 왕께 보였으니 되었다. 눈길이 머물지는 않았지만 곁눈으로라도 보셨을 거야. 우중충한 남색 치마들 속에서 활짝 핀 진달래색 분홍치마는 안 볼래야 안 볼 수가 없지.

대전 아기 나인이 그랬다. '각 전각의 이름도 모르시고 처소도 못 찾으셔.'

큰애는 며칠 전 일을 생각하면 지금도 가슴이 띈다.

소주방 나인이 생율을 굽다가 큰애에게 들켰다. 나인은 군밤을 조금 나눠주면서 "큰나인들이 보면 다 빼앗긴다. 저쪽 빈 전각에 들어가서 혼자 먹어."

큰애는 군밤이 든 작은 소쿠리를 들고 나인이 가리킨 빈 전각으로 숨어들었다.

한낮의 빈 전각은 어두컴컴하고 나무 썩는 냄새가 났다. 큰 기둥 너머는 듬성듬성한 나무 창살 사이로 해가 들이치고 있었다. 그쪽으로 걸음을 옮기던 큰애가 우뚝 섰다.

은은한 햇살이 내려앉은 그곳에 왕이, 전하께서 기둥에 기대어 잠들어 계시었다. 따뜻한 햇살을 함빡 받으며 낮잠에 든 왕을 그녀는 꿈인 듯 바라보았다. 순한 아기처럼 잠든 그 모습에는 익선관의 무게가 버거운 어린 왕의 고단함이 고스란히 묻어있었다. 왼쪽으로 고개를 떨구어 익선관이 곧이라도 떨어질 듯 아슬아슬하다.

그녀는 떨리는 눈길로 잠든 왕의 얼굴을 더듬는다. 부드럽게 부풀어 오른 볼과 조그만 귀 그리고 반쯤 벌어진 입술, 그 미묘한 곡선을 애틋하게 바라본다. 따뜻한 그이의 숨결이 느껴진다. 체온이 닿지 않아도 그녀의 마음은 온통 그이로 가득하다. 흠칫 했다. 왕이 눈을 뜬 줄 알았다. 짙은 속눈썹이 감은 두 눈을 뜬 듯이 보이게 했다. 그 결을 따라 손끝으로 쓰다듬고 싶은 충동에 휩싸였다.

부른 듯 왕이 눈을 떴다. 놀란 큰애가 소쿠리를 떨어뜨렸다. 군밤이 우르르 쏟아졌다. 왕이 부신 눈으로 어둠에 잠긴 큰애의 얼굴을 바라보며 물었다.

"누구냐?"

“...대,대비전...생각시이옵니다.”

“그래, 이 냄새야. 군밤 냄새였어.”

왕이 혼잣말인 듯 중얼거렸다.

“황공하옵니다, 전하.”

“아니다. 곤하여 잠깐 쉰다는 것이 그만... 잘 깨어주었다. 나인들이 밤을 자주 구워 먹느냐?”

“...”

“괜찮다. 과인도 군밤을 좋아한다.”

“...얻은 것이옵니다.”

왕이 몸을 일으켰다.

“껍질을 까면 더럽지 않다.”

“...”

왕이 빠른 걸음으로 전각을 나가셨다. 큰애는 놀란 가슴인 채로 멍하니 서 있었다.

“집경전이 어느 쪽이냐?”

전각 입구에서 왕이 물으셨다. 그늘에 든 왕의 얼굴은 보이지 않는다.

“우측으로 두 번째 전각이옵니다.”

집경전은 왕이 경연을 받으시는 곳이다. 경연 시각에 늦으신 모양이다. 모셔다드려야 하는 것을. 큰애가 빠른 걸음으로 나가 보았지만 왕의 모습은 보이지 않았다.

큰애는 긴장된 왕의 얼굴이 떠올라 안타까웠다. 내가 대전 지밀 생각시라면 좋았을 것을. 말벗도 되어 드리고, 함께 공부하는 배동도 되어 드리고, 아까처럼 길을 모르실 때면 모시고 다니며 전각의 이름도 알려드렸을 텐데. 왕이 겸연쩍어하시면 위로의 말씀도 올려드릴 거야.

'소녀도 궐에 들어온 첫해는 말도 어렵고, 법도도 어렵고, 길도 모르겠고, 누가 누군지도 모르겠고. 보고 듣는 것이 다 낯설어서 바보 같았사옵니다.'

'그 말은 내가 바보 같단 말이냐?'

왕께서는 웃으실까? 꾸중하실까?

'아니다. 곤하여 잠깐 쉰다는 것이 그만... 잘 깨어주었다.'

전하께서는 곤한 잠을 방해했는데도 노하지 않으셨다. 따뜻하게 말씀해 주셨다. 대비전 문안 드실 때마다 뵈어서인지 동년배의 어린 왕이 동무처럼 느껴졌다. 궐은 온통 어른들이고 층층시하 엄한 여자들뿐인데 단 한 사람 또래 소년이다. 왕을 가까이 뵈옵고 말씀을 나눈 그 시간이 꿈만 같았다.

네 가닥 붉은 새앙 댕기가 바람에 흩날린다. 그 모습이 잠자리 나는 것도 같고, 팔랑거리는 나비 같다고도 한다. 보는 이마다 예쁘다고들 한다. 다른 전 아기 나인들은 못하고 오직 생각시만 할 수 있는 어여쁜 새앙 댕기를 상감께도 보여 드리고 싶다!

3. 소년 왕의 첫사랑

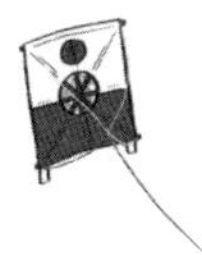

　궁궐에도 봄이면 꽃 피고, 여름이면 오디 열고, 가을에는 낙엽 지고, 겨울에는 눈이 왔다.

　하루아침에 왕이 되어 용상에 앉혀졌지만 어린 임금에게는 힘도 없고 할 일도 없었다. 수렴청정하는 대왕대비조차도 실권이 없기는 마찬가지였다. 조정의 대소사는 보이지 않는 힘, 대원군에 의해 움직였다. 운현궁에서 아버님이 올려보내는 문서는 교지나 다름없었다. 어린 왕은 '그리하라' 형식적인 어명을 내리기만 하면 되었다.

　흥선군은 집터를 넓혀 새로이 집을 여러 채 들어 앉혔다. 담장의 길이만도 수 리에 달할 만큼 규모가 커서 대문을 네 개나 냈다. 이로써 임금이 보위에 오르기 전 사시던 잠저潛邸의 위용을 갖추었다. 흥선군이 흥선대원군으로 책봉되면서 운현궁으로 불리기 시작했다. 사저일 때 옹기종기 모여 살던 주변의 집들은 터를 내주고 어디론가 떠나들 갔다. 어린 명복이 뛰놀던 골목은 자취 없이 사라졌다.

　왕은 아침 수라를 물린 후 스르르 감기는 눈을 번쩍 떴다.

이대로 한숨 더 자고 싶지만 그럴 수는 없었다. 왕의 공부가 이렇게 고단할 줄은 몰랐다. 며칠 전에는 강관 정기세에게 묻기까지 하였다.

"임금이면 다 이렇게 공부를 많이 하는가?"

"전하께서는 미처 못 하신 세자의 공부까지 몰아 하시느라 그러합니다."

"세자는 몇 살부터 공부를 시작하는가?"

"네 살 안 쪽이십니다. 전하께서는 십 년이나 늦은 편이시니 이리하지 않을 수가 없습니다."

더는 할 말이 없었다.

왕은 대조전 너른 마루에 서서 눈 내리는 창덕궁 뜰을 내려다보며 잠을 쫓았다. 첫 입궁하던 날에도 오늘처럼 눈이 내렸다.

창덕궁에 도착하여 큰 대문 돈화문으로는 못 들어가고 동쪽 겹문을 거쳐 인정문에 이르렀다. 선왕의 상중이므로 인정문에서 간략하게 즉위의 예를 올리고 눈 쌓인 길을 걸어서 후미진 전각 '극유재'로 갔다. 편액*을 읽고 있는 뒤에서 늙은 환관이 머리를 풀어주었다. 어린 왕은 머리를 풀어 헤치고 생전에 뵌 적 없는 승하하신 선왕을 문상했다. 새 왕의 즉위는 선왕의 승하와 맞물려 있어서 궐은 무거운 침묵으로 고

요하였다. (* 글씨·그림을 써서 문 위에 거는 액자)

그날, 왕은 법적인 어머니 대왕대비 마마를 처음 뵈었다.

"익성군, 내 아들아! 어서 오너라."

대왕대비께서 어린 왕의 손을 덥석 잡으셨다. 그 차갑고 뼈마디 불거진 마른 손을 잊지 못하리라.

수라 마치시기를 기다리던 상선이 다가와 아뢰었다.

"전하. 대왕대비 마마께옵서 고뿔이 심하시어 자리보전하신다 하옵니다."

"고뿔이? 언제부터냐?"

"그제 밤부터라 하옵니다."

"그걸 왜 이제야 알리느냐?"

"대왕대비 마마의 각별한 분부가 계셨사옵니다. 전하의 석강이 길어 늘 늦으시니 편히 주무시게 하고, 이틀 째에도 차도가 없으면 아뢰되 아침 수라 시저 놓으시기 전에는 아뢰지 말라, 분부하셨사옵니다."

"그래도 알렸어야지. 어의를 들라 이르라. 어서 가자."

왕이 대왕대비전에 들자 방 안에 있던 나인 하나가 물이 든 놋대야를 들고 일어났다. 발치에서 마마의 다리를 주무르던 생각시 큰애도 따라 일어났다.

"너는 있거라. 잠시라도 손을 떼면 다리가 쑤셔 견디기 어렵구나."

대왕대비 말씀에 큰애가 다시 앉았다.

왕이 일찍 찾아뵙지 못했음을 사죄하였다. 대왕대비께서는 학문에 바쁜 중에 발걸음하신 주상을 오히려 칭찬하셨다. 실은, 나날이 경연의 양이 늘어 문후를 두어 번 거른 것에 대한 질책이셨다.

'대왕대비 마마께서 먼저 그리하라 말씀하시지 않으셨나요?'

큰애가 속으로 말대꾸를 했다.

오늘은 소세(머리빗고 세수)도 못했는데. 큰애는 왕이 얼굴을 볼까봐 외면하듯 고개를 숙였다. 지난번 빈 전각에서 뵌 후로 부쩍 신경이 쓰인다. 요사이 큰애는 편찮으신 대왕대비 마마 시중으로 거의 날밤을 새우다시피 한다. 마마께서는 부쩍 투정이 느셨다. 잠이 안 온다고 밤새 글을 읽게 하시고, 꿈자리가 사납다고 발치에서 자라 하시고, 늙어 삭신이 쑤신다며 여기저기 주무르라 하시고...이래저래 밤샘이 늘어만 간다.

"이렇게 주상을 뵈니 절반은 나은 것 같구려."

'맘에도 없는 말씀을.'

큰애 눈에는 마마가 장화홍련전에 나오는 못된 계모처럼

심술궂어 보인다.

얼마 전 상감께서 창덕궁과 잠저 운현궁을 잇는 길을 내셨다. 없던 길을 새로 낸 것은 아니고 군영을 가로지르는 식으로 길을 확보했다. 마침 궁궐과 금위영이 이웃해 있어서 가능한 일이었다. 이제 왕은 민가를 거치지 않고도 언제든 편히 근친을 뵐 수 있게 되었다.

금위영 서쪽 담장에 경근문敬覲門이 서고 운현궁 동쪽 담장에 공근문恭覲門이 섰다. 경근문에 담긴 뜻은 왕이 되었지만 '예를 다해 공경하는 마음으로 부모님을 뵈러 가는 문'이라는 뜻이고, 공근문은 '왕이 공손한 마음으로 백성을 돌보러 다시 궁으로 들어가는 문'이라는 뜻이다. 그 길은 왕만이 다닐 수 있는 '왕의 길'이다.

그 '경근문'이 대왕대비 마마의 심기를 건드렸다. 대왕대비 마마가 어떤 분이신가. 한미한 종친의 아들을 왕으로 올린 왕실 최고 어른이자 법적인 모후가 아니신가. 그 은덕에도 불구하고 고뿔로 앓아누운 모후는 들여다보지도 않고 근친에게만 대놓고 각별함을 보이다니, 괘씸도 하고 시샘도 났으리라. 밤낮없이 마마 곁에서 시중드는 큰애의 눈에는 그리 보였다.

두 문에 대한 시중의 소문은 이렇다.

'어린 왕이 갑자기 궁궐에 갇히어 밤이면 외로워 눈물 흘리니 이를 애처롭게 여긴 대신들이 나서서 전용문을 만들어 주었다지. 그래야 상감께서 부모님 계신 운현궁에 맘 편히 드나드실 수 있을 게 아니야.'

그러나 궐 안의 소문은 달랐다. 원래 종친은 정치에 참여하지 못한다. 그러나 대원군은 수렴청정 대왕대비조차 개의치 않고 정치에 깊숙이 발을 들였다. 그래도 법은 법이어서 대원군은 대신들 눈에 뜨이지 않게 궐에 드나들려고 문을 세우고는 어린 왕에게 핑계를 댄다는 거였다. 물론 군영에 길을 내고 문을 세우는 모든 명령은 상감이 내렸다. 큰애는 무서운 대왕대비 마마를 어머니로, 더 무서운 대원군을 생부로 모신 상감마마가 가여웠다.

연鳶 혹은 연緣

설 이튿날 큰애는 틈틈이 만들어 두었던 연들을 꺼냈다. 흰색 창호지에 서소문 식구들의 생년월일시와 이름을 쓴 액막이 연이다. '액은 보내고 복은 맞이한다'는 송액영복送厄迎福을 적어넣고 아버지 연에는 '불이주곤不爲酒困' 논어에 나오는 사자성어를 넣었다. 술이 과한 아버지가 술로 인해 곤란한 지경에 처하지 않기를 바라는 마음을 담았다. 궁궐 후원 영화당 앞 춘당대로 갔다. 영화당은 지난봄에 대왕대비 마마 모시고 꽃구경 나왔던 곳이라 눈에 익은 곳이다.

바람이 적다. 연날리기에 좋은 바람이 아니다. 그래도 걸리는 것 없는 춘당대 너른 마당은 군사훈련도 하고 과거도 보는 곳으로 궁궐 안에 이만한 곳이 없다. 후원은 왕실 가족의 휴식 공간이어서 궁녀가 단독으로 출입할 수는 없다. 그렇기는 해도 엄동설한에는 아무도 춘당대에 오지 않는다.

큰애는 연에 쓴 이름을 보자 식구들의 얼굴이 떠올라 울컥했다. 아버지 어머니는 평안하신지, 동생들은 잘 크고 있는지, 불쑥 커버린 큰 누이를 알아는 보겠는지. 어느덧 열세 살, 가슴도 봉긋 부풀고 엉덩이도 단호박처럼 벌어졌다. '선머슴이 처녀가 다 됐네' 상궁 마마님들이 놀리신다. 큰애는 보고픈 식구들의 이름을 부르며 연을 띄웠다.

설 무렵에는 관리들도 쉬고 깐깐한 경연관들도 쉰다. 왕은 모처럼 한가한 마음으로 겨울 후원을 거닐며 옛 생각에 잠겼다. 이맘때 잠저 주변 하늘에는 형형색색 연들이 떠다녀 그 정경이 그림처럼 아름다웠다. 아랫동네 윗동네 연싸움이 치열했다. 명복은 '연 끊어먹기'의 고수로 탱금 기술은 근방에 당해낼 자가 없었다. 탱금은 상대방 실과 교차하나 싶은 순간, 실을 확 풀어주는 기술인데 승부는 순식간이다. 마치 칼로 끊은 듯 상대방 연이 힘을 잃고 땅에 떨어져 버린다.

왕은 하늘을 올려다보았다. 빈 하늘이 아니었다.

연이다! 연이 날고 있다!

춘당대 쪽이다. 왕은 예전 명복의 발걸음으로 달려갔다.

드넓은 마당에서 아기 나인이 연을 날리고 있었다. 계집아이가 연을 날리다니. 뜻밖의 광경에 왕은 한참을 바라보았다. 역시나 솜씨는 잼병이다. 연이 바닥으로 곤두박질쳤다.

"연줄이 느슨하다. 연이 제멋대로 흔들리다가 곤두박질치질 않느냐."

귀에 익은 목소리, 전하? 큰애가 돌아보았다. 정말로 전하셨다!

'지금 내 모습이 어떨까. 흉할까? 예쁠까? 머리도 흩날리고 입술도 메말랐어. 어쩌지, 어쩌지.'

큰애는 얼른 마른 입술을 축이고 두 손으로 연실이 감겨 있는 얼레를 감쌌다.

"그래서야 얼레가 감춰지겠느냐. 괜찮다. 다시 해보거라."

왕이 웃으신다. 알아보신 거야. 빈 전각에서 본 생각시를.

"예, 전하."

큰애가 실을 풀기 시작했다. 연이 뜨지 않는다. 동네 사내아이들 틈에서도 빠지는 솜씨는 아니었는데. 전하가 보고 계시는데 어쩌지, 어쩌지.

“아니 되겠다. 과인이 연을 잡아줄 터이니 너는 뒤로 물러
나면서 바람이 적당하다 싶을 때, 신호를 다오.”

“예, 전하. 소녀가 수를 세일 것이니 하나, 둘, 셋!에 연을
놓아주시어요.”

“그리하자.”

처음 연 날릴 때는 아버지가 연을 잡아주었다. 큰애는 뒷
걸음질 치면서 실을 풀었다. 연이 뜨지 않는다. 상감께서 친
히 잡아주시는데, 어쩌지? 빨리 뛰면 연이 뜰까?

“아니 되겠다. 바람이 영 시원치를 않아. 아까보다 더 잦아
드는구나.”

큰애는 실을 감아 거두고 왕 곁에 섰다.

“연의 이 글자들은 무엇이냐?”

하필 아버지의 연이었다.

“…액막이 연이옵니다.”

“불위주곤不爲酒困 이런 것도 연에 쓰느냐?”

“아비가 술이 과하옵니다. 연에 이런 글을 쓰면 아니되옵
니까?”

“아니다. 기특하구나. 너는 어느 전 생각시냐?”

맥이 빠졌다. 그날도 말씀 올렸는데요, 대비전 생각시라고.
게다가 근 이태(2년)를 대왕대비전 문후 드실 때 마다 보시지
않으셨나요? 전하께는 소녀가 보이지 않으셨나요?

“대왕대비전이옵니다.”

별다른 표정은 없으시다. 정말로 큰애를 모르는 표정이시다.

“날이 춥다. 아비 연은 바람 좋은 날 날리거라.”

“예, 전하.”

큰애는 연을 들고 왕이 떠나시기를 기다렸다.

“아비 연을 못 날려서 서운하냐?”

“아니옵니다.”

“날이 춥다. 그만 가자.”

그만 가자! 그만 가거라,가 아니고? 큰애는 두 말의 차이를 알아들었다. 얼른 왕을 따랐다.

“과인이 잠저에 있을 적에는 연을 곧잘 날렸다. 연줄 끊기 선수였지.”

“소녀도 연싸움을 보았사온데 서로 칼로 싸우는 것 같았사옵니다.”

“옳게 보았다. 한껏 바람을 받아 팽팽해진 연실을 다루는 일은 칼을 다루는 것과 다르지 않다. 말이 연싸움이 칼싸움이다.”

“명주실이 어찌 칼이 되옵니까?”

“그것이 말이다. 사기그릇 조각을 가루 내어 아교로 실에 먹이지. 그렇게 사금파리 먹인 실은 당기면 칼이 되느니라.”

"손수 그 험한 것을 다루셨사옵니까?"

"자기 연은 자기가 만드는 것이다. 그때는 한갓 소년의 손이지 않았느냐?"

왕이 웃었다. 큰애도 따라 웃었다.

"연에 그림도 그리셨사옵니까?"

"용을 많이 그렸지. 궁궐 문에도 용 그림을 붙이지 않더냐. 길상과 벽사의 의미가 담겨있다. 너의 그 액막이 연처럼 말이다. 도깨비 형상의 연도 그렸다."

"부리부리한 눈에 새빨간 얼굴이옵니까?"

"탈을 본 게로구나."

"더 무섭게 생겼사옵니까?"

"보여주랴?"

"연은 날아가 버리는 것이온데 어찌 보여주신다 하시옵니까?"

"잠저에 족히 두 죽은 있을 것이다."

"참말이시어요?"

큰애가 무엄하게도 왕의 용안을 빤히 쳐다보았다.

"참말이지 않구. 오는 대보름날, 과인의 도깨비 연을 보여주지. 너는 아비의 액막이 연을 가지고 오너라. 과인이 한 수 가르쳐주마."

큰애의 얼굴이 활짝 피었다. 자신을 몰라봐서 서운했던 마음이 눈 녹듯 사라졌다.

소년 왕, 첫 승은을 내리다

즉위 후, 나어린 상감은 왕으로서 해야 할 엄청난 양의 공
부와 엄중한 법도에 짓눌려 기를 못 펴고 살았다. 낯설고 조
심스런 두 해를 보내고서야 비로소 주변 여인들이 눈에 들어
오기 시작했다. 유독 살결이 뽀얀 인물 좋은 나인 하나가 왕
의 눈에 들었다. 초승달 같은 눈썹 아래 감히 용안을 바로
보지 못하고 먼 곳을 바라보는 애잔한 눈빛에 열네 살 소년
의 가슴이 설레었다. 그 복숭아빛 뺨을 어루만져 보고 고운
손을 잡아보고 싶었다.

물론 왕은 알고 있었다. 궐 안 나인들이 모두 왕의 여인인
것을. 뺨이고 손이고 그보다 더한 무엇이라도 손대지 못할
것이 없다는 것을. 왜 제왕무치帝王無恥라는 말이 있겠는가.
왕은 부끄러움이 없고, 부끄러움이 없으니 거리낄 것도 없다.
그렇기는 해도 얼추 큰 누님 나이로 보이는 나인이어서일까.
마음이 흔들리다가도 큰 누님을 생각하며 정신을 다잡고는
했다. 나이 든 대신들이 어린 왕을 어찌 볼까도 염려되었다.

'학문에 전심전력하여도 부족할 터에 보령 유충하신 왕이

여색을 탐하다니.' 고개를 휘휘 젓겠지.

'전하, 체통을 지키소서.' 직언도 서슴지 않겠지.

왕은 정신을 차리고 자세를 바로 했다.

허나 왕은 다른 나인에게 하듯 그 나인을 아무렇지도 않게 대하는 것이 쉽지 않았다. 그녀가 보이면 설레고 가슴이 뛰었다. 왕의 눈은 그 여인을 쫓고 눈에 띄지 않으면 찾아 헤매었다. 눈치 빠른 늙은 상선이 모를 리 없었다.

새벽 어스름에 등촉을 밝히는 나인의 옆 모습이 막 잠에서 깬 왕의 눈을 사로잡았다. 그 나인이었다. 아침저녁으로 등촉을 밝히고 끄는 일은 번 서는 노老상궁들의 일이었다. 예고도 없이 젊은 나인으로 바뀌었다. 마치 왕의 마음을 읽기라도 한 듯.

왕은 잠이 덜 깬 듯 누워서 실눈으로 나인의 옆얼굴을 바라보았다. 계집 녀女 부수와도 같은 오똑한 콧날이 어여쁘다. 밀초에 불을 붙이느라 미간을 약간 찡그리고 입술도 봉긋 벌어졌다. 그 입술이 후원의 잘 익은 앵두 같다. 여러 궁인들과 섞여 움직일 때는 제대로 보이지 않던 미색이 촛불 아래 남김없이 드러난다. 등촉을 다 밝힌 나인이 가만가만 뒷걸음질로 물러난다. 왕은 그 발걸음 수를 헤아리며 아쉬움을 느꼈다. 여덟 걸음 만에 조용히 방문 닫히는 소리가 났다.

다음 날, 왕이 상선에게 물었다.

"등촉 밝히는 나인이 바뀌었느냐?"

"젊은 나인이 무슨 실수라도 저질렀사옵니까?"

"아니다 아니다."

"불편하오시면 다시 노상궁으로 바꾸겠사옵니다."

"아니라지 않느냐."

왕이 버럭 화를 냈다.

"갑자기 바뀌었기에 그냥 묻는 것이다."

"예, 전하. 계묘 생 토끼띠 이李가 나인이옵니다."

상선은 묻지 않은 말을 술술 아뢰었다.

계묘 생이면 스물 셋. 역시 그렇군. 왕보다 아홉 살 많은 큰 누님과 동갑이다. 잠투정하는 아기 명복을 업어 재우고 밥도 떠 먹여주고 언문도 가르쳐준 큰 누님이 시집갈 때 명복은 울며불며 가마를 따라갔다. 큰 누님 같은 나인이다. 왕은 '처신을 바로 하자' 마음먹었다.

비정규 경연인 야대夜對가 밤늦도록까지 이어진 날, 왕은 인정人定을 알리는 스물여덟 번의 종소리를 들으며 침전으로 돌아왔다.

인정의 타종은 대궐의 물시계가 비치된 보루각에서 시작하여 종루, 숭례문, 흥인지문(동대문)으로 이어진다. 도성의 여덟 개 성문들이 파루와 인정 소리에 따라 열리고 닫힌다. 새 벽 네시 서른세 번 파루 소리에 일제히 성문이 열리고, 밤 열시 스물여덟 번 인정 소리에 성문이 닫힌다. 스물여덟 번 쳐서 통행금지를 알리는 인정은 하늘을 지키는 스물여덟 개의 별자리를 상징하는 것으로 도성이 잠든 밤에도 평화를 지켜달라는 염원이 담겨있다. 인정 후에는 순라군들이 딱딱이를 치며 도성을 순찰한다.

왕은 침전에 들어서도 방금 전 경연관과의 문답에서 미진했던 부분이 생각나 서책을 뒤적였다. 그런 중에도 '이李가 나인이 등촉을 끄지 못하여 잠도 못 자고 기다리고 있겠구나' 잡생각이 머리에서 떠나지를 않는다. 책도 읽히지 않는다. 왕은 책을 머리맡에 밀어두고 잠자리에 들었다. 이제 등촉을 끄러 이 나인이 들어올 것이다.

조용히 방문이 열렸다. 가만가만한 발걸음 소리에 왕의 심장이 뛰기 시작했다. 큰 누님뻘 되는 나인이니 마음을 접자 하지 않았던가. 왕 답게 처신을 바로 하자, 다짐하지 않았던가.

이 나인이 등잔들을 끄고 밀초도 두 개 껐다. 이제 머리맡 초 하나가 남았다. 왕은 눈을 감고 이 나인 움직임을, 그 동작 하나하나를 세심하게 느끼고 있었다. 머리맡 초를 끄러 다가오는 기척이 느껴졌다. 손만 뻗으면 닿을 바로 곁에 이 나인이 있다. 불을 지핀 듯 몸이 뜨겁다. 이제 머리맡 밀초마

저 끄고 나면 이 나인은 방을 나간다. 몸이 달아오른 왕이 번쩍 눈을 떴다. 잔소리꾼 노상궁과 눈이 마주쳤다.

"전하. 부럼 들이겠나이다."

왕이 기척을 내자 노상궁이 득달같이 아뢰었다.

'대보름 부럼은 이불 속에서 깨무는 거라지.'

잠이 미진한 왕은 어슴프레한 의식 속에서 "들라." 대답하고는 다시 비몽사몽 잠에 빠져들었다.

"전하, 부럼이옵니다."

뜨거운 부젓가락에 대인들 이리 놀랄까. 이 나인이다!

"전하. 물리고 후에 오리이까?"

"아니다. 깨었다."

왕이 벌떡 일어났다. 그 바람에 속곳 앞섶이 벌어지며 왕의 맨가슴이 드러났다. 이 나인이 부끄러운 듯 얼굴을 돌리고 나무 함지를 가만히 밀어놓는다. 함지에는 호두, 땅콩, 밤, 잣, 은행 등 부럼이 가득하다.

"이것들을 다 깨물라는 것이냐?"

왕이 괜히 어깃장을 놓았다.

"아니옵니다. 여린 것으로 드시오소서."

"하나같이 단단한 것들로만 가져오지 않았느냐?"

왕의 엉뚱한 역정에 이 나인은 대답을 못 한다.

왕이 부러 호두를 집었다.

“나무망치를 가져오겠나이다.”

“아니다.”

왕이 급히 이 나인의 손목을 잡아 앉혔다.

“번거로이 말거라. 네가 연한 것으로 골라 보거라.”

소년의 목소리는 어디 가고 정감 어린 사내의 음성이었다.

“생율을 드시옵소서, 전하. 고뿔이 놀라 도망한다 하옵니다.”

“고뿔이 도망을?”

왕이 웃으며 이 나인이 집어주는 생밤을 딱 소리가 나게 깨물었다. 불쑥 반 토막을 이 나인에게 건넨다. 이 나인이 서슴없이 침 묻은 생밤 반쪽을 입에 넣었다. 왕이 발그레 물든 이 나인의 뺨을 어루만졌다.

흥선대원군은 정월 대보름을 맞아 왕과 대신들이 함께 하는 특별 연회를 준비하였다. 향악과 당악을 연주하는 악공의 수가 오십 명에 이르고 악생들이 문무文舞와 무무武舞를 춘다 하니 꽤 큰 잔치인 모양이다. 그간 대궐에서는 정월 대보름 행사를 열지 않았다고 한다. 왕은 전에 없던 공식 행사를 베푸는 아버지의 의도를 알아차렸다. 어린 나이에 즉위한 왕의 권위를 세워주고 신하들과 유대를 다지는 기회로 삼고자 함이리라.

"전하, 연회장으로 납실 시각이옵니다."

노상궁이 아뢰었다.

젊은 나인 둘이 겨울 비단 대홍라로 지은 무거운 곤룡포를 들고 있었다. 어제까지만 해도 의대衣襨 시중은 환관들의 몫이었다. 왕은 기분이 들떴다. 젊은 나인 중 하나가 이 나인이었다.

왕은 눈앞에서 얼씬거리는 이 나인을, 이 나인만을, 바라본다. 고운 자태에서 눈을 뗄 수가 없다. 샘 많은 궁인들조차 '씻어놓은 배추 줄기같이 끼끗한 살결에, 황진이가 울고 가게 훤칠한 인물'이라며 이 나인을 미인으로 첫손 꼽는다지 않든가.

이 나인이 대홍색 곤룡포 위에 옥대를 두른다. 그 하얀 손이 왕의 가슴을 스치고 그 고운 얼굴이 용안에 닿을 듯 가깝다. 왕이 가쁜 숨을 내쉬었다. 이 나인의 살에서 향내가 난다. 다른 궁녀들에게서 나는 지분 냄새와는 다른 향이다. 알 수 없는 은은한 향기에 현기증이 인다. 비틀거렸던가.

"전하, 괜찮으시옵니까?"

껴안듯 왕을 부액하는 이 나인의 얼굴이 바로 코앞이다. 왕은 자석에라도 이끌린 듯 이 나인의 뺨에 입술을 대었다.

큰애는 춘당대를 다섯 번도 여섯 번도 더 오갔다. 대보름 연회가 열리는 영화당 주변은 음악 소리, 거나한 웃음소리로 질펀하다. 좀처럼 끝날 기미가 보이지 않는다.

연회는 미시未時(3시)가 지나서야 파했다. 긴 하루였다. '오는 대보름날, 과인의 도깨비 연을 보여주지. 너는 아비의 액막이 연을 가지고 오너라. 과인이 한 수 가르쳐주마.' 왕께서 약속하셨다. 큰애는 가슴 시린 겨울바람 휘몰아치는 허허벌판 춘당대에서 왕을 기다렸다. 먼 산 너머로 해가 지도록까지, 캄캄해서 눈앞에 누가 서 있어도 모를 때까지.

그날 밤, 큰애는 심한 고뿔로 앓아 누웠다.

그날 밤, 왕은 이 나인에게 승은을 내렸다.

"어젯밤, 상감께서 대전 이 나인에게 승은을 내리셨다는구먼."

소문은 빠르게 궐에 퍼졌다.

왕의 춘추 열 넷, 왕가의 풍습으로는 이른 나이가 아니다. 세자도 열 살 무렵이면 배필을 맞는다. 하물며 왕이다. 종실 집안의 소년 명복은 열 두 살에 뜻하지 않게 즉위하여 배필을 맞지 못한 채 왕이 되었다. 게다가 상중이어서 선대왕 철종의 삼년상을 마칠 때까지 가례를 미루어야 했다.

왕이 이 나인에게 승은을 내렸다는 소문은 큰애 귀에도 들어왔다.

　어젯밤, 큰애가 찬바람 휘몰아치는 춘당대에서 왕을 기다리고 있을 그때, 그 시각에 왕이 이 나인을 안았다는 것이다. 어찌 그러실 수 있을까. 도깨비 연을 보여주시겠다 약조하시고서는 소녀와의 약조는 잊으셨나요? 나 같은 것은 안중에도 없으신가요? 큰애는 고열에 떠서 밤새 헛소리를 했다.

　최 상궁은 큰애가 아끼는 분홍 비단 치마를 꺼내입고 새벽 번차례에 따라나설 때만 해도 한 때려니 크게 걱정하지 않았다. 한창 물오른 청춘의 풋사랑이려니 여겼다. 그러다 말겠지, 하였다. 하지만 열에 떠서 식은땀을 흘리며 '전하! 전하!' 애타게 부르짖는 헛소리에는 그만 가슴이 철렁 내려앉았다. 꿈꿀 수 없는 꿈을 품은 궁녀의 가슴 시린 연모의 정을 저 어린것이 벌써 알아버렸단 말인가. 찬 물수건을 큰애 이마에 올려주는 최 상궁의 귀에 그이를 만나러 달려가던 후원 대숲의 바람 소리가 들려왔다.

　여름밤이지만 후원 깊숙한 곳의 바람은 서늘하여 얇은 옷 속으로 스미는 기운이 차다. 어디선가 밤새 우는 소리가 간간이 들려올 뿐 사위는 고요하다. 상궁의 심장이 가슴을 뚫고 나올 듯 격렬하게 요동친다. 그녀는 자신의 가쁜 숨소리가 멀리까지 울려 퍼질까 두려워 저고리 가슴팍을 움켜쥐었다.

저편 대나무 숲에서 희미한 무슨 소리가 들려왔다. 댓잎을 스치는 바람소리 같기도 하고 날랜 짐승의 소리없는 움직임 같기도 한 민첩한 발소리, 그이다!

이윽고 대숲 그림자 속에서 검은 도포를 입은 한 남자가 모습을 드러냈다. 그의 얼굴은 잘 보이지 않지만 그 강렬한 눈빛만은 어둠 속에서도 번득인다. 오직 눈빛만이 밤의 정적을 뚫고 서로에게 닿았다. 그 눈빛 속에는 '무사해서 다행이오' '기다렸어요' '보고 싶었소' 수많은 말이 담겨있었다. 대장은 걸음을 멈추고 주위를 한 번 더 날카롭게 살폈다. 그가 날듯이 그녀 곁으로 다가왔다.

상궁은 망설임 없이 그의 품으로 쓰러지듯 안겼다. 그녀의 작은 몸이 그의 단단한 갑옷과도 같은 품에 묻히자 얼어붙었던 심장에 불꽃이 타오르는 것 같았다. 대장의 팔이 그녀의 허리를 감싸안았다. 모든 두려움이 일순간 사라지는 듯했다. 흙 냄새 풀 냄새 그리고 그의 몸에서 배어 나오는 땀내 섞인 남자의 체취가 그녀의 폐부 깊숙이 스며들었다.

단 한 번의 눈짓, 단 한 번의 작은 몸짓으로도 둘은 서로의 존재를 확인하고 안심했다. 조선의 비밀병기 작고 강한 화살을 다루는 편전片箭대장의 섬세한 손이 상궁의 얼굴을 감싸 쥐었다. 뜨거운 그 손길에 기대어 그녀는 천 년을 기다려 온 사람처럼 눈을 감았다. 차가운 달빛 아래 두 사람의 뜨거운 입술이 격렬하게 얽혔다. 숨 쉬는 것조차 잊을 만큼 깊고 긴 입맞춤이었다. 조금 전까지만 해도 들키면 어떡하지, 누군가 엿보고 있지 않을까 불안했던 감정들이 그 순간 안개처럼 사라진 마법의 입맞춤이었다. '죽어도 당신을 놓을 수는 없어' 그녀의 소리 없는 외침에 세상의 모든 금기와 궁궐의 규율이 산산이 부서졌다. 단단한 그의 가슴과 부드러운 그녀의 가슴이 맞닿았다. 서로의 체온이 온몸으로 전달되는 순간, 두 사람은 세상에서 가장 불완전하면서도 완벽한 한 쌍이 되었다.

뽕나무 아래에서 그들은 가쁜 숨을 몰아쉬며 누워있었다. 댓잎은 바람에 스치우고 저 멀리서 들려오는 궁궐 순라꾼의 희미한 발소리는 먼 곳의 천둥소리처럼 아득하였다. 시간이 멈춘 듯한 이 순간, 두 사람은 세상에 단둘만이 존재하는 듯 오로지 서로에게만 의지하며 이 짧은 여름밤이 영원하기를 간절히 바랐다. 후원의 버려진 작은 정자 뒤 늙은 뽕나무 그늘은 두 사람만의 낙원이자 지옥이었다.

정월 대보름에서 나흘이나 지나고서야 큰애는 자리에서 일어났다. 대왕대비전 장지문 앞에 시립하고 선 나인들 틈에 큰애도 섰다. 언제나처럼 오늘도 상감께서 문후問候 드셨다.

방안에서는 여느 때와 다름없는 인사말이 오갔다. 상감의 목소리가 의젓하시다. 모후에게 따사롭기가 봄 햇살 같다. 이전에는 없던 일이다.

'소년은 간데없고 며칠 새 헌헌장부가 되셨구나.'

큰애는 어딘가가 쓰리고 아파서 가슴께를 꼭 눌렀다.

왕이 나오신다.

큰애는 왕의 눈을 잡으려고 살짝 고개를 들었다.

왕은 곁눈 한 번 안 주고 빠른 걸음으로 지나치셨다. 무에 그리 급하실까. 곤룡포 자락에서 휘익- 바람이 일었다.

큰애는 입술을 꼭 깨물었다. 그리고 다짐했다.

은애하지 않을 것이다! 죽어도 왕을 은애하지 않을 것이다!

대원군의 세상

경복궁은 임진왜란 때 잿더미가 된 후 270여 년 동안 폐궁 상태로 비어있었다. 사람 키가 넘는 억새와 잡풀들이 뒤엉킨 궁은 온갖 들짐승 날짐승들의 낙원이었다. 노루, 토끼, 뱀, 사슴, 쥐, 여우 등과 까마귀, 매, 독수리가 새끼를 치며 깃들어 살았다. 인근 인왕산에서는 지축을 흔드는 호랑이의 낮고 큰 울음소리까지 들려와 도성 사람들을 두려움에 떨게 했다.

경복궁 중건은 효명세자 익종의 숙원 사업이었다. 대왕대비는 '지아비가 품은 오랜 뜻을 펼칠 때가 되었다' 결단했다.
마침내 익종의 뜻을 받들어 경복궁 중건을 명했다.

익종께서 정사를 대리하실 때도 여러 번 경복궁에 행
차하시어 그 터를 둘러보시면서 분연히 중건할 뜻을
가지셨지만 이루지 못하였고, 헌종께서도 여러 번 그
뜻을 계승하려 하셨으나 또한 미처 거행하지 못하였
다.
아! 오늘을 기다림이었던가.
지금 우리 주상께서 잠저에 계실 때에도 일찍이 경복
궁을 유람하신 적이 있었고, 요즈음에는 매양 '조종조
祖宗朝께서 이 궁궐에 계실 때 태평스럽던 기강이 지금
은 어찌하여 옛날 같지 않은가'라고 탄식하셨다.
(1865년 4월 2일 신정왕후 대왕대비 전교)

경복궁 중건은 어린 왕이 보위에 오른 지 2년째인 을축년
1865년 4월에 시작하였다. 막상 일이 시작되자 대왕대비는
공사 주관 기구인 영건도감을 맡길 당상관이 마땅치 않아 고
심했다. 풍양 조 씨 문중에 친정 조카 조성하 형제가 있지만
이십 대의 젊은이들로 육십 년 세도가 안동 김 씨들의 상대
로는 한참 기울었다. 경복궁 중건은 왕권 강화가 주된 목적

이지만 세도정치기에 형성된 지방 세력을 재편하려는 의도도 있어서 김 씨들의 대응에 대비해야 했다. 그렇다면…기왕에 흥선군의 아들을 등극시켰고, 중전 자리도 이미 약조하였으니 김 씨들을 견제해가며 막중대사를 이루려면 대원군만 한 인물이 없다는 결론에 이르렀다.

"이처럼 더없이 중대한 일을 맡기에는 아녀자로서 힘에 부치니 영건도감을 흥선대원군에게 맡긴다. 매사를 꼭 의논하여 처리하라."

이 일은 벼슬도 없고 궐내에 자기 세력도 없는 대원군이 권력자로 부상하는 결정적 계기가 된다.

그 무렵, 러시아는 겨울에 얼지 않는 부동항을 확보하려고 두만강을 침범하며 조선에 통상을 요구해 왔다. 고심하던 대원군에게 한 가지 방법이 떠올랐다. 서학 신부들이 목숨을 초개같이 버리는 천주교를 매개로 불란서佛蘭西(프랑스)와 외교 관계를 맺어서 러시아를 견제하게 하자. 스스로 생각해도 기막힌 계책이었다. 대원군은 천주교인 남종삼을 통해서 '조선 천주교회 4대 교구장' 베르뇌 주교를 한밤중에 은밀하게 운현궁으로 불러들였다.

대원군은 서재 벽에 낡은 지도를 걸어놓고 아까부터 북방을 응시하고 있었다. 서재의 문이 열리고 그름을 끌며 타오르던 등잔불이 위태롭게 흔들리더니 한 사람이 들어왔다.

방안은 매우 어둡다. 대원군은 포승줄에 묶여 끌려들어오는 주교를 바라보았다. 한겨울에 홑겹 바지저고리 차림인 주교는 자세를 꼿꼿이 하고 방 한구석에 조용히 섰다. 대원군과 한순간 시선이 부딪쳤지만 주교는 피하지 않았다. 자신의 생사를 쥐고 있는 조선의 최고 권력자 앞에서 흔들림이라고는 없다. 대원군이 죄인의 포승줄을 풀어 주고 앉히라 명하였다.

"네가 서학의 우두머리냐. 이름이 무엇이냐?"

"시메옹 프랑수아 베르뇌입니다. 주님을 섬기는 작은 종입니다."

주교는 대원군을 똑바로 쳐다보았지만 방 안이 어두워 그 표정을 읽을 수는 없었다.

"너희들이 말하는 주主는 곧 천주天主를 말함이고, 그 천주를 모시는 것이 능히 부모를 등지는 불효를 가르친다던데, 과연 그러하냐?"

"천주는 만물을 창조하신 하느님이시며 부모님을 공경하는 것은 천주의 가르침과 상충하지 않습니다. 오히려 더욱 사랑하고 진심으로 섬기라 가르칩니다. 저희는 조선 백성들에게 하느님의 사랑을 전하고 구원을 베풀고자 할 뿐입니다."

"너희들의 구원은 조선의 근본을 흔들고 삼강오륜을 무너뜨리는 사악한 도道가 아니더냐. 온갖 요설로 백성들의 혼을 빼앗고 오랑캐들에게 침략을 길을 터주고 있지 않느냐 그 말이다!"

"저희는 침략 의도를 가지고 있지 않습니다. 오직 복음을 전하고자 할 뿐 다른 의도는 없습니다, 대감 마마."

대감 마마? 대원군의 얼굴에 잠깐 헛웃음이 스쳐 갔다.

'너도 사람이니 살고자 하겠지. 좋다. 그럼, 본론으로 들어가 보자.'

"그래, 네 말대로 침략 의도가 없다니, 좋다. 이 지도를 보아라. 노서아(러시아) 놈들이 남쪽으로 내려오려 한다. 얼어붙은 땅덩어리만으로는 부족한 게지. 결국 이 조선을 넘보게 될 날이 멀지 않다."

"저희도 러시아의 움직임을 주시하고 있습니다."

"그 말은, 너희도 무력으로 노서아를 저지하겠다, 그런 말이렸다?"

"저희는 복음을 전하러 온 것이지 무력을 과시하러 온 것이 아닙니다."

"말장난은 집어치워라. 나의 관심사는 오직 이 조선의 안위뿐이다. 내 너에게 제안을 하나 하겠다. 만약 너희 나라 정부에 전갈을 보내 저 북쪽 오랑캐 노서아 놈들의 남침을 막아

내라 종용한다면, 그리하여 조선의 안정을 보장한다면…"

대원군이 일어나 한 발 한 발 주교에게로 다가갔다. 그의 그림자가 주교를 덮었다.

"그리만 된다면 너의 천주교를, 공인하겠다!"

대원군이 칼날 같은 시선으로 주교를 내려다보았다.

주교의 얼굴에 경악이, 희망이, 고뇌가 하나 되어 스친다. 그의 입술이 파르르 떨린다.

'이것은 함정인가? 아니면, 정말 하느님께서 우리에게 베푸시는 자비인가? 천주교를 공인하겠다니! 그토록 많은 교우들이 피 흘리고 순교하며 바라던 꿈이 대원군의 입에서 나오다니. 허나, 러시아를 막아달라고? 우리는 복음을 전하러 온 성직자이지 정치적 도구가 아니다. 나의 조국 프랑스에 이 사실을 알리고 조국의 힘을 빌려 러시아의 남하를 막아달라 종용한다면…이는 곧 이교도인 대원군의 손을 잡고 하느님의 뜻을 이용하는 행위가 아닌가. 하지만…하지만 수많은 교우들의 목숨이 걸린 문제다. 박해받고 숨어 지내는 이들의 고통을 끝낼 기회가 지금 내 눈앞에 있다. 내가 여기서 이 제안을 뿌리친다면, 교우들은 계속해서 피 흘리고 박해는 더욱 심해질 것이다. 나의 대답 하나로 수많은 영혼을 구원할 수 있는데 외면한다면 죄가 아닐까? …주님! 당신의 뜻은 무엇입니까? 저에게 지혜를 주십시오! 이 어둠에서 제가 나아가야 할 길은 어디입니까? 가르쳐 주십시오! 이 고난을 통해 시험받는 것은 저뿐만이 아니라 이 땅의 모든 교우들이 아닙니까!'

주교가 오랜 침묵 끝에 고개를 들었다.

"대감 마마, 저는 이 땅에 하느님의 말씀을 전하러 온 신부일 뿐입니다. 대감 마마의 제안은 너무도 무겁고, 저 혼자 결정할 수 없는 일입니다."

"요점만 짧게 말하라!"

"프랑스 정부에 이 사실을 전한다 해도 정부가 순전히 종교의 자유를 위해 군사를 움직일 거라 단정할 수 없습니다. 오히려 프랑스의 이익을 먼저 따질 것이 분명하며, 이는 자칫 이 땅에 더 큰 피바람을 불러올 수도 있습니다."

"그것은 너의 생각일 뿐이 아니냐. 나의 제안은 이 나라 조선의 안녕을 위한 결단이다. 대답하라. 살길을 열어주겠다는데 그것마저 뿌리쳐 모두를 죽일 셈이냐!"

"저는, 하느님의 뜻에 따라 복음을 전할 뿐입니다. 저는...저는...정치적인 간섭을 도울 수 없습니다. 저의 신념은, 저희 천주교는 정치적 흥정의 대상이 될 수 없습니다. 설령 그 대가로 천주교가 공인된다 해도...그리할 수는 없습니다!"

+

대원군은 천주교를 이념이나 종교라기 보다는 정치적 도

구로 보고 있어 굳이 탄압할 생각은 없었다. 부인 민 씨는 '마리아'라는 세례명까지 받은 신자이고 딸도, 왕의 유모도 집안 식솔들 대부분이 신자이지만 간섭하지 않았다.

대왕대비의 친정 식구들이 천주교에 대거 연루되었다. 조카 조종렬은 베르뇌를 비롯한 몇몇 신부들을 숨겨준 죄목으로 처형당하고 조성하 형제들은 좌천되었다. 이 일로 조 씨 집안은 정치적으로 타격을 입었다. 대원군은 이 사건으로 풍양 조 씨의 정치적 입지를 약화시키고 자신의 권력을 공고히 하는 데 활용했다. 그러자 조 대비가 '운현궁에 천주학꾼이 드나든다'는 소문을 들이대며 대원군을 압박하였다.

때마침 청나라에서도 천주교를 박해하는 방향으로 정책을 전환했다. 때맞춰 대신들이 천주교와 같은 불순 세력을 척결해야 한다고 요구하기 시작했다. 대원군은 정권 유지를 위해 천주교를 탄압하는 방향으로 입장을 바꾸지 않을 수 없었다. 베르뇌 주교를 포함한 신부 아홉 명과 천주교도 조선 백성 팔천여 명을 처형하기에 이른다. 조선 최대이자 최후의 박해인 병인박해다.

소식을 접한 왕은 범만큼이나 무서운 아버님이 이제 정말로 범이 되셨구나, 크게 두려워하였다.

1866년 철종의 국상이 끝났다. 왕의 춘추 열다섯, 왕비 책봉 문제가 거론되기 시작했다. 대원군은 대왕대비를 재촉하여 간택령을 내리게 했다. 당연한 듯 보이지만 대원군의 속내는 사뭇 달랐다. 왕이 중전을 맞아 가례를 치르면 어엿한 성인 군주로서 대왕대비의 수렴청정은 명분을 잃게 된다.

대원군은 이선으로 물러나 있던 안동 김 씨들과 손을 잡았다. 명복을 보위에 올려주고 오늘날 자신을 대원군으로 만들어 준 조 대비를 배척할 힘을 얻기 위해서였다. 대원군은 대왕대비에게 약점이 된 천주교 연루를 들이대며 외국 오랑캐들의 침략에 대비하여 나라를 지켜낼 수 있겠는가 따져 물었다. 시원한 답을 할 수 없는 대왕대비는 어렵게 얻은 수렴청정을 3년 만에 거두고 국혼에서 왕비 결정권까지 내려놓을 수밖에 없었다.

> ...주상의 나이가 이미 장성했고 성상의 성품은 하늘에서 내려준 것으로서 슬기로운 지혜가 날로 발전하고 있으며 중요한 공무를 밝게 익히고 학문이 독실하니 모든 정사를 직접 맡아 처리할 수 있는데
> 내가 계속 이 자리에 앉아있는 것은 나라의 체모體貌를 존중하고
> 큰 법을 바로 세우는데 심히 어긋나는 일이다...
>
> 수렴청정을 거두는 대왕대비 신정왕후 하교:
> (고종실록 27권, 고종 27년(1890년) 8월 30일 기사)

승정원은 상의원尚衣院에 명하여 처녀단자를 낸 각 처자의 집에 상의 삼 작과 남색 안팎 치맛감 한 벌과 백색 단속 옷 감 한 벌과 위에 입는 당의 한 벌씩을 보내 주었다. 선공감繕工監에도 명하여 각 후보자에게 운혜 한 켤레씩을 보냈다. 처자들이 대궐에 들어올 때 입을 옷과 신발 일습은 나라에서 보내 주었다.

초간택에서 다섯 규수가 뽑혔다. 약조했던 풍양 조 씨 문중의 규수와 안동 김 씨 문중의 규수와 대원군이 낙점했다는 시덥잖은 반가의 과부 딸이 다섯 규수에 들었다.

대왕대비가 도승지를 불러 명했다.

"돌아가는 처자들을 빈손으로 보내지 마시오. 약제로 쓰는 소목蘇木 열 근씩과 화장품이며 소소한 의대 비용도 들었을 터, 왕실에 서운한 맘이 들게 해서는 안될 것이오. 승정원은 오늘부로 그 처자들에게 허혼령을 내리도록 하오."

대왕대비는 비록 형식적인 절차만 행하지만 간택령에 응한 처자들과 그 집안에 민망함이 있었다.

+

대원군의 외바퀴 수레 가마 초헌軺軒이 운현궁에 이르렀다. 부대부인 민 씨는 친히 부엌에 들어가 저녁상을 돌보아 대원군을 맞았다. 식사가 끝나갈 무렵 부인이 물었다.

"민가 규수가 재간택에 들었다지요?"

대원군이 딱 소리가 나게 수저를 내려놓았다.

"내가 낙점했는데 당연한 일 아니오."

"대왕대비 마마께서 규수의 집안이 너무 기운다 염려하셨을 듯 해서요."

"그 무슨 쓸데없는 걱정이요. 부인은 잔 근심이 너무 많아요."

부대부인이 밖에 대고 상을 내가라 일렀다. 지녁상이 나가자 부인이 하던 말을 다시 꺼냈다.

"며느리 맞는 일을 어찌 쓸데없는 잔 근심이라 하십니까?"

"부인. 중전을 며느리로 여기면 안 되오."

"그야 이를 말이겠습니까. 그보다도..."

뭔가 할 말이 있는 듯한 부인을 대원군이 쳐다보았다.

"김 판서 대감과는 말씀 나누어보셨는지요?"

김 판서, 김병학의 딸을 며느리로 들이겠다는 약조에 대하여 묻는 거였다. 한미한 집안의 민정호를 중전으로 결정했을 때부터 걸리는 일이기는 했다. 그러나 부인은 대왕대비와의 비밀 묵계까지는 알지 못한다. 알 필요도 없다. 사리에 밝고 마음이 온유한 지어미의 성정을 잘 아는 대원군은 그 일만은 함구했다. 부인이 알았다면 민가 처자를 며느리로 천거하지도 않았을 것이다.

전국에 금혼령이 내려지기 전에 부인이 조심스레 말했었다.

"용모와 태도가 조신하고 부친에게 이어받은 학문도 출중하여 왕비의 재목으로 적합한 규수입니다. 한 가지 흠이라면 가까운 친척 중에 이렇다 할 권세가가 없고 홀어미의 여식이라는 것인데 그것이 어찌 그 아이의 탓이라 하겠습니까."

대원군은 권세 있는 친척도 없고 아비도 없다는 말에 귀가 번쩍 띄었다.

부인이 거듭 말하였다.

"숙종 대왕의 계비 인현왕후와는 10촌 간이 되는 규수이고 소첩의 친정 쪽으로는 12촌 동생이 되는 일가붙이지요. 일전에 친정 동생 승호가 민가 종가댁 민치록의 양자로 입적되었다는 말씀은 드렸지요? 규수가 바로 그 여흥 민 씨 종가의 외동딸이어요. 대감께는 처남의 여동생이 되는 셈이지요. 묘한 인연인 듯싶습니다. 한번 보시겠어요?"

대원군은 감고당에 사는 부인의 일가붙이가 있어 가끔 드나든다는 말은 들었지만 본 적은 없었다. 외척이 없는데다 인현왕후의 가문이라니 더 볼 것도 없었다. 명예는 있으되 권세는 없는 양반댁 규수. 눈 비비고 찾던 중전 감이 바로 지척에 있었구나.

"나는 마음을 정했으니 나머지 일은 부인이 알아서 하시구려."

대원군의 그 한마디로 아직 시작도 안 한 삼간택은 끝난 것이나 다름없었다.

김 판서와의 혼약을 깨는 일이 부담이 된 부인은 찜찜한 얼굴로 대원군을 바라보았다.

"내 다 알아서 할 터이니 부인은 바깥일에 마음 쓰지 마시구려."

대원군은 한마디 던지고 사랑채로 건너갔다.

사랑채 아재당에 홀로 앉아 대원군은 얽히고설킨 명복의 혼인 문제를 되짚어 보았다. 사실 김병학만의 문제가 아니었다. 그 동생 김병국과도 혼약을 맺었다. 각각은 아니고 두 형제의 딸들 중에서 배필을 정하기로 약조했으니 이중계약은 아니다. 그렇더라도 그들이 누구인가. 안동 김 씨 세력가 중에서도 막강한 집안사람들이 아닌가. 간단히 넘길 문제는 아니었다. 당시에는 명복을 보위에 올릴 수 있을지 불투명한 상황이어서 세력가 김 씨 대신들의 힘이 필요 했었다.

숙고 끝에 한 가지 방법이 떠올랐다. 김 씨 형제들의 딸들을 후궁으로 들이면 되지 않겠는가. 기막힌 해결책이 아닌가. 혹시 거절한다면? ...그때는 거절 못할 벼슬을 내려야겠지. 대원군이 곰방대를 탁탁 털었다.

대왕대비와의 밀약은 흔적도 없이 처리해버렸다. 그때는 다급하여 풍양 조 씨 문중에서 중전을 들이겠다 약조했지만 지금은 다르다. 명복이 즉위했다. 근 육십 년 동안 김 씨 세도정치에 억눌려 왔는데 또 다른 외척 풍양 조 씨를 들일 수는 없는 일이다.

경복궁 중건도 잘 진행되고 있고, 대왕대비의 수렴청정도 걷어치우게 했고, 마음에 드는 중전 감도 정해졌다. 대원군은 보료 위 시방침에 팔꿈치를 괴고 느긋하게 반신을 뉘었다.

가례____1866년 봄

왕이 즉위한지 3년이 되는 봄날, 운현궁은 친영례를 치루는 사람들로 북적거렸다. 원래대로라면 왕비로 정해진 규수는 국혼일까지 별궁에서 왕비의 덕목인 제례와 예법, 왕실의 법도를 익히게 된다. 그러나 대원군은 운현궁에서 왕비 수업을 받게 했다. 이에 왕은 친히 운현궁으로 행차하여 왕비를 데리고 입궐하는 친영례를 치루게 된 것이다. 그동안 대원군은 친정아버지가 해야 할 모든 일을 대신하며 며느리 중전을 가르치고 길들였다. 영특하고 눈치가 빠른 중전은 조신하고 순종적으로 처신하여 시부모님의 눈에 콩깍지를 씌웠다.

벚꽃이 한껏 부풀어 오른 춘삼월, 큰 경사인 국혼을 맞아 온 나라가 경축 분위기지만 정작 새신랑 왕의 얼굴은 어둡다. 간밤에 왕은 흐느끼는 이 상궁을 달래며 날이 새도록 잠을 이루지 못하였다.

"소첩이 전하를 뫼실 날도 오늘이 마지막인 듯 하옵니다."

"그게 무슨 말이냐. 중전이 들어온다고 과인이 너를 잊겠느냐?"

"이제 천첩은 먼빛으로도 전하를 뵈올 수 없을 것이니...가슴이 찢어지는 듯 하옵니다."

"국혼은 나라의 법도이니 어쩔 수 없으나 과인이 어찌 너를 안 보고 살 수 있겠느냐. 이제까지처럼 너를 보러 올 것이니 그리 알거라."

왕은 운현궁을 향하여 두 눈을 부릅뜨고 주먹을 꽉 쥐었다.

'아버님이 정한 대로 마음에도 없는 여자와 가례는 치르나 형식일 뿐입니다. 다른 것은 몰라도 사랑하는 여자만큼은 아버님 뜻대로는 아니 될 것입니다.'

국혼은 모든 절차가 법으로 정해져 있어 복잡하기 이를 데 없었다. 중전이 정해지자마자 궁에서 납채례納采禮*와 납징례納徵禮*를 거행했고, 종묘에서 선조에 고하는 고유제를 지냈으며 왕비를 책봉하는 책비례를 행한 후 오늘에야 친영례

親迎禮*를 치르게 되었다.

심란한 왕은 의전관들이 인도하는 대로 움직여 친영례는 차질 없이 진행되었다. 딱 한 번 왕은 중전이라는 여인을, 그 왈가닥 정호를 흘긋 보았다. 왕비의 옷 적의에 커다란 대수머리를 한 정호가 고요히 눈을 내리깔고 참하게 앉아 있었다. 왕은 내숭 떠는 그 모습에 진저리를 치며 시선을 돌렸다. 곱디고운 이 상궁의 애처로운 모습이 떠올라 왕은 가만히 한숨 쉬었다.

왕실의 권위를 과시하는 국혼인 만큼 친영례 참가 수행 인원은 무려 1,700여 명에 달했고 동원된 가마만도 700여 채에 달했다. 창덕궁으로 돌아가는 친영례 행렬이 섰다. 선두에 왕의 가마 연이, 바로 뒤에는 대원군의 교자가, 세 번째에야 왕비의 가마가 서고 부대부인 민 씨의 가마가 네 번째로 늘어섰다. 왕 다음에 왕비가 따르는 게 왕실의 법도다. 법도대로라면 왕의 양친이 자식인 왕의 친영례에 참여한다는 것은 있을 수도 없는 일이었다. 대원군은 법도에 없는 일을 하면서까지 자신의 위상을 만천하에 과시했다.

"중전이 초야에 소박을 맞았다는군."

들도 보도 못한 해괴한 소문이 바람처럼 퍼져나갔다. 왕은 가례를 치른 첫날밤을 이 상궁 처소에서 보냈다. 소문은 운현궁에도 전해졌다. 대원군은 '사내가 그럴 수도 있는 법' 허허 웃어넘겼다.

첫날밤뿐이 아니었다. 왕은 중전이 거처하는 내전에는 발걸음도 하지 않았다. 그날로부터 이태 동안이나 중전은 그 치욕스런 세월을 독서로 소일하며 중궁으로서의 체통을 지켰다.

"중전이 덕이 있네."

궁궐에서는 물론 백성들 간에도 칭송이 자자했다. 그럼에도 상황은 중전에게 더욱 나빠졌다.

왕의 총애를 한 몸에 받고 있는 이 상궁이 운현궁에서 아들을 낳았다.

> 전교하기를 오늘 진시辰時에 궁인 이씨가 아들을 낳았다.
> 산모를 보살펴주는 등의 일을 운현궁에서 대령하라 하였다.
> (고종실록 5권, 고종 5년 윤 4월 10일)

왕의 서장자 '선'은 생모를 닮아 살결이 희고 인물이 준수한 타고난 귀골이었다. 왕실의 최고 어른 대왕대비께서는 눈만 뜨면 왕자를 데려오게 하여 곁에 두고 꽃 보듯 들여다보셨다. 중전도 밉디미운 시앗의 아들이건만 안고 어르는 시늉이라도 하지 않을 수 없었다. 손이 귀한 왕실에서 '선'은 원자의 대우를 받았다. 운현궁에서도 첫 손자를 어찌나 귀애하는지 '선'이 세자로 책봉되는 것은 시간문제라는 소문이 자자했다.

대원군은 장차 중전이 아들을 낳으면 민 씨 일족이 외척 세도를 잡을까 염려되어 미리 싹을 꺾어놓을 심산으로 '선'을 세자로 삼을까 생각하고 있었다. 왕은 아예 세자로 책봉하려 했다. 그러나 대신들이 만류하여 그리하지는 못했다. '춘추 젊으신 왕비에게서 장차 아들이 태어난다면 그때는 어찌하시렵니까?'

꽉 찬 열일곱에 아들까지 본 왕은 대원군의 섭정에 불만이 쌓여갔다. 이태 전에는 가례를 명분으로 대왕대비 마마의 수렴청정을 내려놓게 하신 아버님이 아닌가. 이제는 세자가 될 수도 있는 아들까지 본 왕이다. 벼슬 없는 대원군일 뿐인 아버님이야말로 명분 없는 섭정이다. 그러나 왕의 친정親政 의지도 지지해 주는 세력 없이는 생각할 수 없었다. 왕은 왕이지만 왕이 아닌 자신의 처지가 한탄스러웠다.

평양에서는 미리견(미국)이라는 큰 나라의 이양선(제너럴 셔먼호)이 대동강에까지 들어와 말썽을 부려 군민이 힘을 합쳐 불태워버렸다고 한다. 왕은 근심하였다.

'그 배에는 대포가 장착되어 있고 중무장한 선원 수십 명이 있었는데 모두 죽였다지. 후환이 없을까? 잘 달래어 보낼 수도 있었을 텐데.'

왕의 염려는 현실이 되어 신미년(1871년)에 미국은 함대 5척에 1,230명의 군사와 대포 85문을 적재하고 제너럴 셔먼호의 책임과 통상교섭을 명분으로 쳐들어왔다. 양측은 율도 백사장에 장대를 박아놓고 그 끝에 서신을 매달아 의견을 교환했다. 미국 공사는 조선왕에게 제안했다.

"국왕이 직접 서신을 보내거나 고위 관료를 보내 협상합시다"

이에 흥선대원군은 강력한 쇄국양이정책으로 맞받아 협상은 결렬되었다.

결과는 조선-미국 간 전투의 시작이었다. 조선군은 화력이나 훈련 면에서 미국군에 상대가 되지 않았지만 그럼에도 처절하게 싸웠다. 단 한 명의 탈영병도 없이, 총알이 떨어지면 칼로, 칼이 부러지면 창으로, 그마저 없으면 돌을 던지고 흙을 뿌려가며 저항했다. 단 사흘간의 교전으로 조선은 순무중군 어재연이 전사하고 수비 병력이 대부분이 광성보 전투에서 전멸하는 대패를 겪었다.

미국은 20일간 주둔하며 개항을 요구했지만 무위로 끝나자 조선 개항을 단념하고 함대를 철수했다. 조선은 이를 미국의 대패로 간주하고 척화비를 세우는 등 쇄국정책을 더욱 강화하였다.

왕은 자기 힘이 미치지 못하는 국정을 생각하면 가슴이 답답하여 발걸음이 절로 이 나인의 처소로 향했다. 이 나인을 품고 있으면 온갖 시름을 잊을 수 있었다. 그녀의 처소에서만큼은 당당한 왕일 수 있었다.

+

중전은 이 상궁의 아들을 세자 삼으려 한다는 소문이 대원군뿐 아니라 왕의 뜻이기도 하다는 사실에 위기의식을 느꼈다. 대전에 사람을 심어 왕의 동태를 살피기 시작했다.

어느 날 왕이 홀로 후원을 거닐고 있을 때, 중전도 후원을 거닐다가 우연인 듯 왕과 마주쳤다. 왕은 겸연쩍은 지 빙그레 웃을 뿐 말은 없었다. 중전은 용안에 스친 어색함과 미안함을 읽고 뜬금없이 책 이야기를 꺼냈다.

"소첩이 요즘 재미나는 역사책을 읽고 있나이다."

왕이 역사나 인물 이야기를 좋아한다는 첩보가 있었다.

"무슨 책이 그리 재미나오?"

왕이 말을 받았다.

"'십팔사략'이라는 중국 역사서에 진시황을 암살하려는 자객 이야기이옵니다."

"자객이, 진시황을요?"

왕이 흥미를 느낀다.

"진시황이 천하 통일을 목전에 두고 있던 전국시대 말기의 이야기이옵니다. 작은 연나라가 풍전등화의 위기에 처하자 태자가 자객 형가荊軻를 불러 진시황을 죽이라는 명을 내리지요."

"오호, 쉽지 않을 터인데...그래서요?"

왕이 이야기에 빠져들기 시작한다.

"전하의 예측대로 불가하다 아뢰었지요."

"그렇겠지. 그래서요?"

"하오나 태자의 간곡한 부탁에 마음이 움직인 형가는 조국에 대한 충성심과 무인으로서의 자존심으로 결국 임무를 맡기로 하옵니다. 형가는 일을 이루기 위해 비장한 결단을 내리지요. 눈물을 머금고 진나라에서 투항해 온 맹장 번오기의 목을 베어 수레에 싣고, 연나라에서 가장 비옥한 땅을 바친다는 핑계로 지도를 챙겨 마침내 진나라에 들어가옵니다.

독 바른 비수는 연나라 땅 지도가 담긴 함 속에 숨겼지요. 형가는 진시황 눈앞에서 지도를 펼치는 척하다가 비수로...”

“진시황을 찔렀소?”

“얘기가 길어지는데 괜찮으시옵니까?”

“가슴이 답답하여 바람 쐬러 나온 길이요. 무에 바쁘겠소? 그래서 진시황이 죽었소?”

“가슴이 답답하시다니요, 왜요?”

왕이 한숨을 쉬었다.

“운현궁 때문이옵니까?”

왕이 멈칫, 중전을 쳐다보았다.

“소첩이 전하의 흉중을 모를 리 있겠사옵니까.”

왕이 중전의 시선을 피해 고개를 돌렸다.

“전하께서도 들으셨겠지만 운현궁에 대하여 안팎에서 말들이 많사옵니다.”

“뭐라고들 하오?”

왕은 짐짓 무심한 듯 물었다.

“무리한 경복궁 공사로 과도한 부역과 세금을 부여하니 백성들의 원망이 하늘을 찌르옵고, 수백 년 내려온 호포제를 부정하니 양반층이 반발하옵고, 조선의 근본인 유학을 가르치고 조상에 제사 지내는 서원을 폐지하니 유림들이 벌떼같이 들고 일어나지요. 지금 조선 팔도에서 반상을 불문하고 대원위 대감을 원망하지 않는 백성이 없으니 이를 어찌 제대로 된 나라라 하겠사옵니까.”

“...어떤 나라가 제대로 된 나라요?”

“대원위가 아니라 왕이 다스리는 나라가 제대로 된 나라이옵지요. 대원위께서 섭정을 내려놓아야 한다는 얘기가 벌써부터 돌고 있사옵니다.”

왕이 놀라 걸음을 멈추었다.

“정말 그런 말이 돈단 말이오?”

“못 들으셨사옵니까?”

대원군이 섭정의 자리에서 나라를 휘저어 온 지도 어언 십 년 세월이다. 왕은 아버님이 늘 하던 말씀이 떠올랐다.

‘정치란 더럽고 험한 것이옵니다. 복잡하고 더러운 내정은 이 아비가 깨끗이 처리할 것이니 전하께옵서는 그저 편안하게 지내소서.’

아버님은 이 아들이 국정에 개입할까, 혹여 정치를 알까 저어하시는 것 같았다. 자식 된 도리로 부친을 의심하고 거스르는 것이 옳은 일일까? 왕은 자신의 번민이 자신만의 것이 아니었음을 깨닫고는 놀랍고 기뻤다. 중전은 왕의 중심을 건드렸다는 것을 알아채고 이쯤에서 말을 돌린다.

“전하. 바람이 차옵니다. 고뿔 드실까 염려되오니...”

“지금 고뿔이 문제요? 하던 이야기 계속하십시다.”

”긴 이야기가 될 듯하오니 명일明日(내일) 뵈옵고 찬찬히 말씀 올리옵지요.”

“이보오, 중전. 말을 하다 마는 법이 어디 있소.”

“쇠털같이 많은 날들이 있사옵니다. 저물어가는 후원에 서서 가벼이 나눌 말씀은 아닌 듯하옵니다. 저녁 바람에 소첩 오슬오슬한 것이 몸살이 올 듯하여 이만 물러가겠사옵니다.”

몸살이 올 것 같다는 말에는 왕도 더는 우기지 못하였다. 자리를 뜨지 못하는 왕을 남겨두고 중전은 내전으로 향했다.

“중전 마마. 군불을 넣으라 이르오리까?”

엄 나인 큰애가 아뢰었다. 몸살이 날 것 같으시다는 말씀을 전해 들었다.

“되었다. 가을바람이 시원하고 좋구나.”

“마마, 기분이 좋아 보이시옵니다.”

“그리 보이느냐. 명일 내전에 귀한 손님이 드실 것이니 낮것상(점심에 올리는 상)으로 주안상 준비하라 이르거라.”

“아침 수라부터 준비하는 것이 좋겠사옵니다.”

엄 나인의 말에 중전이 얄궂은 미소를 지으며 묻는다.

“네 생각에는 아침 댓바람부터 드실 것 같으냐?”

“대전 마마께서는 이 밤이 길게 느껴지실 것이옵니다.”

“허긴, 자리를 뜨지 못하시더라만…”

“마마께서 이끄시었으면 오늘로 내전에 드셨을 것이옵니다.”

엄 나인이 아쉽다는 듯 고개를 저었다.

“내 잠깐 그럴까도 생각했었다만…”

“잘하셨사옵니다. 이태를 와신상담하셨사온데 이제 고작 하룻밤이옵니다.”

“니 눈에는 내가 어찌 보이느냐?”

“혼례 치르고 신방에 든 새색시 같사옵니다.”

두 여인이 호쾌하게 웃었다. 하늘 같은 상전과 아랫것이지만 손발이 척척 맞는다. 중전은 이심전심 마음이 통하고 사리 판단이 정확한 엄 나인이 마음에 들었다. 엄 나인도 중전을 웃전이자 스승으로 받들며 품격있는 양반가의 태도를 배워 몸에 익혔다.

아기 나인은 신랑 없는 혼례라 할 계례식을 치르고 나면 머리를 얹고 정식 ‘내인內人’(‘나인’의 원말)이 된다. 엄 가 큰애도 정식 나인이 되었다. 때마침 중궁전에서 지밀 나인을 뽑는다는 소문이 들렸다. 큰애가 이모 상궁에게 의논하였다.

“그래, 중궁전 지밀로 있어야 출세가 빠르지. 제조상궁으

로 가는 지름길로 들어서는 거야. 중궁전에 있으려면 상감께
는 눈길도 주지 말거라. 은애하지 말라는 뜻이다.”

“은애는 무슨...그럴 일 없어요!”

“그래야 받은 명 다 살고 간다. 그리고 이거...”

최 상궁이 손에 하나 남아있던 금가락지를 빼어 큰애 손에
쥐어주었다.

“이모님, 왜 이걸 제게...?”

“어릴 적에 해 주신 거라 나이 든 손에는 어울리지 않는구
나. 한 짝은 네 어머니에게 있으니 언젠가는 짝을 맞출 수도
있겠고.”

“어머니 부고 소식 받고 심란해서 그러셔요?”

어제 이모님 남동생이 왔었다고 들었다. 궐에는 들어오지
못하고 궐문 밖에서 소식만 넣고 돌아갔다 한다. 지금 이모
님은 사가에 나가려고 제조상궁과 대왕대비 마마의 허락을
기다리는 중이다.

“어머니는 늘 그러셨어. 네 덕에 굶지 않고 산다. 편지마다
‘미안하다’ 자식에게 고개를 숙이셨지. 그 마음을 저승까지
지니고 가셨을 테니 발걸음이 얼마나 무거우셨을고...”

큰애도 이모님의 심정을 알 것 같았다. 돌아가신 아버지도
그런 미안함을 품고 저승길을 가셨겠지. 딸자식 하나 건사
못한 자괴심에 술을 퍼부어 돌아가신 것이리라.

"양 상궁에게 인수인계 할 일이 많아."

슬픔은 슬픔이고 일은 일이다. 허청허청 힘없이 걸어가는 이모 상궁님의 축 처진 뒷모습을 바라보며 큰애는 손에 든 금지환을 꼭 쥐었다.

'지금은 너무 비통하여 정신이 온전치 못하신 거야. 상 치르고 돌아오시면 돌려드려야지.'

+

최 상궁은 궁을 나가기 전에 양 상궁을 만났다.

"내 다 정리해 놓았지만 세세한 것은 다시 잘 보시오."

"최 상궁 손이 갔으니 어련하실려구. 반위反胃* 증상은 괜찮소?" (* 음식을 먹고 일정 시간 뒤 토하는 병증. 현대 의학에서는 위암으로 봄)

"괜찮아요. 심려 끼쳐 미안하구려."

"내 보기엔 반위가 아닌 듯 하오만, 반위라면서 왜 치료를 받지 않소?"

"다녀와서 차근차근 보이려 하오."

"거 누가 보면 아이 들어선 줄 알겠소. 헛구역질에 음식 냄새도 못 맡고 하니."

양 상궁이 최 상궁의 몸을 훑어보았다. 벌써 몇몇 상궁들 사이에서는 이상한 소문이 돌고 있다 한다. '얌전한 고양이 부뚜막에 먼저 올라간다'는 등 수다를 떨더라고 나인들이 전해주었다.

‘입 거친 양 상궁 입에서 나갔겠지.’

어느 날 양 상궁이 물었었다.

“왜 그리 밥을 못 들우? 생선내도 못 맡고, 누가 보면 애 밴 줄 알겠소.”

떠보는 말이었다. 어쩌다 샘 많고 눈치 빠른 양 상궁 눈에 걸려들었을고. 최 상궁에게서 작은 허물만 보여도 양 상궁은 쥐 쫓는 고양이처럼 끈질기게 묻고 또 묻고 소문을 퍼뜨렸다.

‘어머니가 나 살리려고 돌아가셨나 보다. 어떻게 딱 이때, 돌아가셨을고.’

최 상궁은 눈물을 삼키며 짐을 챙겼다.

“누이가 어머니 묘소에서 내려오다가 발을 헛디뎌 그만...어머니 옆에 모셨습니다.”

모친상을 치르러 나간 친정에서 줄초상이 났다는 소식이 들어왔다.

사람이 이리 허망하게 갈 수도 있는가. 금지환을 주던 날이 이모 상궁과의 마지막이었다.

큰애는 이모 상궁이 손에 쥐여준 금지환을 들여다보며 ‘뭔가 사연이 있다’ 생각하였었다. 이모 상궁이 동무로 지낸 대전상궁을 찾아가 보기도 하고, 가깝게 지내던 대비전 상궁들에게도 여쭈어 보았지만 아무런 말도 들을 수 없었다.

늦은 시간, 모르는 사람이 밤늦게 큰애를 찾아왔다.
"언니. 편전장이라는 분이 언니를 찾아요."
옥금이가 쪼르르 달려와 전했다.
"나를? 왜?"
"제가 어찌 알겠어요. 멀끔하게 잘 생겼던데요?"
"쓸데없는 소리. 모셔라."
옥금이 말대로 탄탄한 체격에 잘생긴 사내였다.
"최 상궁 마마님의 조카라 들었소."
"그렇습니다."
"불쑥 찾아와서 미안하오. 나는 최 상궁 마마님과…잘 아는 동무요. 이제사 소식을 들었소."
"…그리되었습니다."
"어려운 부탁을 드리겠소. 조카님이 꼭 들어주셔야 하오."
듣기에 따라서는 무례한 말이었다. 큰애가 말없이 고개를 끄덕였다.
편전장이 긴 칼과 함께 지니고 온 무명천에 둘둘 만 것을 앞에 내놓았다. 무명천 속에서 작은 나무함이 나왔다. 편전장이 나무함을 열어 큰애에게 보였다. 진주 물린 뒤꽂이와 옥반지...아! 그동안의 의문이 한순간에 풀렸다. 종종 있었던 이모님의 밤 나들이, 까닭 모를 한숨, 느닷없는 죽음까지도.

"최 상궁 마마님 묘소에, 어디 한 귀퉁이에라도 묻어주시오. 언제가 됐든 꼭 부탁드리겠소."

"그리하겠습니다. 이모님이 기뻐하실 겁니다."

"그리 말해주어...고맙소."

무표정한 편전장의 눈가가 젖어 드는 것을 큰애는 놓치지 않았다. 편전장이 벌떡 일어났다. 큰애에게 인사하고 쫓기듯 궁인 처소에서 나갔다. 큰애는 편전장의 뒷모습을 오래도록 바라보았다. 깔끔한 이모님이 연모하였을 법하였다.

'옥반지를 생전에 전했으면 좋았을 것을. 그랬으면 저승 가는 발걸음이 한결 가벼웠을 것을.'

편전장이 궁인 처소에 오기도 쉽지 않았으리라. 최 상궁과 연루된 것이 알려지면 편전장은 그날로 끝이다. 큰애는 편전이 무엇인지, 편전장이 어떤 직책인지 알고 싶어졌다. 규장각에는 편전에 관한 책이 여러 권 있었다.

> **왜적들은 중국의 창법, 조선의 편전, 일본의 조총이 천하제일이라고 말한다.**
>
> **지봉 이수광 「지봉유설」**

편전片箭은 다른 나라에서는 쓰지 않는 화살이라 적이 주워도 쓰지 못하는 것이 장점이다.

대나무를 반으로 쪼갠 통아에 넣어서 쏘아야 한다. 통아가 있어도 오발사고가 많이 나는 화살이라 애당초 익숙한 사람이 아니라면 쏘기 힘든다.

편전은 흔히 아는 긴 화살인 '장전'에 비하면 아주 짧은 화살이다. 보통 화살의 3분의 1정도 길이로 애기살이라고도 부른다. 편전은 바람의 저항을 덜 받아서 엄청난 속도와 관통력을 가지고 있다. 조선 최고의 무기로 여겨지는 비밀 병기이다.

편전장은 무관 중에서도 위계가 높은 직책이다.

큰애는 단 한 번이지만 편전장을 보고 난 후 이모님 죽음의 내막이 절로 이해되었다. 조선 최고의 비밀 병기를 다루는 편전장과 제조상궁을 바라보는 조카를 생각했을 터다. 자기 하나 없어지면 편전장도 조카도 무사할 수 있다, 여기셨겠지. 그것은 사실이었다. 이모님과 편전장 사이가 밝혀지면 두 사람은 참형에 처해지고, 큰애는 아마도 궐에서 쫓겨났겠지. 반위라고 둘러댄 임신으로 아이가 태어나면...그 아이는 노비가 된다.

그 모든 위험에도 불구하고 이모님을 연모한 편전장은 어떤 사내일까? 들키면 어쩌려고 뒤꽂이와 옥반지를 지니고 있었을까? 두 사람은 죽음을 맹세했을까? 은애하는 마음이란 이토록 무서운 것인가! 큰애는 '은애하지 말거라'한 이모님의 유언을 마음 깊이 새기었다.

그 며칠 후 대왕대비 마마께서 큰애에게 말씀하셨다.

"이제 너도 장성했고 최 상궁도 없고...여섯 살짜리 아기 나인을 새로 들이기로 하였다."

말씀은 그리하셨지만 석연찮게 죽은 최 상궁의 조카 큰애를 곁에 두기가 께름칙하신 것이다.

큰애는 전부터 친분이 있는 제조상궁을 찾아가 청을 넣었다.

"마마님. 저를 중궁전으로 배치해 주셔요. 그 은혜는 평생 잊지 않을 것이옵니다."

"진즉 너를 내 밑에 두고 싶었다. 다 지난 일이지만 최 상궁이 너를 놓지 않았지."

"집안 이모님이셨사옵니다."

"안다. 중궁전의 큰 상궁이 되면 제조상궁은 '따 놓은 당상'이라는 것은 알고 있겠지?"

"예, 마마님."

"궁녀들의 수장 제조상궁은 내명부의 수장 중궁께서 임명하는 것이 상례다. 내 너를 천거할 터이니 내 공을 잊어서는 아니 된다.”

“이를 말씀이옵니까.”

제조상궁은 자리에서 물러날 때를 대비하고 있었다.

그렇게 중궁전에 선을 보이러 가게 되었다. 큰애는 중전 마마와 처음 대면하던 날의 일이 떠올라 빙그레 웃었다.

“네가 으뜸 생각시라지? 무슨 연유로 그리 불리우느냐?”

중전 마마의 첫 하문이었다.

“책 읽기를 게을리하지 않은 덕인가 하옵니다.”

“무슨 책을 읽었길래?”

“사서삼경이 지루해지면 청에서 들여온 서책들을 읽었사옵니다.”

“청의 서책을?”

“서양 수학자가 지은 ‘기하원본’을 읽었사온데 산술적으로 계산하는 대수학과는 달리 그림으로 보여주는 기하학이라는 것이 무척 흥미로웠사옵이다.”

“그림으로? 그 학문은 어디에 쓰는 것이냐?”

“선대왕 대에 김정호 나리가 ‘대동여지도’를 제작하는 데 정확성을 높이고자 참고했던 책이라 하옵니다.”

“…그래, 또!”

“‘직방외기’라는 책은 중국의 속방 밖의 나라들에 대한 이야기이온데, 어떤 나라는 사철 더워서 벗고 살고, 어떤 나라는 모래땅이 많아 농사를 못 짓고, 또 어떤 나라는 기후 좋고 물이 풍부하여 문명이 발달했고...여러 나라들에 대하여 자세하게 기록해 놓아서 가본 듯 하였사옵니다.”

“또 있느냐?”

“'곤여만국전도'라는 서양식 세계지도도 즐겨보았사옵니다.”

“세계지도를? 왜?”

“조선은 청과 일본, 아라사(러시아) 외에는 잘 모르지 않사옵니까? 조선 밖의 세계가 궁금하였사옵니다.”

“네가 그런 귀한 서책들을 어디서 구했단 말이냐?”

“함녕전 별당에서 보았사옵니다.”

“뭐라. 함녕전 별당은 상감께서 공부하시는 서재가 아니냐? 그곳을 네가 어떻게 들어갔느냐?”

“별당 소제하는 아이를 놀게 하고 제가 대신 별당 소제를 했사옵니다.”

“소제하는 척하면서 전하의 서책에 감히 손을 대었단 말이더냐?”

“소제하는 척이 아니오라 깨끗이 하였사옵고, 늘은 아니고 가끔씩이었사옵니다.”

큰애는 중궁전에 들기는 다 틀렸구나, 여기고 꾸중을 기다렸다.

중전이 무릎을 치며 크게 웃으셨다.

"관상이 남상男相이다 했더니 과연 배포가 사내로구나."

큰애는 중전께서 웃으시니 틀린 것은 아닌가 싶어 얼굴을 들고 말씀 올렸다.

"중전 마마께오서 문학과 역사에 통달하셨다는 소문이 자자하옵니다."

"그리 소문이 났더냐?"

"지엄하신 웃전이오나 스승으로 뫼시고 공부하고 싶은 염원이 있나이다."

"이 무슨 인연인고. 내 가끔 학문도 논하고 말벗도 되어주는 그런 아이를 찾고 있었다."

"소녀 충성을 다하겠나이다."

중전이 크게 웃으셨다.

"내 아직 너를 들인다 확언하지 않았거늘."

"불통이옵니까?"

"니 그 배포와 지략에 통을 주마."

"그러하오시면 소인의 동무 하나를 데리고 와도 되겠사옵니까?"

"동무?"

"예, 마마. 영특하고 심지가 굳은 아이이옵니다. 박 가 옥금이라 하옵는데 저와 힘을 합쳐 중전 마마를 모시면 쓸모가 배가 될 것이옵니다.”

“네가 의리가 있구나. 무에 어렵겠느냐. 그리하여라.”

중전은 엄 나인이 흡족하였다. 공부의 양도 질도 꽤 쓸만해 보였다. 사실 그보다 더 흡족한 것은 외양이었다. 큰 허우대와 남상으로 보이는 얼굴이야말로 통通을 주고도 남을만하다. 저만하면 곁에 두고 수족처럼 부려도 왕이 거들떠보지도 않을 터이다.

엄 나인의 예상처럼 왕은 아침 일찍 내전에 드셨다. 그러나 중전께서는 아침 수라상 대신 다과상을 들이라 명하셨다. 가벼운 다과상이면 상감께서 말씀에 집중하실 것이다, 그리 생각하시는 것 같았다. 엄 나인의 생각도 그러하였다.

장지문 앞에 항시 대기하는 지밀 나인들도 모두 물리셨다. 엄 나인에게는 ‘아무도 접근치 못하게 하라’ 눈짓을 보냈다. 엄 나인은 물러 나오며 심상치 않은 분위기를 느꼈다. 평소 같으면 오히려 방안의 대화에 귀 기울여야 하는데 오늘은 달랐다. 손님이 가고 나면 이것저것 물으시므로 대비해야 했었다. 중전께서는 당신의 생각을 다시 한번 엄 나인에게서 확인하고 가부可否 판단을 내리신다.

문득 엄 나인의 머리를 스치는 생각이 있었다. 왕의 춘추

스물 둘. 친정親政을 하고도 남을 보령이 아니신가.

　왕과 왕후는 멋쩍게 마주 앉아 있었다. 가례를 치룬 이후 말만 부부인 두 사람이 이처럼 호젓하게 한 방에 있기는 처음이었다. 중전이 앞뒤 없이 왕에게 직언하였다.

　"전하께오서는 언제까지 대원위의 섭정을 받으실 생각이시옵니까?"

　"명분이 없지 않소? 아버님을 섭정에서 내려오게 할 명분이..."

　"성년이 지나신 국왕이 계시온데 그보다 더한 명분이 어디 있겠사옵니까. 문제는 세력이지요."

　"맞소. 조정에 과인의 사람이 없으니 무슨 세력이 있겠소."

　"세력을 모을 수 있다면 전하의 친정親政 의사는 확고하시옵니까?"

　"이를 말이요."

　중전이 비로소 말하였다.

　"신첩이 언젠가 이런 날이 올 것을 알고 대비하였사옵니다. 먼저 신첩의 오라버니 민승호를 불러 쓰시옵소서. 그와 같은 항렬의 젊은 조카들도 요직에 배치하셔서 국정의 전권을 틀어쥐셔야 하옵니다. 민 씨 일가는 신첩의 사람들이오니 그들이 전하의 세력이 되는 것이옵니다. 또한 대원위에게 배신당한 안동 김 씨 일파와 풍양 조 씨 일족은 신첩이 오래전부터 잘 구슬려 놓았사옵니다. 전하의 백부 되시는 흥인군 이최응 대감이 대원위께 원한이 깊다는 것은 알고 계시지요? 그쪽에도 선을 대어놓았사옵니다. 전하께서는 서원 철폐에 반발하는 유생들과 결탁하시어 세를 규합하셔야 하옵니다.”

“그리만 된다면야 힘이 될 것은 분명하오. 허나 자식된 도리로 어찌 아버님께 정면으로 대들어 자리를 내놓으라 명할 수 있겠소?”

“그것은 대원위 쪽에도 마찬가지이옵지요. 아무리 아드님이라도 임금에게 정면으로 도전한다면 불충이 되옵니다.”

“그야 그렇소만...”

“그 문제는 신첩에게 맡기시옵소서. 대원위의 폭정에 온 나라가 들끓는 이때가 적기이옵니다. 이때를 놓치시면 전하께서는 허울뿐인 왕으로 평생 대원위 밑에서 숨 한 번 크게 쉬지 못할 것이옵니다. 상왕이라도 그리는 못 하올텐데 하물며 대원군이 아니옵니까. 전하의 친정이 하늘의 뜻에 부합한다면 은덕이 있을 것이라 믿사옵니다.”

왕이 새삼스런 눈으로 중전을 바라보았다.

‘구중궁궐 깊숙이 들어앉아 심심풀이로 책이나 읽는 아녀자라 여겼건만 어찌 이런 지략이 나올 수 있단 말인가. 이는 든든한 지원군이 아닌가. 정치적 동반자를 몰라보았구나. 이

리 다시 보니 중전의 얼굴에서 빛이 나는 것 같구나. 이 빛은
관능적인 것과는 다른 강한 아름다움이다. 아이일 적 내 눈
에 이 상궁은 활짝 핀 모란 같았다. 달콤하면서도 매운 듯한
강렬한 향기에 함빡 취했었지. 이제 사내의 눈으로 보니 중전
은 지적인 난초 같구나.’

　두 분 웃전의 은밀한 이야기는 낮것상을 들일 때까지도 이
어지고 있었다. 정답게 수라를 드시는 두 분의 다정한 옥음
이 장지문 밖으로 흘러나왔다. 마치 밖에서 들으라는 듯 낭
랑하기까지 하였다.
　“그래, 자객 형가가 진시황을 찔렀소? 과인은 그것이 궁금
하여 밤잠을 설치지 않았겠소.”
　“그러셨사옵니까? 진시황은 중국을 통일하고 만리장성을
축조한 걸출한 왕이니 무예에도 출중하였겠지요. 재빨리 몸
을 피해 위기를 모면했사온데 자객 형가 역시 만만치 않사옵
니다. 형세가 백중지세라, 때마침 주변에 있던 한 의사가 약
주머니를 던져서 임금을 돕습지요. 진시황은 그 순간을 놓치
지 않고 허리춤의 칼을 뽑아 반격에 성공하옵니다.”
　“거 참 다행이오.”
　“결국 형가는 암살에 실패하여 장렬히 전사하지만 이 이야
기만큼은 두고두고 사람들의 입에 오르내리옵니다.”

"과연 그렇구려. 중전의 입을 통해 과인의 귀에까지 닿지 않았소."

"전하께서는 임금이시니 진시황의 입장에서 들으시겠지만 소첩은 다른 생각이 들었사옵니다."

"다른 생각이요?"

"작은 연나라는 조선 같고, 진시황은 청나라 같다, 내내 그리 여겼습지요. 전하께도 형가와 같이 목숨 바쳐 충성하는 신하가 있어야 할 것이옵니다. 지어미로서 그리 간절히 바라며 읽었사옵니다."

상감께서는 낮것상을 흡족히 드신 후에 내전을 나서셨다. 중전 마마는 정말 새색시처럼 얼굴이 발개져서 상감마마를 배웅하였다.

엄 나인은 중전의 언변과 지략에 감탄했다. 재미있는 역사 이야기에 충성심과 지어미의 연심까지를 더하니 어느 지아비가 감동하지 않겠는가.

+

"나밖에 모르시던 전하셨거늘…나밖에 모르시던 전하셨거늘…"

이 상궁의 울음 섞인 한탄이 영보당 밖에까지 흘러나왔다. 말이 영보당이지 왕자 '선'을 낳고도 이 상궁의 처소는 상궁 처소 그대로였다.

왕은 가례 치른 첫날밤에도 이 상궁을 찾으셨다. 애절하게 우는 이 상궁을 안고 약조하셨다.

"중전은 법도요 너는 사랑이니라. 너를 안 보고 과인이 어찌 살 수 있겠느냐. 염려 말거라. 중전이 들어왔다고 너를 멀리하는 일은 결단코 없을 것이다."

꿈이었나.

말 그대로 문지방이 닳도록 드나드시던 왕의 발걸음이 뜸하시다. 애지중지 아드님도 함녕전으로 부르시고 이 상궁 처소로는 좀처럼 거둥(임금의 나들이)하지 않으신다. 중전 마마가 전하의 영보당 출입을 막는다는 소문이다.

"전하께서 어찌 그 말을 들으시옵니까…법도일 뿐이라며 소박 놓으실 때는 언제고 이제 와 새삼 '왜 이제 만났던고' 소박데기 중전과 새 정이라도 드셨습니까…나 밖에 모르시던 전하셨거늘…나 밖에 모르시던 전하셨거늘…"

+

세상에, 이런 해괴한 변고가 있을고.

궁인들이 어두운 낯빛으로 수군거렸다. 그러고는 이내 주변을 둘러보며 '쉬이… ' 서로 입단속을 했다.

중전 마마는 초야에 소박당하고 '섶에 누워 쓸개를 핥는다'는 와신상담의 기사처럼 뒤늦게 왕을 맞아들여 마침내 왕자 아기시를 출산하셨다. 더구나 첫 수태에서 유산을 경험한 후의 대경사다. 허나 기쁨은 채 하루를 넘기지 못하였다. 아기시가 젖을 넘기기는 하시는데 통변이 안 되어 배가 통통 부풀어 오르기 시작했다. 이름도 해괴한 쇄항증, 선천적으로 항문이 없이 태어나신 것이다.

사흘 때 되는 날, 시아버지 대원군이 비장하고 있던 산삼을 보내왔다. 오래 묵어 영험하다는 산삼도 소용없었다. 아기시는 끝내 절명하셨다. 귀하도 귀한 적통 왕자로 태어나신 지 불과 닷새 만의 일이었다.

이 상궁이 낳은 세 살짜리 서장자 '선'은 준수한 외모에 또박또박 말도 잘하여 궁궐 사람들의 귀여움을 독차지했다. 중전의 적장자는 쇄항증으로 결국 닷새 만에 세상을 떴다. 그 수모와 시기 질투가 중전의 고통을 배가시켰다.

중전은 '아이는 또 낳으면 된다. 내 반드시 아들을 낳으리라 다시 낳으리라!' 다짐하며 수태에 효험이 있다는 온갖 비방을 챙겨 정성을 다했다. 정성이 통했는지 그 후로 공주도 낳고 왕자도 셋을 출산했지만 모두 아기 때 잃었다. 중전은 이름난 절을 찾아 기도하고, 무당을 불러들여 액막이굿을 하고, 좋다는 약은 다 복용하고, 심지어 민간요법인 여우 생식기를 차는 일까지도 서슴지 않았다. 효험을 보았는지 또 태기가 있었다.

의원으로부터 수태를 확인 받은 날, 하늘의 은덕일까. 사헌부 장령 최익현의 상소가 올라왔다.

대원군의 정책을 비판하는 시폐時弊4조이다.

첫째, 토목공사를 중지하고

둘째, 취렴정치를 금하며

셋째, 당백전을 혁파하고

넷째, 사문세四門稅를 폐지하라.

대원군의 실정으로 언로가 막히고 민정이 절박했던 상황을 조목조목 짚었다.

왕이 친정을 고민하며 명분과 시기를 보고 있던 때였다. '울고 싶은데 뺨 때려 준다'는 속담, 딱 그 격이었다. 왕은 다음 날 경연 자리에서 최익현이 올린 상소를 언급하였다.

"장령의 말이 곧고 매우 절실하다…과인이 그동안 옛날 선비들의 기백을 보지 못하다가 오늘에야 비로소 보게 되었다…"

1873년 11월 5일. 마침내 왕은 조보朝報를 통해 친정 포고의 교지를 선포하였다.

…이제 과인이 성년에 달하여 섭정이 필요치 않게 되었으므로 섭정제도를 철폐함과 동시에 국태공은 국가의 대로大老로서 노후를 편히 지내시게 하겠으니 만백성과 만조백관들은 그리 알라

그러거나 말거나 대원군은 다음날 아침 조회에 참석하려고 입궐하였다. 수문장이 앞을 가로막으며 제지했다.

"국태공께서는 입궐하시지 말라는 어명이 계시옵니다."

그 시로 대원군이 드나들던 경복궁의 서문西門 연추문(영추문)이 굳게 닫혔다.

1866년 왕의 가례를 명분으로 조 대비의 수렴청정이 끝나면서 모든 명령과 포고가 왕의 명의로 내려지고 있었다. 게다가 왕의 춘추 성년도 넘은 스물 둘. 대원군이 더 이상 섭정을 계속할 명분은 없었다. 허수아비인 줄로만 알았던 임금이 내린 교서 한 장으로 대원군의 십 년 치세는 끝이 났다.

1873년 12월 드디어 왕의 친정이 시작되었다. 그해에 왕은 아버지의 그늘에서 벗어나 명실상부한 왕으로서 자립 의지를 보여주는 '궁 안의 궁'을 짓는다. 경복궁 북쪽 깊숙한 곳에 사대부의 저택처럼 단청을 하지 않은 왕과 왕비의 거처 건청궁乾淸宮이다. 왕은 자립 의지를 나타내고자 국가 재정인 탁지부의 자금을 쓰지 않고 왕의 개인 내탕금을 사용했다.

그 무렵 중전에게서 왕자가 태어났다. 왕이 막 친정을 시작한 때이어서 왕실에 큰 기쁨이 되었다. '척坧'이라 이름한 왕자는 다행히 죽지 않고 살아남아 성장하지만 허약했다. 게다가 음위陰痿라는 자손을 낳지 못하는 치명적인 결함이 있어

두고두고 모후의 근심이 되었다.

+

왕의 서장자 '선'은 병자년(1876년) 윤5월 여덟 살이 되어서
야 완화군에 책봉되었다. 준수한 서장자 '선'과 허약한 적장
자 '척'은 매사에 비교의 대상이 되었다. 혹여 세자 자리를 두
고도 위협이 될 수 있는 '선'의 존재가 중전에게는 목에 걸린
가시 같았다. 그 어미 이 상궁은 감히 중전을 소박데기로 만
든 질투와 증오의 대상이었으니 그 모자母子에 대한 미움이
어떠했겠는가.

중전은 '선'을 궁 밖으로 나가 살라 명하였다.

> 날아가는 새도 능히 떨어칠 민비의 미워하심을 받아
> 모자가 한 가지로 궐에서 쫓겨나게 되었는데…
> 〈매일신보〉

"혼인도 하지 않은 완화군을 궐 밖으로 내치는 것은 법도
에 없는 일이옵니다."

영보당 이 씨가 항의하였다.

중전은 눈도 깜짝하지 않았다.

영보당은 사태를 돌이킬 수 없음을 깨닫고 엎드려 울며 빌
었다.

"우리 모자 떨어지지 않고 같이 살게만 해주옵소서!"

간신히 이 상궁과 완화군은 함께 살게 되었다.

+

왕이 친정을 시작하고 대원군이 물러난 지 얼마되지 않는 때에 일본 군함 운요호가 강화도를 불법 침범했다. 그동안 엄 가 나인 큰애는 상궁으로 승차하였다. 엄 상궁은 나라에 큰 일이 있으면 여러 방면으로 알아내어 개인 일기책에 기록하였다.

1875~1876년

… 일본이 함포가 장전된 군함을 7척씩이나 끌고 와서 강화도 초지진에서 교전하였다

일본에 비해 군사력이 턱없이 약한 조선은 이듬해 병자수호조약1876년(강화도조약)을 맺었다

그 조약이라는 것이 두 나라의 협상으로 이루어진 것이 아니라 일본이 사전에 만들어 왔다는데 이는 조선에 불리한 여러 가지가 들어있는 함정일 공산이 크다

부산 원산 인천 등 개항장에서 일본인들이 쌀과 잡곡을 마구 사들여가 곡물 가격이 폭등하여 백성들이 어렵다

일본인들이 조선법을 어겨도 처벌할 수 없다는 소문이 돈다

+

제2차 수신사로 일본에 다녀온 김홍집이 「조선책략」을 들여왔다. 청의 외교관 황준헌이 쓴 이 책에는 러시아의 남하를 막기 위해 조선은 친중(親中)하고 결일(結日)하며 연미(連美)해야 한다는 논리가 담겨있었다. 조선 조정은 중국과 친하고 일본과 맺으며 미국과 연결되어야 한다는 이 논리에서 미국에 대한 좋은 여론이 형성되었다.

1882년 5월 조선은 미국과 '조미수호통상조약'을 맺었다. 서양 국가와 처음 맺은 조약으로 제1조에 '한 나라가 제3국으로부터 압박을 받을 경우 서로 돕는다'는 거중조정 조항이 있었다. 왕은 이 조항에 큰 기대를 걸었다. 조선이 위급할 때 미국과 같은 큰 나라가 돕는다면 얼마나 든든하겠는가. 수출입 상품에 관세를 부과할 수 있다는 권리도 명시했다. 무관세였던 조일무역규칙과는 큰 차이가 있었다. 불평등한 몇 가지 조항도 있었지만 거중조정에 비하면 사소한 정도였다.

조약 체결 이후 민영익, 홍영식 등 보빙사를 미국으로 파견하였고 한성에 미국공사관이 설치되었다. 왕은 외국과의 조약 체결에서 활동할 통변 실무자를 양성할 필요를 절감했다.

강화도조약 이후 개항장이 열리면서 다양한 물건들이 배를 타고 바다 건너 쏟아져 들어왔다. 조선에서는 한번 불 피우는 것이 쉽지 않아 불씨를 보관하는 것이 여자들의 큰 일거리였다. 그런데 칙- 그으면 확~ 불이 붙는 마법 같은 양물 '성냥'이 나타났다. 청과 일본이 서양에서 들여와 조선에 되파는 '성냥'은 불티나게 팔렸다.

성냥 못지않은 인기 수입품 일본산 면직물은 조선 사람들의 마음을 순식간에 사로잡았다. 전에는 여자들이 목화솜에서 실을 자아 틀에 넣어 짜내는 광목뿐이었는데 촉감이 뻣뻣하고 색감도 섬세하지 않았다. 그런데 일본산 면직물은 옥처럼 색이 곱고 부드러워 백성들이 '옥양목'이라고 부르며 너도 나도 수입품으로 옷을 해 입었다.

궁궐도 바다 건너온 양물의 유행을 비껴갈 수는 없었다. 바다 건너온 물건이라면 혹하는 양 상궁과 아지가 궁궐의 유행을 선도했다. 양 상궁 마마님이 왜분(일본 분)으로 얼굴을 하얗게 화장하면 아지도 왜분을 바르고 나타난다. 한 노 상궁 마마님은 어두운 복도에서 갑자기 맞닥뜨린 아지의 하얀 얼굴에 놀라 넘어져 허리를 삐끗하기까지 하였다. 돌아가신 이모 상궁님은 쌀가루나 분꽃 씨앗을 곱게 빻아 분으로 쓰셨다.

큰애는 말로만 듣던 옥양목을 아지의 버선으로 처음 보았다. 아지는 새하얀 옥양목 버선을 자랑하려고 치마를 발목까지 들어 올리고 복도를 괜히 왔다 갔다 했다. 아지는 양 상궁 마마님을 따라 하고 아이들은 아지를 따라 하며 유행을 퍼뜨렸다.

큰애는 개인 일기책에 조선의 현재의 상황을 적어넣었다.

일본은 옥양목을 팔아 쌀을 사가고, 땅 가진 조선 지주들은 바다 건너온 물건을 더 사려고 쌀을 헐값에 팔아 넘기고 있다. 쌀을 팔아 옷을 해입다니, 얼마 안 가 여기저기서 굶어 죽었다는 소리가 들리겠구나.

4. 군란 속에 피다

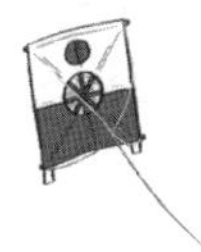

왕은 개화 정책을 추진하는 관청 '통리기무아문'을 설치하고 신식 군대 '별기군'을 창설했다. 별기군을 백성들은 왜별기倭別岐라고 낮춰 불렀다. 일본 교관에게 군사훈련 받는 것을 마땅찮게 여기는 탓이다. 양반 자제들로 구성된 군대랍시고 봉록미俸祿米를 구식 군대의 세 배씩이나 받고 밀리는 법도 없다고 하니 그것도 눈꼴 시린 일이었다.

임오년(1882년)은 심한 가뭄으로 민심이 흉흉하고 특히나 병영 민심이 심상치 않았다. 구식 군대의 급료가 일 년 넘게 밀려 있었다. 이에 선혜청에서는 급한 대로 한 달 치 급료를 지급하기로 했다. 그나마 다행이라며 급료를 받으러 간 병사들이 분통을 터뜨렸다.

"일 년 넘게 급료를 주지 않다가 지금 겨우 한 달분 분급分級한다는 게 이런 것인가?"

"썩은 냄새가 나고 쌀겨에 모래까지 섞인 이것을 쌀이라고 주느냐?"

병사들은 급료를 가져온 곳간지기를 때려죽이고 궁궐 전각에 돌을 던지며 난동을 부렸다. '이 기회에 세상 한번 바꿔

보자!'는 심사였다. 폭동은 이제 급료 문제를 떠나 정치 문제로 확대되고 있었다. 주모자들이 체포되었을 뿐 아니라 모두 죽일 거라는 소문이 돌았다. 병사들은 자신들도 중벌을 면치 못할 상황임을 깨닫고 운현궁으로 몰려갔다. '왕실의 큰 어른'께서는 뭔가 방책이 있겠지' 믿었다.

대원군은 9년 만에 굴러들어 온 재집권의 기회를 덥석 붙잡았다. 대원군의 전폭적인 지지를 받은 반란군들은 이제 거칠 것이 없었다. 훈련도감을 점령하고, 별기군 병영으로 몰려가 일본 교관 호리모토 레이조를 죽이고, 일본 공사관을 습격하여 불을 질렀다. 반란군들은 기세 등등하여 창덕궁으로 몰려갔다.

대궐의 큰문 돈화문을 무너뜨리고 한달음에 궁 안으로 달려 들어갔다. 궐에서는 이들을 막아 서거나 저지하는 병사라고는 없었다. 반란군들은 선혜청 당상 민겸호와 탐관오리 경기도 관찰사 김보현을 그 자리에서 베어 죽이고 민 씨 일파들을 보이는 대로 베고 때려죽였다. 그러나 반란군들의 진짜 목표는 나라를 이 지경으로 만든 민 씨 일족의 우두머리 왕비였지만 찾지 못한 채였다. 왕실의 큰 어른 대원군이 반란군들을 부추겼다.

"중전은 너희에게 돌아갈 급료를 빼돌려 사치와 향락에 물 쓰듯 돈을 써서 나라의 재정을 바닥냈다. 너희들을 굶겨

죽이는 선혜청 당상이 누구냐? 중전의 오라비 민겸호가 아니
냐? 민 씨 일파들이 아니냐? 너희 늙은 부모와 어린 새끼들
이 굶는 꼴을 언제까지 보고만 있을 테냐!"

대원군은 중전에게 원한이 사무쳐 있었다. 효성스런 아들
을 꼬드겨 하루아침에 아버지를 내쫓게 한 배은망덕한 며느
리와 그 민 씨 일파를 제거하는 게 목표다. 중전이 그리 되면
세력을 잃은 아들이 아버지에게 다시 섭정을 제의해 올 것은
불 보듯 뻔한 일이다.

"중전을 죽여라!"

궁궐 밖 돈화문 앞에 모인 백성들과 오군영 병사들이 한
목소리로 외쳐 댔다.

"중전을 내놓아라!"

궁궐 안에서는 무장한 관군들과 그 틈에 끼어든 무기 든
사내들이 소리치며 헤집고 다녔다.

'반군에게 잡히면 그 자리에서 맞아 죽겠구나!'

중전은 내전에서 시위대의 외침을 다 듣고 있었다. 사태 파
악이 빠른 중전이 다급하게 제조상궁을 불렀다.

"잘 듣거라. 큰방 상궁에게 세자의 안위를 맡긴다. 혹여 위
급상황이 생기면 세자를 운현궁으로 뫼시어라. 난리통이라
가마 통행이 어려울 수 있다. 그때는 세자를 업고 큰길을 피

해 골목길로만 가거라. 세자에게 장옷을 씌우고 누가 묻거
든 아픈 아이라고 둘러대라."

중전은 목숨이 경각에 달한 상황에서도 세자의 안위만은
꼼꼼히 챙겼다. 다행히 세자는 성균관에 유하며 왕위 계승
자로서 국가 운영에 필요한 과정을 공부하고 있었다.

"중전 마마, 위급하옵니다. 황공하오나 소인의 상궁 복색
으로 갈아입고 어서 피하소서."

엄 상궁이 다급하게 아뢰며 자신의 녹색 곁막이 등 상궁복
일습을 올렸다.

"오 오, 그래야겠구나."

"어서 갈아입으소서! 소인이 따르며 뫼시는 것이 도리이오
나 신분이 드러날까 저어되어 따르지 못함을 용서하소서."

"이를 말이냐."

중전은 옥비녀며 머리꽂이 등 귀중품을 뽑아 엄 상궁에게
맡겼다.

엄 상궁은 중전을 궁녀들 틈에 끼워 넣어 대조전에서 내보
냈다.

때마침 대원군을 따라 들어온 시어머니 부대부인이 궁녀
들 틈에 끼어 있는 며느리 중전을 발견하고 황급히 사린교
_(4인이 메는 가마)에서 내렸다. 무예별감 홍계훈이 부대부인을

알아보고 달려왔다. 예를 차리는 무예별감에게 부대부인이 다급하게 손짓하며 말했다.

"이 사린교에 중전을 모시고 궐을 빠져나가시오, 어서!"

"예, 부대부인 마님. 명 받잡겠습니다."

"지체 말고 어서 가시오!"

중전을 태운 사린교가 궁궐 문을 향해 뛰듯이 움직였다.

그때 사린교를 본 관군 셋이 소리를 지르며 달려왔다.

"멈추어라!"

관군들은 방금 대조전을 샅샅이 뒤졌지만 중전을 찾지 못하고 나오던 참이었다. 관군 하나가 가마를 열고 소리쳤다.

"누구냐? 내려라!"

관군이 중전의 팔을 잡아당겼다.

이를 본 홍계훈이 버럭 소리 질렀다.

"네 이놈. 그 손 놓아라! 대전의 상궁 마마님이시다."

"웬 놈이냐?"

그 관군이 홍계훈을 아래위로 훑어보았다.

"네 놈이 관군이 맞느냐? 어찌 무예별감을 몰라보느냐?"

그제야 관군이 움찔하며 중전의 손목을 놓았다.

"내 누이 홍 상궁이다. 어린 나이에 궁에 들어와 큰 병을 얻어 죽을 자리로 나가는 길이다. 그래도 마지막으로 한번 의원에게 보여 원이나 없이 보내려 하니 길을 열어라!"

지켜보고 있던 다른 관원이 가마를 막아섰다.

"안되오. 어떤 가마도 궐 밖으로 내보내지 말라는 대원위대감 분부시오."

홍계훈이 얼른 가마를 향해 등을 들이댔다.

"얘야. 대원위대감 분부시란다. 이 오라비 등에 업혀라."

중전이 홍계훈의 등에 업혔다.

그제야 관군들이 "왕비를 찾아라!" 외치며 다른 곳으로 달려갔다.

홍계훈이 중전을 업고 잰걸음으로 창덕궁을 빠져나갔다.

엄 상궁은 반란군들이 마구 헤집어놓은 중전 마마의 서책들을 챙기며 초조히 밖을 내다보곤 하였다.

옥금이가 숨을 몰아쉬며 뛰어 들어왔다.

"중전 마마는 어찌 되셨느냐?"

"무예별감 나리 등에 업혀 궐을 빠져나가셨어요."

"천만다행이다. 이제 한시름 놓겠구나."

"근데 마마님. 이상하지 않아요?"

"무엇이 말이냐?"

"왜 반군들이 상감마마가 아니고 중전 마마를 쫓을까요?"

엄 상궁은 한 아름 안고 있던 서책들을 내려놓았다. 중전께서 손에서 놓지 않는 '춘추좌전'이었다. 중국의 춘추전국

시대, 전쟁으로 날이 새고 날이 지던 난세의 역사책이다. 중전은 영웅들의 신출귀몰한 전략에 무릎을 치고 때론 탄식하면서 엄 상궁을 상대로 자신의 전략을 피력하고는 했었다. 엄 상궁은 내동댕이쳐진 책들을 모아 성한 것과 뜯어진 것을 분류해 놓았다.

"왜 중전 마마를 쫓느냐구요?"

"…대원군은 자신이 물러난 게 중전 마마 탓이라고 생각하는 거야. 백성들의 원망을 중전께로 돌리려는 정치적인 술수지. 생각해보거라. 대원군이 왕을 공격하면 불충에 역적이 되지만 며느리를 내쫓으면 얘기가 달라지지."

"어떻게요?"

"시아버지가 못된 며느리를 훈육하고 벌하는 얘기가 되지 않겠니?"

두 사람이 중전의 방을 치우며 소곤대고 있을 때, 대전 큰방 상궁이 들어왔다.

"엄 상궁은 지금 당장 대전으로 가거라. 나는 난리가 평정되기 전에는 돌아오기 어려울 게야. 나 없는 동안 상감마마를 잘 보필하거라."

엄 상궁은 즉시로 옥금이를 데리고 대전으로 내달렸다.

+

엄 상궁이 희정당에 들어 왕을 뵈었다.

"중전은 어디 계시느냐? 무사하시냐?"

"부대부인 마님께서 사린교를 내어주시어..."

왕이 상궁의 말을 끊고 다급하게 물었다.

"어머님까지 입궐하셨단 말이냐?"

"예, 전하. 그뿐 아니라...이재면 나리도 함께 입궐하셨다 하옵니다."

"...으음..."

왕이 신음소리를 내었다.

'아버님이 어머님과 형님까지 거느리고 입궐을 했다...당일로 궐을 점령하겠다는 생각으로 그리하신 것이다.'

"중전이 어머니 사린교를 타고 나가셨다 했느냐?"

"대원군 대감이 가마는 궐을 나갈 수 없다 하여 때마침 무예별감 홍계훈 나리가 달려와 중전 마마를 업고 궐을 빠져나갔다 하옵니다."

"그리되었구나. 하늘의 도우심이다."

도승지가 급히 들어왔다. 왕은 조금 전에 반란군을 달래려고 민겸호의 파직을 명했다. 희정당에서는 대신들이 대책을 논의하고 있어 기다리는 중이다. 도승지가 아뢰었다.

"민겸호 대감은 반군들에게 이미 참살 당했고 집은 불태워졌다 합니다. 희정당의 대신들은...전하의 하명만을 기다리고 있사옵니다."

왕은 희정당으로 갔다가 대신들에게 기막힌 말을 들었다.

"폭동을 선동하는 이가 대원군이니 폭동을 가라앉힐 수 있는 이도 대원군뿐이옵니다. 대원군에게 난국의 수습을 맡길 수밖에 없사옵니다."

왕은 말도 안 된다며 돌아서 나왔다.

"전하..."

도승지가 왕 앞에 엎드러졌다.

"무엇이냐. 말하라."

"방금...방금 중전 마마께서...승하하셨다는 말이 들어왔사옵니다."

왕이 털썩 주저앉았다.

한동안 말이 없다가 중얼거리듯 말했다.

"대원군을...입궐하시게 하라."

대원군은 왕의 입궐 명령을 기다리는 시늉을 하며 처참하게 부서진 돈화문을 넘지 않고 밖에서 대기하고 있었다. 마침내 왕의 입궐 명령이 떨어졌다. 대원군은 지지하는 백성들의 환호 속에 입궐하였다.

왕은 대원군에게 전권을 위임하고 모든 국정은 대원군의 결재를 받으라는 교지를 내렸다. 나라는 다시 대원군의 손아귀에 들어왔다. 왕을 알현하고 나온 대원군이 백성들을 향해 목청을 돋우어 말하였다.

"군인들의 밀린 급료는 당장 지급하겠소! 별기군을 없애고 구식 군대의 처우를 강화하겠소! 이제 일단락되었으니 해산들 하시오! 모두 집으로 돌아들 가시오!"

백성들이 '대원위대감!'을 연호했다. 하지만 관군들은 대원군의 명령을 따르지 않았다. 왕비를 시해하지 못했기 때문에 나중에라도 자신들에게 화가 미칠까 두려워하고 있었다. 대원군 역시도 중전을 제거하지 못하고 놓쳐서 못내 꺼림칙하였다. 일단 급한 불은 껐지만 언제 또 불씨가 되살아날지 가늠할 수 없는 상황이었다. 수색대가 도성 곳곳과 주변 외곽을 샅샅이 뒤지고 있지만 '수색이 장기화될 것 같다'는 수색대장의 보고가 올라왔다. 대원군은 마지막 난관을 돌파할 묘책에 골몰한다.

하루가 천년 같았던 임오화변의 날이 저물었다. 해시亥時(9시) 무렵 왕은 늦은 수라상을 받았으나 몇 술 뜨는 둥 마는 둥 입안이 깔깔하여 이내 시저를 내려놓았다. 장지문 밖에서 엄 상궁이 아뢰었다.

"전하. 시원한 콩국수 올리겠나이다."

왕의 대답을 기다릴 새도 없이 엄 상궁이 장지문을 열고 들어왔다.

“콩국수를? 네가 준비하였더냐?”

“예 전하. 몇 시저 젓수오소서.”

물러 나오는 엄 상궁을 왕이 불렀다.

“상궁은 게 앉거라.”

“예, 전하.”

“내전의 지밀상궁이 어찌 대전에 와 있느냐?”

“제조상궁이 소인을 대전으로 파견하였사옵니다.”

“큰방 상궁은 어찌 안 보이는고?”

“세자저하 모시고 성균관에 머무는 줄로 아옵니다. 중전 마마께오서 따로 불러서 세자 저하의 안위를 당부하시었사옵니다.”

왕이 긴 숨을 내쉬며 고개를 끄덕이었다.

“세자가 성균관에 있기를 천만다행이구나.”

“그러하옵니다, 전하.”

왕은 콩국물을 몇 수저 뜨다가 문득 혼잣말인 듯 물었다.

“중전이 진짜 승하하셨을까?”

“사실이 아닐 것이옵니다.”

“무슨 근거로 그리 생각하느냐?”

“나라 안팎이 조용한 것으로 미루어 그리 생각이 드옵니다.”

“…그렇겠구나. 이리 조용할 리가 없지.”

“그렇사옵니다, 전하.”

“군대의 규율이 해이해진 탓인가...”

엄 상궁은 조용히 왕의 다음 말씀을 기다렸다.

“어찌 관군이 하루아침에 반군이 되어 군란을 일으킨단 말이냐?”

“그것이...출퇴근하는 숙수들에게 들은 대로 말씀 올리겠나이다. 군인들이 나라에서 먹여줄 것으로 바라는 식량은 아홉 말의 쌀에 불과하다 하옵니다. 그것조차도 일 년이 지나도록 주지 않아서 그동안 스스로 의식을 마련하느라 안팎으로 일하며 버티어왔다 하옵니다. 그런 상황에서도 감히 군령을 어기지 않았으니 오히려 규율이 있다, 말씀 올릴 수 있겠나이다.”

“듣고 보니 과연 그렇구나. 군졸들이 그동안 참고 군령을 어기지 않은 것은 실로 가상한 일이다.”

“군인들이 급료 불만으로 창고지기를 때려죽였다 하옵니다. 급료가 열세 달이나 밀린 데다가 한 달 치 급료밖에 못 주는데 그것조차도 양이 절반이 안 되었다 들었사옵니다.”

“급료를 열세 달이나 못 준 것부터가 할 말이 없는데 그나마 한 달 치도 제대로 안 준 것은 왜 그러한 것이냐?”

“산지에서 쌀을 수송하다 보면 상하는 거야 흔한 일이옵고 중간에서 떼어먹는 일도 다반사라 하옵니다. 하오나 이번 군란의 진짜 원인은 다른 데 있는 것 같사옵니다.”

“다른 데?”

“신식 군대든 구식 군대든 훈련받느라 힘든 것은 매한가지 아니옵니까? 그런데 신식 군인들은 제때 제 양을 다 받고 훈련도감 구식 군인들은 제대로 받지를 못하니 어찌 분이 나지 않겠사옵니까. 그러니 이번 군란의 진짜 원인은…”

“말해보거라.”

“신식 군대와의 차별 대우 때문이라 헤아려지옵니다.”

왕이 진지한 눈빛으로 엄 상궁을 바라보았다.

“중전이 곁에 책사를 두었구나.”

“중전 마마께 배우고 있사옵니다.”

“네 말에 그른 것이 없다. 그런 말은 어디서 나오는 것이냐?”

“…서책을 즐겨 읽기는 하옵니다만…”

“무슨 책을 읽었느냐?”

“…별당의 서책들을 읽었사옵니다…송구하옵니다.”

“별당의 서책을?”

“예 전하.”

“어찌 출입하였느냐?”

“별당 소제(청소)하는 무수리를 쉬게 하고 소인이 대신 소제하였사옵니다.”

"참으로 맹랑한 아이로구나."

"황공하옵니다."

"허물하는 것이 아니다. 그 많은 좋은 책들을 과인 혼자서만 보는 것이 아까웠다. 기억나는 책이 있느냐?"

"'직방외기'를 신나게 읽었사옵니다."

"허허 '신나게'라. 직방외기, 과인도 그 책을 재미나게 읽었다. 특별히 기억나는 나라가 있느냐?"

"영길리(영국) 처녀 여왕 이야기가 생각나옵니다."

"그래, 그래. 생각나는구나. 그 처녀 여왕 시대에 영길리가 가장 번성했다지."

"용감한 여왕으로 추측되옵니다."

"어째서?"

"무적함대와의 큰 싸움을 앞두고 여왕이 전쟁 포고문을 발표하옵지요."

"뭐라 했기에?"

"나의 몸은 여인의 것이나 나의 심장은 국왕의 것이다!"

"네가 이야기하니 생각이 나는구나. 여왕이 한 말 중에 과인을 감동시킨 또 다른 말도 있다."

"무엇이옵니까, 전하?"

"맞춰보거라."

"전하, 그럼 내기를 하시어요."

“갑자기 무슨 내기냐?”

“소인이 맞추면 콩국물을 더 드시겠사옵니까?”

왕이 웃었다.

“그러자꾸나.”

“‘짐은 국가와 결혼하였다!’ 그 말로 짐작되옵니다.”

“그러하다. 과인은 그 말에서 국왕된 자의 정신을 보았다.”

“예, 전하.”

“한 번 본 것은 잊지를 않는구나.”

“그만한 역량이니 아녀자의 몸으로 여왕에 올라 나라를 일으켰지 싶사옵니다.”

“아니, 상궁 너 말이다.”

엄 상궁은 그제야 말뜻을 알아듣고 수줍게 고개를 숙였다.

“전하, 약조를 지켜주시옵소서.”

“약조? 과인이 무슨 약조를 했느냐?”

“소인이 맞추면 콩국물을 더 드시겠다 하시지 않으셨사옵니까?”

“너는 정말 한 번 들은 것은 잊지를 않는구나.”

왕이 콩국물을 두어 시저 뜨셨다.

“엄 상궁 네 덕분에 잠시나마 시름을 잊었다. 밤이 늦었구나. 물러가 쉬거라.”

"예, 전하. 편히 침수 드소서."

군란 이튿날, 대원군은 '그동안의 잘못된 일'을 바로잡기 시작했다. 왕이 설치한 통리기무아문과 별기군을 폐지하고 의정부와 오군영을 예전 체제로 복귀시켰다. 왕이 폐지했던 삼군부도 다시 살아났다.

'민비가 죽었다'는 소문이 계속 돌았다. 구식 군인들은 민비의 시신을 확인하기 전에는 퇴각하지 않겠다, 대원군을 압박했다. 사실 중전의 시신은 대원군이 더욱 간절했다.

-중전 마마께서 승하하셨다.-

대원군은 왕비의 죽음을 공식 발표하고 국장國葬을 선포했다. 중전이 살아있더라도 죽은 사람으로 만들어 정치적 생명을 끊어버리자는 계략이었다.

조정은 국장도감을 설치하고 영의정 홍순목을 장례위원회 총호사로 임명했다. 왕비의 국상을 청나라에 알리려고 홍문관 부제학 이승우와 무위영 선전관 이건청을 파견하였다.

원로 재상들은 이 석연찮은 국장에 반대하여 상소를 올리고 의금부 금오문 앞에 엎드려 탄원했다.

"국태공께 아룁니다. 어서 국상을 거두시고 중전 마마의 유해를 더 찾아보십시오.”

대원군은 끄떡도 하지 않았다.

6월 14일(음력), 시신을 모셔야 할 관에 왕비의 예복을 모셔 넣고 의대 장례를 성대히 치루었다.

왕은 희정당 대청마루에서 비 내리는 모습을 바라보았다. 군란이 일어나던 날 새벽, 왕은 봄부터 계속된 가뭄으로 기우제를 준비하고 있었다. 그리도 야속하게 내리지 않던 비가 중전의 가짜 장례를 치루고 나니 쏟아진다. 왜 이토록 일이 어긋나기만 하는가.

밤새 마른번개가 쳤다. 천둥도 비도 없는 번개가 소리 없이 세상을 뒤흔들었다. 번쩍 섬광이 솟구치면 칠흑 같은 하늘이 가뭄에 마른 논바닥처럼 쩍쩍 갈라졌다. 나라의 재난은 임금의 부덕의 소치라 한다. 가뭄도 화변도 생부生父의 반란도 모두 다 임금의 죄라고 한다. 왕은 밤새 무릎 꿇고 하늘의 진노하심을 들었다.

비 내리는 아침, 궁궐은 고요하기만 하다. 가뭄에 내리는 단비이건만 반기는 이 하나 없다. 앞 전각의 젖은 기와가 짙은 먹빛으로 무겁다. 왕은 손을 내밀어 빗방울을 받아보았다. 한여름 비가 손에 차다. 지금 중전도 이 비를 보고 있을까. 자신의 장례 소식을 들었을까. 얼마나 비통해하고 있을까. 왕은 보낼 곳 없는 서신을 속으로 웅얼거렸다.

'중전, 무사하시오? 의대 장례라니 세상에 그런 장례가 어디 있단 말이오.

화변이 일어난 날, 궁은 아수라장이었지. 군졸들은 무기를 휘두르며 궁궐을 휘젓고 어느 전각에서인지 불길이 치솟고, 아버님은 다시 조정을 차지하여 위세 등등하고... 과인은 그 참담한 광경을 무기력하게 지켜보는 허수아비 같았소. 임금이 자기 사람들을 지켜줄 힘조차 없었소.

중전, 어딘가에서 살아는 있겠지요? 살아서 돌아오시겠지요?

돌아오시오. 오래 걸려도 아무리 오래 걸려도 기다릴 것이니...'

엄 상궁은 수라간으로 부리나케 달려갔다. 아침 수라상을 살펴보고 상에 오르지 않은 별식을 준비해야 해서다. 화변 날로부터 전하께서는 수라를 거의 젓숫지 못하신다.

"엄 상궁 마마님! 엄 상궁 마마님!"

상책 내관이 급히 달려오고 있었다.

"무슨 일이오?"

"마마님, 긴히 드릴 말씀이 있으니 함께 가시지요."

“어디를요? 지금 긴한 일로…”

상책은 대답도 않고 어느새 저만치 가고 있다.

전하의 수라상보다 더 긴한 일이 무엇이라고. 엄 상궁은 움직이지 않았다.

“이보시오! 이보시오!”

상궁이 상책을 불렀다.

상책이 설핏 돌아보더니 오라는 손짓만 하고는 그냥 간다. 걸음을 멈추지도 않는다. 급한 일인 듯 보인다. 중전 마마의 책 심부름으로 얼굴을 익힌 서책 관리 내관이다. 중전 마마도 안 계신 지금 무슨 급한 일인가? 엄 상궁은 석연찮지만 거리를 두고 따라갔다.

몇 개의 전각을 지나 후미진 곳의 빈 전각에 이르러서야 상책이 걸음을 멈추었다. 상책은 주위를 살핀 다음 엄 상궁을 기다려 빠르게 말하고 안으로 들어갔다.

“민영익 대감의 전갈이요.”

“민영익 대감이 살아계신단 말이오?”

중전 마마의 친정 조카 민영익 대감은 이번 화변에 변을 당했다고 들었다.

상책이 손가락으로 쉬이~ 입단속을 시키고는 다시 한번 주위를 살폈다.

“대감이 보내신 사람이 와 있소.”

은밀한 목소리다.

"누구요?"

상궁의 물음에 답이라도 하듯 어둠 속에서 한 사내가 모습을 드러냈다.

수염이 덥수룩한 단단한 체구의 젊은 사내다. 봇짐에 삼베 잠방이…보부상인가? 잠방이는 흠뻑 젖어 몸에 달라붙었고 미투리는 흙투성이로 더럽다. 사내가 엄 상궁을 똑바로 쳐다보았다. 날카로운 시선이다. 대전 상궁을 저리 뚫어지게 쳐다보다니 무례한 자가 아닌가. 엄 상궁도 사나운 눈길로 사내를 마주 쳐다보았다. 마치 눈싸움이라도 하듯.

사내가 느닷없이 상투를 풀기 시작했다. 짐승 냄새 같은 역한 내가 풍겨왔다. 사내의 괴이한 행동에 놀란 엄 상궁이 상책을 쳐다보았다. 상책은 바깥 동정을 살피느라 여념이 없다.

사내의 상투 꼭지 속에서 돌돌 만 심지 하나가 나왔다. 사내가 심지를 상책에게 건넸다. 상책이 그 심지를 엄 상궁에게 건네며 말했다.

"대전 마마께 올리랍니다. 민영익 대감은 무사하다 하십니다."

엄 상궁은 정신이 번쩍 들었다. 예삿일이 아니다. 상투 꼭지에 숨겨야 할 서신이라면 극비 문서다. 목숨을 내놓고 하는 위험한 일이다. 민영익 대감이 상감께 올리는 서신이라면 중전 마마의 생존에 관계된 일일 것이다. 엄 상궁은 자신도 모르는 새 목숨 거는 일에 연루되었음을 깨달았다.

상책이 중전 마마의 사람이었나? 중전 마마가 가까이 두는 사람이라면 내가 모를 리 없는데…민영익 대감이 보냈다니 대감의 사람이겠지. 그런데 어찌 나를 찾아와 이런 일을 시키는가? 하긴, 중전 마마와 조카 민영익 대감은 유독 각별하시지. 대감은 중궁전에 들 때마다 '수고가 많으시오, 엄 상궁' 빈말이나마 인사를 건네곤 했다. 대감이 자기 사람을 시켜 내전 엄 상궁에게 전하라 한 것일 게다. 그리 생각하면 이상한 일도 아니다.

엄 상궁은 사내에 대한 의심을 풀고 돌아서서 냄새나는 그 심지를 저고리 속 가슴팍 깊숙이 밀어 넣었다. 중전 마마의 생존이 발각되는 날이면 서신을 전한 사내도 상책도 엄 상궁도 산목숨들이 아니다. 대전 마마도 결코 무사하지 못하실 것이다. 대원군은 말 안 듣는 아들인 국왕을 폐위 시키고 자신의 장손 이준용을 왕위에 올리려 한다. 아끼는 손자 이준용을 통해 완벽한 섭정 체제를 구축하여 조선을 다시 손아귀에 넣으려 계획하고 있다.

보부상 사내와 상책은 언제인지 사라지고 없었다. 엄 상궁은 상책이 그랬듯이 주변을 살피면서 빈 전각에서 나왔다. 가슴을 더듬어 심지를 확인하고 또 확인한다. 이 냄새나는 심지에 자신의 미래가 달려있는 것 같았다. 최 상궁 이모님이 그렇게 세상을 버린 후 궐에 뒷배라고는 아무도 없다.

심지에 무슨 사연이 쓰여 있는지는 모르겠지만 중전 마마의 생존에 관계된 일일 것 같았다. 그리 중한 일이 아니고서야 상책이 내전 지밀상궁을 그리 당당하게 부릴 수 있겠는가. 상책도 보부상도 목숨 내놓고 하는 일인 만큼 은전恩典이 클 것이다. 그렇다면 엄 상궁 자신이 하는 일도 그에 못잖은 보상을 받을 수 있다는 뜻이다. 상궁은 자신의 공을 계산해 보았다.

먼 길 달려온 보부상과 궐 내에서 임금께 심지를 전하는 엄 상궁, 누구의 공이 더 클 것인가? 보부상이 제아무리 대단한 서신을 가지고 왔다 해도 임금을 뵈올 수는 없다. 상책에게 전달해도 그 역시 유폐당한 상감을 뵐 명분이 없다. 밀지를 상감께 전할 수 있는 오직 한 사람, 나 엄 상궁뿐이지.

'그러니까 임금께 서신을 전하는 일은 용의 눈동자를 찍는 일, 화룡점정인 것이야. 이 일로 나는 공신이 되고 두 분 웃전의 신임도 깊어질 테니 제조상궁 자리쯤 따논 당상이 아닌가!'

목표가 바로 코앞, 손만 뻗으면 잡힐 듯하였다. 엄 상궁은 나르듯 대전으로 향했다.

돌석 아버지 보셔요

어린 돌석이와 어려운 아버님 봉양에 얼마나 고되셔요

병 든 소처 피접 가는 길에 화변을 당했으나 도강금령渡江禁令에도 무사히 강을 건너 친정에 도착했어요

듣자니 도성에 헛소문이 돈다는데 나으리는 미혹되지 마시고 부디 글공부에만 전념하시기를 바라고 또 바랍니다

소처의 병이 화급하여 나으리 얼굴도 못보고 헤어진지 스무날 밤낮으로 나으리의 안녕만을 빌고 또 비오니 유념하셔요

안사람 없는 살림에 너무 괴념치 마시고 끼니 거르지 마시고 집안의 기둥 되시는 나으리 건강과 돌석이만 잘 돌보아주셔요

친정에 머무는 동안 나으리 글공부에 도움이 되고자 붓이며 먹이며 이름난 것으로 챙기고 있어요. 머지않아 소처 일어날 것이니 나으리 곁으로 돌아갈 날까지 평안하시기를 천지신명께 비옵니다

임오년 유월 스무닷새날 안사람 올림

　

왕은 두 눈 크게 뜨고 서신을 보았다. 중전이다! 중전의 필체다! 중전의 기별이다!

서신은 암호로 가득 차 있었다. '돌석'이는 흙 토土변에 돌 석石자를 쓰는 세자 '척坧'으로, '어려운 아버님'은 늑대 같은 대원군을, '도성에 도는 헛소문'은 왕비 자신의 가짜 장례로 읽혔다. '붓이며 먹이며'…중전이 무슨 계책을 세우고 있다는 뜻일까? 아무려나 부디 살아서 돌아만 오시구려.

+

서신은 그 후로도 몇 차례 더 왔다. 어디 서신뿐인가.

조금 전 엄 상궁은 상책과 그 사내를 또 만났다. 한밤중 그 빈 전각에서였다. 사내가 말했다.

"오늘은 상감을 알현하여 직접 중전의 말씀을 암송하여 전하겠소. 중전 마마의 하명이시오."

엄 상궁이 놀라 상책을 돌아보았다. 신분도 확실치 않은 사내를 어찌 대전으로 들이라는 것인가.

상책이 고개를 끄덕였다.

"네가 중궁을 직접 뵈었단 말이냐? 강녕하시냐?"

왕이 사내에게 하문하셨다. 한밤중 침전에서였다.

"예 전하. 중전마마께서는 강녕하십니다."

사내가 머리를 조아렸다.

왕이 엄 상궁을 쳐다보았다. '이 사내를 믿어도 되겠느냐' 그런 하문이시리라. 엄 상궁이 살짝 고개를 끄덕였다. 왕의 용안에 슬몃 웃음이 스쳐갔다. 전에 엄 상궁이 올린 말이 생각나서였다. '짐승에게서 나는 역한 냄새가 나는 사내이옵니다.' 오늘 사내는 갓 쓰고 하얀 모시 도포까지 차려입어 멀끔하였다.

"이름이 무엇이냐?"

침의寢衣 차림의 왕이 하문하셨다.

"함경북도 명천에서 난 이李가 용익容翊이라 하옵니다."

"지난번 서신에 중전께서 '용익이 첩각(빠른다리)으로 하루 삼백 리를 능히 보행한다' 하셨는데 사실이냐?"

"보부상을 하며 단련이 되어 다른 이들보다 빠른 듯하옵니다."

"영익이 너를 중전께 천거하였다지? 서로 어찌 아느냐?"

"소인이 금광으로 돈을 좀 모았습니다. 하여 좋은 일에 쓸 요량으로 한성으로 올라와 할 일을 찾고 있었습니다. 그때 민영익 대감의 지은知恩을 입어 문객門客으로 신세를 진 지가 꽤 되었습니다."

"지은이라. 영익이 너를 알아보았구나. 금광을 볼 줄 아느냐?"

"다른 이들 말이 '용익이 금을 보는 눈이 밝다' 하옵니다."

왕은 생각하였다. 영익이 금광에 대하여 알아보려고 용익을 식객으로 들였구나. 가까이 두고 보았으니 인품이며 성정이며 잘 살펴보았겠지. 믿을 만하니 중전에게 천거하였겠지. 게다가 첩각이라니 중전에게는 안성맞춤 심복이 나타난 셈이렸다.

왕은 중전에게 보내는 서신을 이용익 편에 맡겼다. 이용익이 큰절을 하고 물러났다.

+

중전 마마의 귀환은 전혀 예상치 못한 일로 급격히 이루어졌다.

엄 상궁은 급변하는 국내외 정세를 일기책에 세세히 기록하고 있었다. 제조상궁이 될 자로서 궁궐의 일뿐 아니라 나라 안팎의 정세 변화에도 밝아야 웃전을 잘 보필할 수 있다.

임오년(1882년) **7월 10일**

마건충이 이끄는 청의 군대가 군란을 겪고 있는 조선을 돕는다는 명분으로 입국하였다

이는 일본이 임오군란 중에 대사관이 불타고 자국민들이 피해를 입었다며 조선에 엄청난 보상금을 요구하고 일본 공사관 경비를 명분으로 군대를 주둔시킨 것에 대한 압박일 것이다

일본이 조선에 깊이 개입하기 전에 청이 주도권을 잡고 일본을 밀어내려는 의도로 보인다

청은 '조선에 군대를 파견하여 군란의 조정과 일본과 관련된 제반 문제 모두를 청국이 중재하겠다'는 훈령을 일본에 전달했다고 한다 일본이 순순히 응할 리 없었다

이에 청국은 일본의 확장을 막고 조선을 완전한 속국으로 만들려고 현재 조선의 최고 권력자이자 쇄국정책과 왕권강화를 주장했던 대원군을 납치해(7월 13일) 텐진으로 유배시켰다

임오년 7월 14일

대원군이 청국으로 압송되자 중궁께서 창덕궁으로 환궁하셨다

청은 중궁께서 은신해 있던 곳으로 군사들을 파견하였다

먼지 자욱하게 날리는 시골길을 따라 웅장한 군대의 행렬이 중궁을 태운 가마를 중앙에 두고 호위하는 광경이 얼마나 장관이었을지 보지 않아도 눈에 선하다

한성에 들어온 행렬은 나도 직접 나가 보았다

군악대가 풍악을 울리고 청국의 깃발이 휘날리는 가운데 위엄을 되찾은 중궁께서 붉은색 대란 치마에 당의로 치장하고 위풍당당하게 앉아 계셨다

그 환궁 행렬이 어찌나 대단하던지 백성들이 쏟아져 나와 구경하였다 가마 양옆으로 보병들이 긴 칼을 높이 치켜들고

+

군란을 겪은 지 이태 만인 갑신년 시월((음력)1884.10.17)에 정변이 일어났다.

세상이 빠르게 변하고 있음을 직접 목격한 김옥균, 박영효, 홍영식 등 급진 개화파들은 조선에 돌아와 보고서를 작성하고 개혁의 필요성을 역설했다. 근대적 통치 기구인 '통리기무아문'과 '우정국'의 설치도 그들에게서 나왔다. 홍영식은 우정총국 초대 총판으로 우편제도를 도입하고 운영 체제를 마련하여 폐쇄적이던 조선의 행정제도에 혁신을 가져왔다.

초기에 개화파가 내세운 '청에 대한 조공 폐지', '문벌 폐지 및 능력에 따른 인재 등용' 등은 왕의 생각이기도 하였다. 그러나 청나라의 간섭과 민왕후를 비롯한 수구 세력 민씨 척족의 반대로 개혁에 속도가 나지 않았다. 때마침 청나라가 베트남 문제로 불란서와 청불 전쟁 중이어서 조선에 머물던 병력 절반을 소환해 갔다. 급진 개화파는 이때를 기회 삼아 정변을 일으켜 수구파를 제거하고 정권을 장악해야 개혁을 이룰 수 있다는 결론에 이른다. 일본 역시 청군의 세력이 약해진 틈을 타 다케조에 공사가 개화파에게 거액의 차관과 군사적 지원을 약속하며 거사를 부추겼다.

마침내 1884년 12월 4일, 개화파들은 우정총국 개국 축하연에서 정변을 일으켰다. 그 자리에서 수구파들을 처단하고 다케조에와 김옥균은 왕과 왕비를 경우궁景祐宮으로 이처異處하여 일본 군사들이 지키게 하였다. 거사 직전 김옥균은 국왕에게 '일사내위日使來衛 즉 일본 공사는 궁으로 들어와 호위하라'는 뜻의 친서를 받아내어 다케조에 공사가 일본군을 이끌고 대궐에 진입할 수 있는 근거를 만들었다.

그러나 정변은 개화파의 뜻대로는 되지 않았다. 위안스카이(원세개)가 정변 진압을 명분으로 남은 절반의 병력을 이끌고 창덕궁을 장악해 버렸다. 이에 개화파들은 청으로부터 왕실을 보호한다는 명분 아래 경우궁에 이처한 왕과 그 가족을 궁궐도 아닌 종친 이재원의 사저(계동궁)로 옮겼다. 청의 압도적인 병력으로 사태가 불리해지자 일본은 차관도 군사적 지원도 없던 일로 하고 발을 빼 버린다. 정변의 실패를 직감한 김옥균 등 개화파들은 왕에게 일본 망명을 강요했다.

"일본으로는 안 간다! 과인은 조선에서 죽겠다!"

왕의 완강한 저항에 개화파들은 하는 수 없이 일본 공사 다케조에를 따라서 일본으로 망명하였다.

정변은 '삼일천하'로 끝이 났다.

왕은 청의 개입으로 다시 경복궁으로 돌아왔지만 3일 동안 이리저리 끌려다니는 수모를 겪었다. 국왕의 권위는 땅에 떨어졌고, 개화의 꿈도 좌절되었다.

왕은 심경이 복잡하였다.

개화파 인물들은 수신사, 보빙사의 일원으로 일본과 미국을 방문하여 발전된 문물을 배워오라고 왕이 파견한 '내 사람들'이었다. 조선의 미래를 이끌어갈 '왕의 사람들'이 정변을 일으켰다. 왕도 나라가 변해야 한다, 생각하고 있었기에 배신감보다는 자괴감이 컸다.

공립학교 육영공원育英公院을 설립하라!

고작 사흘의 정변이었으나 상처는 깊었다. 그동안 왕이 시도한 정책들은 모두 허사가 되었다. 청으로부터 벗어나고자 그리도 애썼건만 청의 위세는 더욱 커졌고 원세개는 조선 총독이나 된 듯 국정에 관여했다.

왕의 주변에는 아무도 없었다.

믿었던 개화파들은 역도가 되어 일본으로 떠났고, 유림들은 부패한 조정을 외면하고, 가까웠던 대신들은 군란과 정변을 거치면서 많이 죽었다. 이틈에 민 씨 세력들이 제 세상 만난 듯 권력을 휘둘렀다. 관직을 팔고, 대놓고 뇌물을 받고, 상평통보 닷푼에 해당하는 고액의 당오전을 마구 찍어내어 물가가 치솟았다. 그러잖아도 두 차례나 변란을 겪은 뒤끝이라 기근까지 들어 백성들의 고통은 말로 할 수 없을 지경이었다. 보다 못한 왕이 훈유의 문서를 내렸지만 민 씨들은 귓등으로도 듣지 않았다. 왕이지만 왕이 아닌 상황은 대원군 섭정 시절보다 더했다.

정변의 피비린내가 채 가시지 않은 좌절의 밑바닥에서도 왕은 개화의 의지를 버리지 않았다. '나라를 근본적으로 바꿔야 한다'는 개화파의 주장은 틀리지 않았다. 조선의 희망이었던 젊은 그들이 너무 성급했던가, 자신이 너무 나약했던가. 왕은 분노인지 회한인지 모를 감정의 소용돌이 속에서 깊이 시름하였다.

'그렇다면 어떤 방식으로 개화해야 하는가?'

왕은 정변 때 죽은 홍영식과의 대화를 되새겼다.

"미국과 일본의 군함과 무기들을 잘 살펴보았느냐?"

"전하. 서구 열강이 강한 이유는 무기가 좋아서가 아닙니다. 그 무기를 만드는 과학과 기술 교육이 밑바탕에 있기 때문입니다...조선이 문을 열려면 말이 통해야 합니다. 우선 외국어를 배워야 합니다."

"정변으로 문은 닫았지만 통변通辯통역 학교 '동문학同文學'이 있지를 않느냐?"

"전하. 통역관에만 의존할 것이 아니라 외교를 맡은 관리가 직접 외국어를 해야 합니다..."

"일리 있는 말이다. 통변보다 세계 흐름을 잘 아는 관리가 직접 외국말을 하면 좋겠지."

"그렇습니다 전하. 선진 나라들은 교육을 중시합니다. 무지한 백성에게는 아무리 좋은 함포와 총포를 주어도 나라를 지키지 못합니다. 교육이 곧 국력입니다. 세상은 변하고 있는데 우리만 옛것에 매달려있는 형상입니다. 이제 학문은 문장을 외우고 해석하는 데 그쳐서는 안됩니다. 나라를 부강하게 하고 백성을 이롭게 하는 실용 학문이 힘이 됩니다. 우리 조선도 나아가야 합니다. 백성이 배워서 세계를 알아야 비로소 조선의 자주가 가능할 것입니다."

왕은 '무기'를 물었는데 영식은 '교육'으로 답하였다.

그날, 홍영식의 눈물 어린 호소가 또다시 왕의 가슴을 흔들었다. 그는 개화파로 정변에 가담했지만 일본 망명을 거부하고 끝까지 왕의 곁을 지켰다. 정변 당시 대피소였던 '북관묘'(명륜동 인근)로 이동하던 중 청나라 군사들에게 살해당했다. 그의 나이 갓 서른이었다.

왕은 정변으로 중단된 '육영공원' 구상을 다시 떠올렸다. 정변 이태 전, 보빙사로 나갔던 민영익이 돌아와서 나눈 이야기가 생각났다. 비록 민 씨 척족이기는 하나 귀담아들을 이야기가 있을 듯하다. 곧바로 민영익을 불렀다.

밤중에 느닷없이 불려 온 민영익은 왕 앞에 무릎을 꿇고 하문을 기다렸다.

"오랜만이구려, 민 대감."

"전하. 강녕하시옵니까."

"미국에서 본 그들의 강성함에 대하여 듣고자 하여 늦은 시간이나 청하였소."

"그런 일이라면 매일 밤 부르셔도 기쁘게 달려올 것입니다. 신이 미국에서 본 것은 단순히 총포의 위력이 아니었습니다. 그들의 힘은 '앎'에서 나온 것으로 보였습니다. 마을마다 학교가 있어 학생들에게 새롭고 깊은 학문을 가르치고 있었습니다. 어린 학생들의 지식 수준이 조선의 선비들보다 월등히

높아 큰 충격을 받았습니다.”

왕은 민영익의 말에 귀 기울이며 홍영식이 말하던 교육을 떠올렸다.

“그대가 말하는 ‘앎’에 대하여 좀 더 자세히 말해보라.”

“예, 전하. 조선은 뿌리부터 바꿔야 합니다. 유학 지식은 작금의 세계에서는 ‘앎’이라 할 수 없습니다. 성리학으로는 세계열강을 상대할 수 없음을 전하께서도 보셨습니다. 총, 칼로는 나라를 지킬 수 없습니다. 무지한 백성들이 눈을 뜨고 세계를 알아야 비로소 진정한 자주독립이 가능할 것입니다! 이 나라 젊은 인재들에게 서양의 언어와 학문을 가르쳐서 여러 나라들과 겨루게 해야 합니다. 당장에 큰 변화를 가져오지는 못하겠지만 배운 그들이 이 나라 조선의 미래를 이끌 초석이 될 것입니다.”

죽은 홍영식이 환생한 것인가. 민영익도 똑같은 말을 하고 있지 않은가.

“신지식을 갖춘 인재를 키워야 한다는 대감의 생각과 과인의 생각이 다르지 않소. 허나...조야의 반대가 클 것이오. 양이(서양오랑캐)의 사상과 학문을 가르친다면 유림들이 가만있지 않을테고, 국고도 넉넉지 않고...”

“전하. 지금도 늦었습니다! 더 이상 미룰 수가 없습니다! 미국 백성들은 밝은 전등불 아래서 밤낮으로 공부하고 있습니다. 우리 조선은 해만 지면 어둠이고 백성은 무지하니 어찌 열강들과 겨룰 수 있겠습니까?"

'암흑세계에서 태어나 광명세계로 갔다가 다시 암흑세계로 돌아왔다.' 미국에서 돌아온 직후 민영익은 주변에 이런 자조적인 말을 내뱉곤 했다. 그러나 왕에게는 감히 그런 말까지는 올리지 못하였다. 그는 뉴욕 산업박람회장, 전기회사, 병원, 우체국, 해군기지 등을 시찰하며 문명의 힘을 절감하였다.

"전하. 보빙사 시절, 미국 정부와 학제에 관한 논의를 나눈 적이 있습니다. 조선의 젊은이들에게 새 학문을 가르칠 학교를 만든다면 적극 돕겠다 하였습니다. 전하, 때를 놓치지 마소서!"

"미국이 돕겠다니 고마운 말씀이오. 왜 마다하겠소. 과인도 오래전부터 생각하고 있던 일이요. 서양의 학문을 가르치는 학교 말이오."

"지당하신 말씀이옵니다."

"영재를 육성한다는 '육영', 국가가 세운 학당이니 '공원公院', 국가에서 인재를 기르기 위해 설립한 공립학교 육영공원育英公院. 어떻소? 학교 이름이 대감 마음에 합하오?"

"신, 전하의 하해와 같은 성은에 감복할 뿐이옵니다."

"과인은 육영공원에 큰 희망을 품고 있소. 단순한 지시로

만 끝나지 않을 것이오.”

“망극하옵니다, 전하. 신명을 다하겠나이다!”

“헌데, 선생이 준비가 되겠소?”

“예 전하. 미국 정부에 우수한 교사를 보내달라고 공식 요청하겠습니다. 신이 보빙사 시절 인연을 맺은 사람들이 적극 도울 것입니다.”

“좋소. 나라의 명운이 걸린 일이니 만전을 기합시다!”

국가 재정이 넉넉지 않아서 왕은 개인 내탕금을 내고 호조 예산을 투입하여 정동에 학교 건물을 마련하였다. 이때 민영익도 사저를 내놓아 학교 설립을 적극 도왔다. 그러나 준비가 한창이던 1884년 말, 갑자기 정변이 일어나 교육기관 문제는 후순위로 밀려났다.

1886년 미국에서 교사 헐버트H.B.Hulbert, 길모어G.W.Gilmore, 벙커D.A.Bunker 세 사람이 도착했다. 미뤄 두었던 ‘육영공원’이 교사들을 맞아 비로소 공식 개교한다. 조선의 인재를 가르칠 선생이 어떤 사람인가. 왕은 궁궐 안 왕의 도서관 ‘집옥재’에서 헐버트 선교사를 맞이하였다.

“선생, 정변을 겪으며 한 가지 배운 것이 있소. 선생의 조국 미국과 같은 강대함은 하루아침에 이루어지는 것이 아니라는 사실 말이오.”

"전하의 혜안에 탄복할 따름입니다."

왕은 찻잔을 들면서 선교사에게도 권했다.

"조선이 강성해지려면 선진 교육을 실시해야 한다는 것을 아오. 허나 조선에는 서양의 학문을 가르칠 곳이 마땅치가 않소. 선생께서 이 땅에 온 이유도 우리 백성을 계몽하고자 함으로 알고 있소."

"황공하옵니다, 전하. 제가 감히 미국에서 배운 미력한 지식이나마 조선의 미래를 위해 보탤 수 있다면 더할 나위 없는 영광이겠습니다."

"고맙소. 이 나라의 동량을 길러낼 서양식 학교 '육영공원'을 만들고자 하오. 서양의 언어, 지리, 천문...만물학(과학)을 가르쳐주시오. 그들이 조선의 희망이 될 것이오."

"분부 받들겠습니다, 전하. 저희 미국인 교사들이 최선을 다해 조선의 인재들을 지도할 것입니다. 말씀하신 '육영공원'이 조선의 새로운 시작이 될 수 있도록 헌신하겠습니다!"

그해 8월 육영공원의 학제가 결정되었다. 좌원左院과 우원右院으로 나누어 좌원에는 현직 젊은 관료들 중에서, 우원에는 명문가 자제들 중에서 우수한 인재를 선발하여 교육하였다. 교과서(THE CITIZEN READER)는 당연히 영어로 된 책이고 수업 역시도 영어로 진행하였다.

봄밤, 벚꽃 흩날리는...

아버지 대원군을 실각시키고 친정을 시작하면서 왕은 중전을 동지요 지어미로 귀히 여기고 의지하였다. 다른 여인에게 눈길도 주지 않았다. 배려가 지나쳤을까, 중전의 기세에 눌렸던 것일까. 중전은 왕이 다른 여자 보는 것을 용납지 않았다.

승은한 첩실을 시샘하거나 해코지해서는 아니 되는 것이 왕실의 법도다. 허나 중전은 승은한 궁녀를 궁 밖으로 내쫓고 쥐도 새도 모르게 죽이기까지 하였다. 왕자 '강堈'을 낳은 상궁 장 씨는 간신히 목숨은 건졌지만 (매천야록에 의하면-여자 구실 못 하게 신체를 훼손당한 채) 어린 아들과 함께 궐 밖으로 쫓겨났다. 장 상궁은 십 년을 앓다가 죽었고 왕자 '강'이 장성한 후에야 귀인에 봉해졌다.

왕의 서장자 완화군과 그 어미 이 상궁의 일은 왕의 가슴에 아프게 맺혔다. 궁인이 왕자를 낳으면 바로 귀인에 봉해진

다. 그러나 이 상궁은 왕자 선墡을 낳은 지 12년 만인 1880년
에야 후궁의 품계 중 가장 낮은 종4품 숙원에 봉해졌다. 어
찌 된 일인지 그해에 열 두 살 된 완화군이 돌연 죽었다. 홍역
이라고도 하고 병명을 알 수 없다고도 하는데 항간에는 민비
가 죽였다는 소문이 파다하였다.

　완화군의 존재는 왕권을 두고 세력 간의 갈등으로 비화
할 수 있는 민감한 사안이었다. 중전이 적자를 낳지 못한 상
황에서 후궁이 먼저 득남하였다. 중전과 민 씨 세력들로서는
정치적 입지가 흔들릴까 노심초사함은 당연한 이치다. 하여
왕은 중전을 이해하고 소문에 휘둘리지 않으려 애썼다. 왕은
왕실의 엄격한 예법과 의례를 유지하며 아들의 제사를 챙기
는 것으로 슬픔을 억눌렀다.

> ...왕이 전교하기를 '녹봉은 완화군이 졸卒한 이후에
> 도 3년에 한하여 그대로 지급하라' 명하였다...
> 고종실록 17권, 고종 17년(1880년) 1월 12일

　3년이 지났을 때 종친부에서 왕의 전교대로 시행하려 하였
다. 왕은 차마 그리할 수 없어서 '그대로 지급하라' 명하였다.
　중전이 왕에게 따져 물었다.
　"전하. 3년이 지난 지가 언제인데 어찌 아직도 녹봉을 지급

하시옵니까? 죽은 완화군의 녹봉을 살아있는 이 상궁에게 지급하시는 연유가 무엇이옵니까? 이 상궁이 여태도 전하 심중에 남아있다는 증좌가 아니면 무엇이옵니까?”

이 상궁은 아들 잃은 충격으로 실어증에 걸려 사람이 반편이 되었다고 한다. 아들 잃은 어미와 아비로서 왕은 그 가엾은 사람에게 궁색하지 않게 생계를 챙겨주는 일밖에 해줄 수 있는 것이 없었다.

여러 처첩을 거느려 자손을 많이 보는 것도 왕의 책무이거늘, 그것이 궁중의 법도이거늘…

왕이 언짢은 기색을 보이자 중전이 싸늘하게 대꾸하였다.

“내명부의 일이옵니다. 소첩이 알아서 할 터이니 더는 심려치 마소서.”

왕에게는 ‘더는 관여치 마소서’로 들렸다.

+

왕은 궁인들을 물리고 바람이라도 쐴까 하여 후원으로 나섰다.

청명 무렵의 훈풍이 봄꽃들을 일깨워 꽃대궐을 이룬 후원은 화려하나 적막하였다. 꽃구름처럼 일어난 벚나무들이 잠깐씩 발길을 잡았지만 꽃도 시큰둥, 왕은 놀 번지는 하늘로 시선을 옮겼다. 해가 넘어가고 있었다.

“저것이 무엇이지?”

하늘에서 붉은 무엇이 너울거리고 있었다. 왕은 걸음을 멈추고 붉은 그것을 올려다보았다.

"연이다! 연이 날고 있어! 놀이 연을 붉게 물들였어!"

춘삼월에 연이라니. 왕은 너무 반가워 연을 쫓아갔다. 어릴 적 명복의 발걸음으로 달려갔다.

드넓은 춘당대 들판에서 한 나인이 연을 날리고 있었다. 연 날리는 여인이라. 왕이 걸음을 멈추었다.

'왜 이렇지? 기분이 이상하구나. 저 모습을 본 것 같아. 연 날리는 저 여인을 본 것 같아. 지금처럼 여기서, 이렇게, 바라보았어. 지금 보는 저 모습 그대로 언젠가 보았어. 어릴 적 꿈인가? 전생의 기억인가?'

왕은 눈을 비비고 똑똑히 보았다. 연 날리는 여인에 대한 익숙한 느낌은 사라지지 않았다.

'피곤한 탓 일게야. 마음이 복잡하여 꿈과 생시가 뒤섞이나 보다.'

그러면서도 왕은 홀린 듯 바라보았다. 놀에 물든 여인을, 놀빛 연을.

"제법이구나."

순간, 얼레를 든 엄 상궁의 손이 굳었다. 아는 목소리. 천천히 돌아보았다.

"전하!"

상궁이 자신도 모르게 두 손으로 얼레를 감쌌다.

"그래서야 얼레가 감춰지겠느냐."

왕은 아차 싶었다. 꾸중하려는 것이 아닌데.

"과인이 방해하였구나."

"아니옵니다 전하."

"괘념치 말고 계속하거라."

왕이 계속하라고 손짓으로 권하였다.

상궁은 야릇한 기분에 휩싸였다.

'왕의 저 얼굴, 저 손짓, 본 적이 있어. 다정한 저 목소리로 그러셨지. "괘념치 말고 계속하거라." 나는 이렇게 서서 옥음을 들었어. 지금처럼 똑같이. 꿈이었나? 지금이 꿈인가? 꿈은 아니야. 모든 것이 너무나 생생해. 하늘도 바람도 놀빛도. 머리는 아니라고 하는데 심장은 그렇다고 한다. 생시에 꾸는 꿈인가...'

상궁은 꿈을 꾸듯 놀에 물든 붉은 왕을, 어릴 적 은애하던 소년 왕을 바라보았다.

'부풀어 오른 젖망울이 부끄러운 열두 살이었어. 바람 부는 춘당대에서 오들오들 떨며 왕을 기다렸지. 왕은 오지 않았어. 이 상궁에게 승은을 내리셨다는 소문을 들었어. 너무 아팠어. 숨이 안 쉬어질 만큼. 아침 문안 드신 왕은 더 이상 소년이 아니었지. 내게는 눈길도 아니 주시고 어찌나 급히 지

나시는지 용포에서 바람이 일었어. 휘익- 그 바람 소리를 나는 지금도 기억해.'

"시절도 아닌데 웬 연이냐?"

"예 전하. 그것이…"

"요즘은 청명에도 연을 날리느냐?"

"그것이 아니옵고…"

"아비의 액막이 연이냐?"

오래전, 아버지의 액막이 연을 날린 적이 있었다. 왕이 기억하고 계실 줄이야.

"저런, 저런, 뭐 하느냐. 연이 곤두박질치질 않느냐."

왕의 급한 손짓에 상궁이 허겁지겁 실을 감아 연을 거두었다.

"바람이 좋다. 이왕 날리던 것마저 날리자꾸나."

왕이 직접 상궁 손의 얼레를 가져다가 능숙한 솜씨로 연실을 풀었다. 두둥실 연이 떠올랐다.

"연에 무어라 썼느냐?"

왕이 하문하셨다. 연신 연을 조정하면서였다.

"빈 연이옵니다."

"어째서?"

엄 상궁은 죽은 이모 상궁님의 기일을 맞아 제사 올리듯 연을 띄우던 참이었다. 연에 사주와 이름은 쓰지 않았다. 이

승의 험한 사주와 이름은 버리고 훨훨 날아가라고. 죽음을 각오하고 연모한 편전장도 놓고 훌훌 날아가라고. 이승의 무거운 짐 홀로 지고 간 이모님 발걸음이 부디 가벼우시라고!

"연은 본시 하늘의 것이 온대 짐을 지우고 싶지 않았사옵니다."

"연이 하늘의 것이라...어찌 그러하냐?"

왕의 시선이 잠깐 상궁에게 머물렀다.

"길짐승은 땅의 것이니 땅에 살고, 날짐승은 하늘의 것이니 하늘에 살고, 연 또한 하늘의 것이니 매양 하늘로 날아가려 하지 않사옵니까."

"딴은 그럴 법도 하다. 허면, 하늘로 보내 주려 빈 연을 띄웠느냐?"

"그렇기도 하옵고 또..."

"또 무엇이냐?"

"하늘의 것이라도 제 손에 쥐어있는 동안은 제 것이 아니옵니까. 제아무리 잘난 듯 하늘을 휘저어도 실 한 가닥에 매여 있는 운명이 아니옵니까. 하늘이 사람의 팔자를 쥐고 흔드는 것과 무엇이 다르옵니까."

왕이 얼레 움직이던 손을 멈추고 상궁을 바라보았다.

"궐에 매여 있는 네 팔자에 뿔이 난 것이냐?"

상궁 자신도 그런지 아닌지 알 수 없었다. 어떤 답도 올릴 수 없었다.

"그렇기도 하겠지. 허나…임금이라고 과인이 만족한다, 그리 보이느냐?"

"망극하옵니다, 전하."

"너는 어떤 세상을 바라느냐?"

왕께서 세상을 말씀하신다. 너무 큰 하문이 아니신가. 제 조상궁 따위를 입에 올릴 수는 없다. 어릴 적엔 반가 사내아이로 태어나 공부도 맘껏 하고 큰물에 나가 넓은 세상을 보고 싶었노라, 그리 말씀 올릴 수도 없다. 왕이 말씀하시는 세상은 그런 것이 아니다.

"과인이 잠저에 있을 적에 연을 좋아하였다. 하늘 높이 나르는 연을 보고 있으면 가슴이 시원하였지. 어렸지만 세상이 답답하였나 보다."

왕의 손에 들린 얼레가 멈추었다. 연은 공중에서 빙~빙~ 맴돌고 왕의 눈은 먼 어느 곳을 바라보고 있다.

"과인이 바라는 세상은…"

상궁은 놀에 짙게 물든 왕을, 무엄하게도 용안을 똑바로 바라보았다.

"백성들이 굶지 않고 억울한 일 없는 세상, 그런 세상을 바란다. 과인이 그런 조선을, 그런 세상을 만들 것이다. 기필코 그리할 것이다!"

뚝! 왕이 연실을 끊었다. 놀란 연이 기우뚱거리다가 이내 바람을 탄다. 놓여난 연은 한 마리 붉은 매, 바람에 몸을 맡기고 가야 할 곳으로 방향을 잡는다. 구속에서 풀려난 붉은 매가 기운차게 펄펄 난다. 왕이 바라보는 그곳을 향하여 아득히 날아간다.

놀이 스러지며 산등성이로부터 어둠이 먹물처럼 번져오고 있었다. 이제 연은 보이지 않는다.

"후원에 꽃들이 지천이구나. 잠시 꽃구경이나 하고 들어가자."

"예, 전하."

상궁은 왕의 뒤를 따르면서 조금 전 이상한 그 느낌은 무얼까, 생각하였다. 전에 겪었던 일처럼 어찌 그리 생생하던지. 언젠가 꾼 꿈일지, 전생의 기억일지 알 수 없는 채로 저무는 후원으로 나섰다.

어둠이 비단 은조사처럼 부드럽게 벚나무들을 덮는다. 하얀 뭉게구름처럼 일어난 벚나무들이 투명한 비단을 덮고 어둠에 물든다. 한차례 바람에 꽃들이 일제히 몸을 뒤척인다. 바람이 난봉군처럼 흐드러지게 핀 벚꽃들을 마구 흔든다. 꽃잎이 눈보라처럼 휘몰아친다. 상궁은 꽃잎을 맞으며 눈을 감는다. 눈을 감아도 시야가 환해지는 눈부신 꽃의 세례, 봄은 절정을 지나고 있다.

왕은 꽃잎 낭자한 길을 묵묵히 걸으신다. 상궁도 조용히 따른다. 사각사각 곤룡포 스치는 소리가 들려온다. 어둠 짙어가는 후원에는 두 사람뿐, 손 뻗으면 닿을 거리에 왕이 있다. 숨이 가쁘고 얼굴이 달아오른다. 녹색 곁막이 속에 감춰둔 심장도 쿵, 쿵, 뛴다. 혹여 들킬까, 가슴께를 꼬옥 누른다. 다 잊어버린 줄 알았다. 재 속에 숨어있던 불씨가 살아나듯 설레고 떨린다. 분홍치마 떨쳐입고 대비전 장지문 앞에서 소년 왕을 훔쳐보던 그 생각시처럼.

서늘한 바람이 달아오른 볼을 스친다. 상궁은 퍼뜩 정신을 차리고 자세를 바로 했다. 왕의 어깨 위로 꽃잎 하나가 내려앉는다. 붉은 용포에 얹힌 하얀 꽃잎이 하르르 떨어진다. 상궁이 그 꽃잎을 받으려고 손을 내밀었다. 꽃잎 대신 뜨거운 손이 잡혔다. 놀란 상궁이 손을 뺄 겨를도 없었다. 왕은 아무 일 없다는 듯 무심하게 상궁의 손을 잡고 걸어가신다.

상궁은 감히 바라볼 수 없는 왕의 손을 잡고 나란히 걷는다. 보는 눈 없는 후원에서, 꽃잎 지는 소리만 가득한 비밀의 화원에서.

얼마나 걸었을까. 꽃길을 벗어나 있었다. 왕의 침전 강녕전이 앞이었다.

그제야 왕이 상궁의 손을 놓았다. 그 손을 상궁은 놓치않았다.

푸른 달빛 아래 두 사람은 서로를 바라보았다. 강녕전 앞이라는 것도 잊은 채.

왕이 고개를 저었다. 그 눈은 갈등과 갈망 사이에서 흔들리고 있었다. 그녀도 두려움과 갈망이 뒤섞인 눈으로 왕을 보았다. 그녀의 얼굴은 눈물로 온통 얼룩져있다. 왕이 그 눈물을 닦아주었다.

눈물이 강물처럼 흘러내린다. 그녀는 눈물 가득한 눈으로 고백한다. 거짓 강인함으로 억눌러 온 사랑을. 첫 남자에게 품은 오래된 연심을.

왕이 와락 그녀를 안았다.

왕의 품 안에서 그녀는 있는 힘껏 왕을 안았다. 안겨있지만, 안고 있지만 갈증이 불같이 일어난다. 목말라 마신 바닷물처럼 목마름이 더해간다. 왕이 그녀를 떼어 놓았다.

"네가 감당할 수 있는 일이 아니다."

그녀가 왕의 손을 잡았다. 인생에는 놓쳐서는 안 될 순간이 있다.

"너를 잃고 싶지 않다."

그녀는 왕의 손을 더욱 꼭잡았다.

처음 승은을 입은 궁녀는 치마를 뒤집어 입고 왕의 침전에서 나오는 것이 궐의 오랜 관례이다. 엄 상궁은 치마를 뒤집어 입기는커녕 지난밤 침전을 지킨 궁인들에게 한 소리하였다.

"내 약조하리다. 함구하는 대가가 반드시 있을 것이요. 대전 마마의 뜻이기도 하오."

하룻밤 새 엄 상궁의 말투가 변하였다. 승은 상궁이라는 선포다.

"이를 말씀이옵니까. 염려 거두소서."

대전 나인들이 엄 상궁에게 깍듯이 허리를 굽혔다. 하룻밤 새 동료가 웃전이 되었다. 그것이 궁궐의 법도다. 당당한 걸음걸이로 대전을 나가는 엄 상궁을 궁인들은 멍하니 바라보았다.

중전이 제주 진상품 황감(귤)을 내리 다섯 개나 드시고는 말씀하셨다.

"봄이라 입맛이 없어 그런가, 신 것이 당기는구나. 엄 상궁, 게 있느냐?"

번番차례 마치고 막 처소로 내려가려는 엄 상궁을 불렀다.

"마마, 불러계시옵니까."

"내 깜빡 잊은 것이 있구나. 대전 큰방 상궁이 앓아 누웠다 한다. 당분간 네가 대전으로 가 돕도록 해라."

“예 마마. 명 받잡겠나이다.”

중전은 물러나는 듬직한 엄 상궁의 뒤태를 보며 슬며시 미소 지었다.

‘깜빡 잊을 일이 따로 있지, 내 어찌 대전의 일을 잊겠는가. 누구를 보낼까, 숙고하느라 시간이 좀 걸렸다. 금상의 눈에 여색으로 보이지 않고, 대전에서 일어나는 일을 소상히 고할 충직한 사람은 역시 엄 상궁 너밖에 없더구나. 군란 때, 중궁이 비어 있던 달포 가량을 그때도 엄 상궁이 대전지밀로 있었다지. 금상은 정치적으로 의지할 데도 없고 무척 외로우셨을 게야. 그때 손 닿는 아무라도 품음즉 하건만 그런 일은 없었다 들었다. 그랬을 테지. 여리여리한 어린것도 아니고, 애 너덧 낳은 여염집 아낙처럼 펑퍼짐한 늙다리에게 어느 사내인들 색욕이 동하겠느냐. 엄 상궁을 전하 침소에 몇 날 며칠 넣어두어도 아무 일도 일어나지 않을 것이야.’

중전이 소리 내어 웃었다.

서슬 퍼런 대원군 치하에서 이용익 편에 오간 밀지密旨를 왕께 올린 것도 엄 상궁이었다. 그처럼 충직하고 배포 있는 수하가 왕이 손도 안 대는 박색이라니. 중전은 안심되고 기꺼웠다.

궐에는 벽에도 귀가 있다. 엄 상궁의 승은 소식이 양 상궁 귀에 들어갔다. 양 상궁은 그 길로 중전을 뵈었다.

"천한 것이 감히 전하의 침전으로 기어들어가? 믿는 도끼가 발등을 찍는다는 말은 들었다만 네 년이 나를 속일 줄은 몰랐구나. 웃전의 등에 칼을 꽂고도 내전에 그 뻔뻔한 낯짝을 들이밀어? 여봐라. 저 음흉한 것의 아랫도리를 지저라. 웃전을 배신하면 어찌 되는지 내 오늘 본을 보일 것이다."

"중전 마마, 소인이 무슨 죽을죄를 지었기에 지지라 하시옵니까? 궁인으로 대전 마마를 모신 것이 무에 죄가 되옵니까? 부디 지엄한 왕실의 법도를 살피보소서."

"저 저 흉물이 제 정신이 아니구나. 주리를 틀어라!"

봄꽃 만발한 중궁전 뒤뜰은 고함과 비명으로 순식간에 생지옥으로 변했다.

"차라리 어리고 고운 것이라면 내 이리 참담하지는 않으리. 옷을 벗겨라. 살이 터져 나가도록 매우 쳐라."

"중전 마마. 승은 상궁을 이리 벌하시면 그 허물이 어디로 가겠나이까. 중궁의 체모를 지키시옵소서!"

"뭐라? 터진 주둥이라고 아무 말이나 지껄이느냐. 내 오늘 너를 죽일 것이나 고이 죽이지는 않을 것이다."

"……"

"왜 말이 없느냐? 더 지껄여 보거라."

"……"

"살려달라고 손이 발이 되게 빌어보란 말이다!"

"…"

상궁은 어린 생각시 적부터 왕을 연모하였다. 오랜 기다림, 숱한 체념을 반복하면서도 남몰래 전하의 승은을 꿈꾸었다. 단 한 번 승은의 대가가 죽음이라니. 중궁전 시위상궁으로 가까이 지낸 만큼 중전 마마의 분노도 그만큼 크실 것이다. 손이 발이 되게 빌라고? 죽이기 전에 항복을 받아내겠다는 심사지. 중전은 무서운 분이다. 이제 죽음을 면할 길은 없다. 비루하게 죽지는 않으리라. 이모 상궁님처럼 깨끗하게 가리라.

"아니 되겠다. 죽여라!"

+

낯선 방이다.

'아, 그렇지. 궐에서 쫓겨났지. 피투성이가 된 몸으로 어떻게 집에는 갔는데 그 후의 일은 생각이 나질 않는다. 그런데 여기는 어디지?'

엄 상궁이 두리번거렸다.

"정신이 좀 드나?"

낯선 남자가 상궁의 얼굴을 들여다보았다.

"놀라지 마라. 영천 약방 아저씨다."

"아, 아저씨! 그런데 제가 왜 여기 있어요?"

"자네가 서소문집 마당에 혼절해 쓰러져 있었다는구먼. 어머니가 자네를 업고 예까지 오셨어.”

그리 되었구나. 어머니가 얼마나 놀라셨을까.

“아무 생각 말고 푹 쉬게. 우선 물을 좀 마셔야 하네...이틀 밤낮 물 한 모금이 안들어갔으니...”

아저씨가 수저로 상궁의 입에 물을 흘려 넣었다.

앗! 입안이 쓰라리다. 입에서 쇠 냄새가 난다.

“아플게다. 그래도 마셔라. 그래야 산다.”

상궁이 몸을 반쯤 일으키고 사발을 들었다. 입안이 아픈 것보다 갈증이 더 심하였다. 물이 목을 넘고 가슴으로 내려간다. 살았다는 절실한 느낌에 왈칵 눈물이 쏟아졌다. 한 사발을 다 마셨다.

예로부터 서대문 밖 영천은 물이 좋다고 소문난 곳이다. 영천 큰 우물 근처 악박골에서 한약방을 하는 엄 씨 아저씨 댁에서 달포 넘게 지냈다. 고신당한 몸은 물 좋은 곳에서 오래 보補치료해야 한다며 집에 가지 못하게 하였다. 나중에야 연유를 들었다. 서소문집에 자객이 여러 차례 들었다고 한다.

영천 약방에서 지낸지 달포가 넘었다. 밤에 동생이 잠깐 와서 들여다보고 가곤 한다. 어머니는 여태도 자리보전 하신다니 걱정이 이만저만이 아니다.

살아생전 왕도 뵈올 수 없고 집에도 갈 수 없고 서러워 하염없이 눈물만 난다.

약방 아저씨의 부모님 위패를 모신 한성 인근 절집으로 거처를 옮기기로 했다.

중전은 생각에 잠겼다. 그동안 왕은 내명부 일에 귀 막고 눈 감고 모르는 채로 일관했다. 이 상궁 모자를 내쫓을 때도, 그리 아끼던 첫아들 완화군이 죽었을 때도 내색하지 않았다. 그러던 왕이 늙다리 엄 상궁이 죽어가고 있다는 말에 버선발로 달려왔다. 기가 막힐 노릇이었다.

"이보오, 중전. 병약한 세자를 위해 불공도 드리고 굿도 하지 않소. 몸과 마음을 정결히 해도 모자랄 판에 살생이라니 정성이 다 허사가 될 것이오. 부디 고정하시오, 중전."

"전하. 내명부의 일이옵니다."

"중전께서 정이 죽이셔야 분이 풀리겠다면 못 죽일 것도 없지. 허나 상궁 하나 때문에 불사를 망쳐서야 되겠소. 그 화가 세자에게 미칠까 두렵지도 않소?"

"……"

"다시는 저 아이를 안 볼 터이니 죽이지는 말고 궐 밖으로 내치시오. 그러면 평생 볼 일 없을 터, 죽은 것과 무에 다르겠소. 중전이 덕을 베풀면 그 덕으로 세자가 강건해질 것이 아니오. 덕을 베푸시오, 중전.”

세자의 일이라면 한없이 약해지는 중전이다. 엄 상궁은 간신히 목숨을 부지하고 궐 밖으로 내쳐졌다.

왕이 체면도 돌보지 않고 쫓아와 살려달라 사정한 궁녀는 엄 상궁뿐이었다. 중전은 왠지 불안하여 총애하는 무당 진령군에게 물었다.

“내 보기에 저것은 언제든 화근이 될 물건이다. 진령군 보기엔 어떠한가?”

“엄 상궁은 관이 성하여 때를 잡으면 반역할 상이옵니다. 아예 싹을 잘라 버리시지요.”

“싹을 자르라. 자객을 놓아야겠구먼.”

그 진령군이 언젠가 엄 상궁의 관상을 봐준 적이 있었다.

“마마님은 두둑한 턱에 재財(재물)가 있고 번듯한 이마에 관官(벼슬) 이 있소. 사내로 났으면 한자리할 좋은 상을 타고 나셨소.”

덕담이 악담이 되었다.

텐진조약의 아이러니

엄 상궁이 궐에서 쫓겨난 뒤 나라도 평온치 못하였다. 뇌물로 벼슬을 산 관료들은 그 값을 뽑으려고 백성들을 갈취하고 세금을 횡령하여 국고는 나날이 비어갔다. 관리들은 부당한 세금을 부과하고 토지를 몰수하는 등 농민들을 쥐어짰다. 나라와 현실에 불만을 품은 백성들은 입에서 입으로 전해진 동학사상이 솔깃하게 들렸다.

1860년 최제우가 창시한 동학은 '인내천人乃天' 곧 '사람이 하늘이다. 모든 사람은 다 신성하고 평등하다'는 사상으로 기존 신분 사회에서 차별받던 농민들의 마음을 파고 들었다.

1894년 동학의 고부 접주 전봉준이 전라도 고부군 관아를 습격하여 온갖 패악을 부리던 탐관오리 조병갑을 내쫓고 그 밑에서 백성을 괴롭히던 향리들까지 모조리 처벌하고 호남창의소湖南倡義疏를 올렸다.

고부 봉기의 성공으로 농민군은 자신감을 얻고 조직력을 강화했다. 전라도를 중심으로 세가 빠르게 확장하여 남원, 운봉, 나주 등지에 자치기구인 집강소를 설치하고 농민들이 직접 지방 행정을 운영하였다. 농민 봉기는 충청도, 경상도, 황해도에까지 퍼져서 전국적인 민중 봉기로 확산되었다. 성난 민중과 새로운 사상이 결합하여 일어난 대폭발이었다.

조정은 크게 동요했다. 결국 농민군을 무력으로 토벌한다는 결정을 내렸다. 최신 무기를 갖춘 관군을 파견했으나 농기구 따위로 무장한 농민군에게 번번이 패했다. 황룡촌 전투에서 대패하더니 전주성까지 함락당하고 말았다. 이에 청나라 천오백 병력이 아산에 도착했고 부산, 인천으로 북양함대 군함들이 진입하였다.

갑신정변 때 청나라 병력에 눌려 후퇴한 일본은 그냥 물러가지 않았다. 1885년 4월, 텐진에서 이홍장과 이토 히로부미가 만나 텐진조약天津條約을 체결한 것은 왕도 알고 있었다.

■ 청나라와 일본은 조선 반도에서 군대를 4개월 이내에 철수한다.

■ 조선 내에 중대한 사건이 발생해 어느 한쪽이 군대를 출동시킬 경우 반드시 상대국에 사전에 문서로 통지해야 하며 사건이 진정되면 즉시 철수한다.

일본은 텐진조약을 내세워 군사 사천여 명을 부산과 인천에 상륙시켰다. 상륙하자마자 그대로 진격하여 용산과 만리동에 진을 치고 청나라 군대도 조선 관군도 한성에 들어오지 못하도록 봉쇄해버렸다. 그때 청나라 군사는 아산만에 주둔한 채 사태를 관망하고 있다가 깜짝 놀랐다.

청나라와 일본은 텐진 조약을 각기 달리 해석하고 있었다. 청나라는 통지를 '서로 협의'해야 하는 일로 생각했고, 일본은 '단순 통지'만 하면 된다고 보았다.

이런 시각 차이를 지적하며 조선 왕과 청나라 원세개가 일본의 파병은 '텐진조약 위반이다' '만국공법에 위배된다-적국이 아닌 이상 다른 나라 수도로 군대를 진입시킬 수 없다' 항의했지만 소용없었다. 이에 조선은 '전주화약全州和約'을 증거로 난亂이 진정되었음을 알렸다. 초토사 홍계훈이 병력을 다시 집결시켜 동학군과의 전투에서 승리하여 전주를 탈환하였다. 동학군은 지휘관의 전사 등으로 더 이상 버틸 수 없게 되자 '전주화약'을 체결하고 전주에서 물러났다. 이로써 동학농민과의 전투는 진정국면으로 접어들었다. 이는 '사건이 진정되면 즉시 철수한다'는 조항에 위배되지만 일본은 막무가내였다.

텐진조약은 청나라와 일본이 군대를 파병할 때 사전에 서로에게 알려서 전쟁을 방지하자는 약속이었다. 그러나 이 조

약으로 인해 청·일 두 나라가 조선의 지배권을 놓고 패권 다
툼을 벌이는 청일전쟁의 도화선이 되었다.

엄 상궁의 비밀 일기

갑오년 이월 열엿새

저 들판에서 불타는 함성, 그것은 민초들의 울부짖음이
다. 오랜 세월 억눌린 한이 폭발하는 소리다. 이것은 단순
히 세금이나 부역 문제만이 아니다. 뿌리 깊은 불평등에 대
한 준열한 심판이고 선동이다. 이 불길은 먼 궁궐에까지 전
해질 만큼 우렁차다. 권력은 흔들리고, 민초들이 뿜어내는
분노와 용기는 거대한 폭풍이 되어 대궐을 뒤흔든다. 내가
살던 세계가 한없이 작고 무력하게 느껴진다.

미처 몰랐던 바깥세상의 바람은 힘차고도 거칠다. 위에서
부터 바뀌지 않으면 이 땅은 회복할 수 없다.

갑오년 유월

동학농민항쟁으로 세상이 불타듯 요동치던 그때, 한 소문
을 들었다.

'임금이 청군을 불렀다는구먼. 제 나라 백성 죽이라고 외세

를 끌어들인 왕이 왕인감?'

내 눈에는 소문 뒤에 감춰진 민씨 세력의 교묘한 손짓이 보인다. 왕은 그저 권력의 중심에 서 있을 뿐, 청군의 소매를 당긴 자는 중전과 그 측근 민씨들이다. 그들은 겉으로는 왕실과 나라를 위한다지만 내막은 자기네 권력을 지키려 안간힘 쓰는 탐욕스런 벌떼들이다.

나라사키 칸이찌의「조선최근세사」에는 '메이지 27년 1894년 동학당의 난이 일어남에 미쳐 청국은 조선 정부를 선동하여 구원을 빌게 하고'라는 구절이 있다. 그 책에 의하면, 청군의 조선 출병은 원세개가 부추긴 것일 수도 있겠다. 청이 일본의 조선 선점을 막으려고 선수를 쳤구나, 그런 생각이 드는 것이다. 그렇다 해도 청군 출병에 면죄부를 주는 것은 아니다.

다만,'전주화약'때 조금만 더 기다렸더라면, 단 며칠만이라도 추이를 지켜보았더라면 외국 군대가 개입하는 일은 없었을 것을…안타까움에 밤잠을 설친다.

갑오년 칠월 하순

두 제국의 검은 그림자가 조선을 삼키려 아가리를 벌리고 싸우고 있다. 청의 옛 질서와 일본 신흥 세력 간의 싸움은 일본의 승리로 끝날 것이다. 신흥 세력은 쇠로 무장한 젊은 맹수다.

이빨 빠진 노쇠한 호랑이는 젊은 맹수를 당해낼 힘이 없다. 조선은 맹수의 발 아래 놓이게 될 것이고 우리의 운명은 남의 손에 맡겨지게 될 것이다.

을미년 정월 초이레

내 마음은 칼날 위를 걷는다. 내 눈은 세상의 흐름을 읽지만 할 수 있는 일은 없다. 나는 강물 위에 던져진 작은 나뭇잎, 물결에 흔들리며 하염없이 떠내려가고 있다. 나는 왜 세상의 음모와 나쁜 마음을 꿰뚫어 보는 눈을 가졌을까? 눈이 밝으면 그림자도 더 짙게 보이는 법. 새 한 마리 날지 않는 황무지를 홀로 걷는 것 같다.

내가 지켜줄 이도 없고 나를 지켜줄 이도 없다. 나 자신만이 나를 붙잡고 있다.

을미년 팔월 스무닷새

수련할 때 몸은 묶여있던 쇠사슬을 벗어던지듯 격렬하게 움직인다. 발끝과 허리는 바람을 가르며 균형을 찾아간다.

갑작스런 꺾임, 빠른 돌림, 무릎을 뻗는 힘찬 동작. 깊은 분노와 억누른 슬픔이 격렬한 몸짓과 함께 밖으로 분출된다. 나에게 무술은 호신술 그 이상이다.

"엄 상궁. 네 몸짓에 분노가 가득하구나. 분노만으로는 이 시대의 그림자를 벗어날 수 없다. 힘은 마음이 지배할 때 진정한 무기가 되느니라."

스승의 칼날 같은 말씀에 순간 가슴을 베이었다.

"저는 분노의 힘으로 살아갑니다. 절망의 힘으로 검날을 세웁니다. 마음을 다스리기가 쉽지 않습니다, 스승님."

"너의 내면에 평온을 심어야 칼끝이 더 예리해진다."

스승의 말은 어렵다. 고개 숙이고 바닥에 쏟아진 내 그림자만 한동안 바라보았다.

"분노는 저를 살아있게도 하지만 저를 갉아먹기도 합니다. 어떻게 하면 분노를 넘어설 수 있겠습니까?"

"네가 보는 세상은 너무 어둡고 너무 무겁다. 그러나 무거운 것도 품어야 한다. 분노를 감싸안아라. 그것도 너 자신의 일부니라."

분노를 품으라고? 그것도 내 자신의 일부라고? 수십 년 수행하신 스님의 말씀이 버겁다. 허나, 한 발 한 발 걸어갈 것이다. 분노와 절망을 넘어 마음이 평온해질 때까지.

5. 죽음이냐 왕관이냐

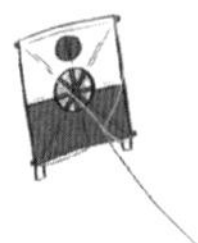

엄 상궁은 한성에 들어와 며칠 묵었던 봉원사를 떠나 육의전으로 길을 잡았다. 남자 입성으로 미투리 짐짝을 진 엄 상궁을 여자로 보는 사람은 없었다. 남자 장사군 행세를 한 지가 꽤 되었다. 아버지가 신발가게를 하여 낯설지 않았고 목돈도 들지 않아 장사 품목을 그리 정했다. 여자의 몸으로 시정잡배들을 상대하자니 어려움이 많았다. 궁에서 쫓겨났어도 승은 상궁이다. 품위를 지키려면 그 수 밖에는 없었다.

궁에 들어오기 전 아버지 신발가게에서 놀며 어깨너머로 배워 그런지 장사는 금방 자리 잡았다. 값비싼 가죽신에서부터 진 땅에 신는 진신까지 다양하게 취급하였다. 옥獄에서 나오는 미투리가 이문이 가장 많았다. 옥에 갇힌 죄수들이 삼은 미투리는 장삿속으로 하는 일이 아니어서 시중의 것보다 품질도 좋고 가격도 헐하다. 점포 주인들은 속임수 안 쓰고 값도 헐한 엄 가를 신임하여 단골 점포가 꽤 된다. 어느 점포 주인은 엄 가를 홀아비로 알고 중신을 들겠다기에 '맘에 둔 과부가 있다'며 농으로 넘겼다. 동업을 하자는 이도 있었다. 동업이나마 점포를 갖게 되면 오죽 좋을까. 허나 한 군데 정착할 형편이 못 되었다.

남장한 상궁은 장사치로 떠돈 지도 어언 십 년이다. 그동안 어머니도 돌아가시고 장가든 남자 동생 둘도 죽고 이제 식구라고는 집을 지키고 있는 막내 여동생뿐이다.

육의전 거리가 술렁이고 있었다. 점포는 열었는데 손님은 없다. 주인들이 삼삼오오 모여서 수군거리고 있었다. 엄 상궁이 성큼성큼 걸어가 그중 한 무리에게 물었다.

"무슨 일이요? 난리라도 난게요?"

"이 양반이 귀가 먹었나, 새벽 총소리에 도성 사람들이 다 깼는데 못 들었수?"

"난리도 이런 난리가 없지. 왜놈들이 경복궁에 쳐들어가 민비를 죽였다오."

엄 상궁은 다리가 휘청했다.

"그게 무슨 말이요? 중...중전께서 승하...돌아가셨단 말이오?"

"민비가 돌아가신 건 맞는데 그냥 돌아가신 게 아니니 난리라는 거 아니오."

엄 상궁은 헛놓이는 다리로 허청허청 집으로 돌아왔다.

이튿날, 동생이 종루에 나가 물어온 소식은 너무도 기괴하고 끔찍하여 믿어지지가 않았다.

'왕비의 시신을 난자하여 불태워 버렸다'니 대명천지에 어찌 그런 흉변凶變이 있단 말인가. 중궁께서 재궁(황실의 관)에 담길 새도 없이 재가 되셨다고? 꾸며낸 말만 같았다. 어린 생각시가 중전을 지근거리에서 모시는 시위상궁이 되기까지 스물일곱 해, 애증에 얽힌 그 세월이 허망하였다.

전하는 어찌하고 계실까. 왕비를 그리했는데 왕이라고 무사하실까. 아마도 상감께서는 빈 전각에 유폐되어 흉악한 폭도들의 칼 아래 위협당하고 계실 게다. 성정이 온유하신 왕께서 얼마나 두렵고 한스러우실까. 이런 때 전하 곁을 지키며 힘이 되어 드려야 하는 것을. 엄 상궁은 애가 타고 서러워 두 다리 뻗고 울었다.

고운님 뵈이옵고

"엄 상궁. 네가 왔구나!"
대군주 폐하의 옥음이 가늘게 떨렸다.
"대전 마마! 강녕하시옵니까...부르심 받자와 다시 용안을 우러러 뵈옵나이다!"
울음을 억누른 사무치는 목소리다. 이어 상궁은 두 손을 겹쳐 올리고 묵직이 바닥에 앉아 예전 방식대로 큰절을 올린다. 상체를 깊이 숙여 얼굴이 바닥에 닿을 듯하다. 조선식으로 큰절을 올리는 엄 상궁이 임금의 눈에 함함하다. 언제부턴가 큰절도 무릎 꿇는 일본식으로 바뀌었다.

'저 옷이 오래전 것일 터인데…'

임금은 엄 상궁의 입성을 눈여겨보았다. 남색 치마, 옥색 저고리, 녹색 곁막이까지 엊저녁 나갔다가 번차례 되어 지밀에 든 상궁이나 진배없었다. 살아생전 궐에 발 들일 염도 못 내었을 세월 동안도 철철이 거풍시켜 정성스레 간수한 그 마음은 충심이리라. 너는 원망의 자리에 단심丹心을 품고 견디어 왔구나!

"이 얼마 만이냐?"

임금의 옥음이 다정하였다.

"십 년 만이옵니다, 마마."

상궁은 울컥하는 마음을 진정하고 담담히 아뢰었다.

"십 년! 그리 되었구나."

임금도 상궁도 한동안 말을 잇지 못했다.

그 십 년 동안 많은 것이 변하였다. 일본이 홍범 14조를 반포하게 한 이래 조선 군주의 위호를 왕에서 황제로, 다시 대군주로 제멋대로 조정하였다. 이는 조선 왕을 청나라 황제와 동급으로 만들어 청을 격분케 하면 두 나라 간 오랜 종속관계가 끊길 것이니 그 빈 자리를 일본이 차지하겠다는 정치적 술수다.

지금 조정은 국방과 경찰을 관장하는 책임자들이 모두 친일파로 바뀌어서 어느 나라 군대인지 어느 나라 경찰인지 알 수 없는 지경이었다. 그리되니 임금 곁의 시종들까지도 친일 세력의 손아귀에 들어가 아무도 믿을 수 없이 되었다. 조신한 저 궁녀가 수라에 무슨 독을 풀었을지, 허리 굽힌 저 내관의 음흉한 눈짓은 자객과의 내통이 아닌지… 모두가 의심스러웠다. 왕이 엄 상궁을 떠올린 것은 참변을 당한 지 나흘째 되던 날 밤이었다.

'그렇지. 그 아이가 있었지. 연은 본시 하늘의 것이니 날려보내라던 맹랑한 그 아이.'

불현듯 엄 상궁이 떠오른 것은 실로 하늘님의 계시와도 같았다.

'후원에 만발한 꽃향기로 숨 막히던 봄밤이었지. 중전에게 들키면 목숨 부지하기 어려울 줄 뻔히 알면서도 그 아이는 망설이는 과인의 손을 이끌어 침전으로 들어왔어. 생각시 적부터 연모해 왔노라고, 정인의 품에 들어 죽으면 무슨 원이 남겠느냐고, 승은도 못 입고 죽으면 처녀 귀신이 되어 나타날 것이라며 "으왁!" 소리쳐 과인을 놀라게 하였지.'

그 아이 생각만으로도 숨이 쉬어졌다. 그 밤으로 급하게 알아보았다. 엄 상궁과 선이 닿는 궁인들이 여럿 있었다. 형님이고 아우이고 동무였던 그들이 엄 상궁에 대하여 하는 말은 비슷비슷하였다.

"사내같이 대범하고 의리가 있었사옵니다."

"작은 비리쯤 덮어주는 아량이 있었사옵니다."

"헙헙한 성격이라 인색하지 않고 잘 쓰옵니다."

여러 입이 약속한 듯 같은 말을 아뢰었다.

"엄 상궁을 속히 입궁시켜라!"

폐하의 명령에 자그마한 나인 하나가 눈물을 흘리며 기뻐하였다. 어딘지 눈에 익은 얼굴… 아! 엄 상궁이 중궁전 뒤뜰에서 고신당하고 있을 때, 대전으로 달려와 '엄 상궁 마마님을 살려주옵소서!' 울부짖던 그 아이다.

엄 상궁은 생각에 잠기신 폐하의 하명을 기다렸다. 폐하께서는 참변이 있었던 건청궁을 떠나 그동안 쓰지 않고 비워두었던 공식 침소 강녕전에서 지내고 계신다.

"요즘 궐이 몹시 어렵다."

"오는 길에 대전상궁에게 들었사옵니다. 하늘 아래 다시 없을 흉변과 대전 마마의 고초, 들어 알고 있사옵니다."

"그러하냐."

"폐하께서는 궐 안에서 올리는 수라를 젓숫지 못하오시고 서양 선교사들이 들여오는 날닭알과 깡통 타락으로...망극하옵니다, 마마.”

엄 상궁의 목소리가 떨렸다.

“들은 대로다. 그제부터는 선교사의 부인들이 돌아가며 음식을 만들고 있다. 그것을 선교사 선생들이 직접 가방에 예일 자물통을 채워서 가지고 들어온다. 과인이 보는 앞에서 자물통을 연다. 그럭저럭 먹을 만하다. 이 지경에 맛이 무에 중하겠느냐.”

상궁은 왕을 우러러보았다. 죽을병 걸린 사람처럼 용안이 잿빛이시다.

“대전 마마. 허락하오시면 소찬이나마 소인네가 직접 만들어 올리겠나이다.”

“그래다오. 선교사 선생들이 무척 애쓰고 있다. 과인이 염치가 없구나.”

“명 받자옵니다. 하옵고, 밤에 침수 드시올 때도 선교사들이 옆방에서 폐하를 지킨다 들었사옵니다.”

“들은 대로니라. 한 가지 일러둘 것이 있다.”

“예, 전하.”

“선교사가 육혈포六穴砲를 품고 들어온다. 과인을 지키기 위함이니 놀라지 말거라.”

“육...혈포라 하셨사옵니까?”

“그리되었다.”

총 이야기는 금시초문이었다. 대전 지밀상궁도 거기까지는 모르는 모양이다. 문득, 깨달았다. 폐하의 숨소리 하나 놓치지 않고 읽어내는 대전 지밀상궁이 모른다는 것은 폐하께옵서 믿지 않으신다는 뜻이다. 육혈포는 폐하와 선교사만의 극비사항일 것이다. 그것을 직접 알려 주셨다. 상궁은 ‘육혈포’라는 총이 무섭기는커녕 외려 든든하였다.

“엄 상궁은 오늘부로 대전에 적을 두어라.”

마치 도승지에게 내리는 명 같았다. 주변에는 아무도 없다. 모두 물리셨다. 오직 폐하와 엄 상궁 두 사람뿐이다.

“분부 받잡겠나이다! 폐하, 오늘 같은 날이 오려고 소인네가 무술을 익혔나 보옵니다.”

“상궁이 무술을? 어떻게?”

임금이 허리를 곧추세우고 어좌 아래 상궁을 내려다보았다.

“절집에서 익혔사옵니다.”

“자세히 말해 보아라.”

“지난 십 년간 장사치로 떠돌며 절집을 집 삼아 지냈사온데 어느 날 무술하는 중을 보고 제자로 들어갔사옵니다. ‘왜란 때 승병도 나라에 힘을 보태었다. 그 맥이 끊겨서는 아니된다.’ 스승은 입버릇처럼 늘 그리 말하였사옵니다.”

"지금도 승병이 있단 말이냐?"

임금이 천안天眼(왕의 눈)을 크게 여시고 하문하였다.

"군제도 무기도 신식으로 변하여 지금은 개인 수련으로 명맥만 유지하고 있사옵니다."

"상궁에게서 장한 백성의 말을 들었다. 흐뭇하구나. 그래, 상궁은 무슨 수련을 하였느냐?"

"맨몸으로 대응하는 권법과 곤봉, 칼도 조금 쓰옵니다."

"오호, 그러하냐!"

"제 한 몸 지키기 위한 수련이었사오나 이제는 두 눈 화등잔같이 뜨고 폐하의 신변을 살피고 또 살필 것이옵니다! 성심을 다하고 목숨을 다하겠나이다!"

여인이 가슴 속에 저리 예리하게 벼린 칼을 숨기고 있었다니. 임금은 마음이 놓이고 든든하였다.

충심과 지략이 있는 수하 한 명이 백 명의 군사보다 나은 법이다. 궐은 아직 피비린내가 떠돌고 눈에 보이느니 칼 든 일본 군인들뿐이지만 엄 상궁은 두려워하는 기색이라곤 없다. 십 년만의 입궁에 들뜬 티도 안 낸다. 저만한 배포에 저만한 그릇이면 믿어볼 만하다. 궁인이 매수되어 적의 편에 서는 순간 군주는 천만 대군에게 사로잡힌 것보다 더 치명적이다. 왕은 대의大義의 검으로가 아니라 미천한 궁녀가 푼 독약 한 방울로 시해당한다.

엄 상궁은 날닭알 껍질과 빈 타락 깡통을 예일 자물통 달린 상자에 넣었다. 눈물이 핑 돌았다. 이것으로 대전 마마가 연명하고 계셨단 말인가. 상궁은 그 길로 소주방으로 가서 가마솥에 눌어붙은 누룽지를 끓이고 짠지무를 무쳐서 작은 소반에 담아 임금께 올렸다. 눌은 밥도 짠지무침도 상궁이 기미하였다.

"개운하구나. 잠저에서 어머님이 해주시던 바로 그 맛이다."

임금이 달게 드셨다. 숭늉 한 방울 남김없이 드시고서야 시저를 놓으셨다.

"덕분에 잘 먹었다."

"...대전 마마..."

임금의 치사에 엄 상궁의 참았던 눈물보가 터지고야 말았다.

대안문大安門 근처 국숫집에서 나오는 엄 상궁의 얼굴이 달덩이처럼 훤하다. 손에 들린 묵직한 냉면 사리가 쌀보다도 든든한 까닭이다. 낯선 서양 음식으로 연명하고 계신 지금 얼마나 좋아하실까. 폐하께 냉면을 올릴 생각만 해도 비죽비죽 웃음이 새어 나온다.

궐을 나올 때 수문병들이 앞을 막고 제지했었다. 상궁이 폐하께서 하명하신 일이라 하자 알아보겠다 하여 한참을 기다렸다. 하명을 확인한 수문장이 새삼 엄 상궁의 얼굴을 쳐다보더니 굽신거리며 궐문을 열었다. 엄 상궁은 까마득히 잊고 있던 권력의 단맛에 꿀꺽 침을 삼켰다.

그나저나 이 냉면 사리를 소주방에 맡길 수는 없고 어찌한다? 상궁은 어깨너머로 본 냉면 만드는 숙수의 손길을 떠올리며 머릿속에서 연습하였다. 사리는 적당히 삶아 헹궈 건져놓고, 아니지 소고기로 육수를 내는 것이 먼저지. 그 다음에 삶아낸 사리에 육수를 붓는 거야. 웃기로는 수저로 떠낸 배와 잣을 듬뿍 얹는 것이지. 차게 식힌 동치미 국물은 올리기 직전에 붓붓하게 부어드려야지. 상궁은 소주방에서 직접 음식을 만들어 본 적은 없지만 머릿속에서 뚝딱 냉면 한 그릇을 만들어낸다.

오늘 아침 폐하를 알현하고 곧바로 국숫집으로 내달린 참이다. 십 년 만에 궐에 들어와 처음 하는 일이 고작 냉면이라. 누가 보면 웃겠지만 이보다 더 중한 일이 어디 있으랴. 폐하의 강건하심이 곧 나라의 안녕인 것을. 광화문이 보이는 육조거리로 들어선 엄 상궁의 발걸음이 나는 듯 가볍다. 밤참으로도 드실 수 있게 사리는 넉넉하게 준비했다.

실 끊긴 연

궐에는 아직 처참하게 살해된 중전의 시신 타는 냄새가 떠돌고, 죄 없이 죽은 궁인과 병사들의 피비린내가 구석구석 고여 있었다. 임금은 건청궁 쪽을 쳐다만 보아도 숨이 막혔다.

건천궁은 말이 궁이지 우람한 경복궁 한구석에 소탈하게 지은 작은 집이다. 스물 두 살 청년 왕이 아버지로부터 독립하여 친정親政을 시작하면서 푸른 포부와 소망을 담아 지은 우리 집이다. 새색시 중전과 머리 맞대고 몇 날 며칠 궁리하여 하늘 건乾 맑을 청淸 건청궁이라 이름하였다. 나라의 미래도 이름처럼 밝게 나아가리라! 그리 소망하였건만...

태조대왕께서 이 나라 조선을 세우신 이래로 이토록까지 참담한 지경에 처한 적이 있었던가. 정조대왕님. 대왕이시라면 지금의 이 나라를 어찌 이끌어 가시렵니까. 밖에서는 힘센 나라들이 침략해 오고, 안에서는 백성들이 부패한 조정에 항거하옵니다. 안팎이 다 총칼을 들이대옵니다. 혼백이 있으시면 이 우둔한 후대 왕에게 계책을 들려주소서! 이 나라를 어찌할지 현몽이라도 하시어 가르쳐 주소서!

임금은 갑자기 생각난 듯 걸어가 거울 앞에 섰다. 단발한 자신의 모습은 아무리 보아도 낯설고 해괴하다. 조선에서 남자가 성인이 되어 올리는 상투는 단순한 머리 모양이 아니다. 머리카락 자르는 행위를 불효로 여겼고, 상투가 없다는 것은 성인이 아니거나 엄청난 죄를 지은 사람에게나 해당하는 일이었다.

어제 내각의 강요로 단발을 했다. '대군주 폐하부터 단발로 모범을 보이신 후 백성들로 하여금 단발하게 하여 조선을 개명한 나라로 만들어야 하겠습니다.' 권유가 아니라 명령이었다. 반대할 명분도 힘도 없었다. 임금은 정병하 농상공부대신에게 자신의 상투를 자르라 명하고, 유길준 내부대신에게 왕태자의 상투를 잘라주라 일렀다. 그 뒤로 조정 각료들의 단발이 이어졌다.

전국에 단발령을 공포했다. 청천벽력 같은 단발령에 백성들이 오죽하면 '내 목을 자를지언정 상투는 못 자른다' 저항했을고. 조선인의 정체성도 자존심도 상투와 함께 잘리는 것 같았으리.

과인의 죄로다! 과인의 죄로다!

임금은 설움과 노여움으로 가슴이 터질 듯하였다. 몸이 떨리고 식은땀이 나고 춥다. 숨이 쉬어지지 않는다. 이렇게 죽는 것인가. 이대로 죽은들 누구 하나 나를 위해 곡을 할까. 백성들은 왕비 시해 닷새 만에 예전 승은 상궁을 불러들였다고 '상감에게 심간心肝(깊은마음)이 없다' 개탄한다지. '제 배

부르니 종 배고픈 줄 모른다'고 세상인심이 그런 것이지. 임금은 쓸쓸히 눈을 감았다.

얼마나 시간이 지났을까. 조금씩 떨림이 가라앉고 추위도 풀린다. 숨도 쉬어진다. 흉통은 아직 가라 앉지 않았다. 아니다. 흉통이 아니다. 가슴 저 밑바닥에서 알 수 없는 무엇이 꿈틀거린다. 내가 아닌 어떤 힘센 동물이 내 안에서 몸부림친다. 백 년 묵은 몸통 굵은 구렁이인가, 근정전 천정 용의 용트림인가. 힘센 그 동물은 '나'이지만 '내'가 아니다. 극한의 치욕을 맛본 자만이 감지할 수 있는 불가사의한 힘, 절벽 끝까지 내몰린 자만이 낼 수 있는 자기 능력 밖의 힘 같은 무엇.

이제라도! 이제라도!

순한 사람이 화내면 무섭다고 한다. 순한 사람의 화는 인내했던 시간만큼이나 깊고 무거운 법이니까. 뿌리 깊이 묻혀 있던 자신도 모르는 본질이 드러나는 순간이니까. 조선을 욕보인 세상 나라들아, 보아라! 내가 어떻게 조선을 수호하는지! 어떻게 내 백성을 지켜내는지! 죽음보다 더한 학대와 모욕을 통과한 자의 힘은 불가항력이다. 연은 역풍에서 가장 높이 난다. 실 끊긴 연은 추락할 때 추락하더라도 하늘 꼭대기까지 날아오른다.

수상한 국숫집

드르륵. 국숫집 문이 열리고 엄 상궁이 들어섰다.

"어서오십시오, 마님!"

종업원이 큰 소리로 맞이한다. 단발한 신식 머리가 썩 잘 어울리는 청년이다.

"냉면 사리 포장이요!"

상궁이 말 하기도 전에 종업원이 부엌에다 주문을 넣고는 풍채 좋은 마님을 향해 싱긋 웃는다. 며칠 드나들었다고 그새 얼굴을 익혔다. 상궁도 가볍게 읍하였다.

장안에 소문난 냉면집이라 여간해서는 자리가 나지 않는다. 상궁은 출입문에서 조금 비껴난 곳에 서서 실내를 바라보았다. 김 서린 부엌에서는 장정 서넛이 엉덩이를 부딪쳐 가며 한창 바쁘고, 그 옆 구석진 자리에서는 경輕한 곱사등이 여인이 주판셈을 하고 있다.

'저 이가 국수 가게 여주인인 게로구나. 어려서 열병을 앓아 귀가 안 들린다고. 단골손님에게도 데면데면하게 구는 무뚝뚝한 주인이지만 동치미 담는 솜씨는 한성 제일이라 손님이 끊이지 않는다고.'

상궁이 박나인을 보내서 국숫집에 대하여 알아낸 정보였다.

“마님! 마님! 이쪽으로 모시겠습니다, 마님.”

종업원이 큰 소리로 외쳤다. ‘마님’ 소리가 어찌나 큰지 주인에게 셈을 치르던 손님도, 면 가닥을 입에 문 손님도 힐긋 상궁을 쳐다보았다. 장안의 내로라 하는 대갓집 마나님이라도 되나 보군. 그런 떫은 표정들이었다. 상궁은 그냥 서 있기가 민망해져서 오라는 데로 가 앉았다. 종업원이 면수 주전자를 무겁게 들고 와서 한 잔 가득히 따라주었다. 사리만 사가는 손님이지만 단골이라고 대접해 주는 모양이다.

“곧 준비해 올리겠습니다, 마님!”

예전 같으면 기생오라비라 할 해사한 얼굴에 짧은 머리가 썩 잘 어울려 신식 학교 학생 같아 보인다. 상궁은 냉면 삶아낸 뜨거운 면수를 후후 불어가며 마셨다. 심심하고 밍밍하고 아무런 맛도 느껴지지 않는 면수를 한 잔 다 마셨다. 몸이 후끈해졌다. 그 사이 종업원이 주방에서 내준 사리 뭉치를 가지고 왔다.

“오래 기다리셨습니다, 마님.”

상궁이 사리를 받고 청년에게 셈했다.

받은 돈을 가지고 주인에게로 간 종업원이 다시 돌아왔다.

“돈이 더 왔답니다…마마님.”

끝말 ‘마마님’은 겨우 알아들을 만큼의 낮은 소리였다. 가게가 시끄러웠지만 엄 상궁은 알아들었다. 분명 ‘마마님’이라고 했다. 나인들이 상궁을 높여 이르는 말이 어찌 국숫집 종업원의 입에서 나온단 말인가. 상궁은 자신의 입성을 내려다보았다. 영락없는 여염집 아낙네다. 종업원이 배배 꼰 종이 끈으로 묶은 엽전 네 개를 상궁 앞에 놓았다. 상궁이 낸 돈이 아니었다. 뭐라 묻기도 전에 종업원은 그새 손님이 나간 빈 탁자를 정리하러 가버렸다. '저 아이가 내가 궐에서 오는 것을 알고 있었단 말인가? 어찌 눈치 채었지?' 상궁은 엽전을 집어 들고 가게를 나왔다. 등 뒤에서 종업원이 소리쳤다.

"안녕히 가십시오, 마님!"

상궁은 빠른 걸음으로 궐로 돌아왔다. 단 한 번의 '마마님'은 실수였을까? 국숫집에서 받은 엽전을 살펴보았다. 몇 개 되지도 않는 엽전을 굳이 종이 끈으로 꿰어 놓았다. 종이 끈을 엉성하게 꼬아서 풀면 풀어지게 생겼다. 찬찬히 풀어보았다. 쪼글쪼글한 종이에 언문 두 줄이 짧게 쓰여 있었다.

> 내일도 국수 사러 오시오. 긴한 용무가 있소.
> 가게 뒤편 안채에서 사시巳時에 뵙기를 청하오.

밑도 끝도 없는 서신이었다. 누가 무슨 용무로 보자는 것인지 짐작도 가지 않았다. 국숫집 종업원이 상궁의 신분을 알고 있는 것이 확실했다. 폐하께 올릴 식재료를 사러 나갈 때에는 여염집 아낙네 차림을 한다. 시전 단골 가게 아주머니들도 눈치채지 못한 것을 국숫집 청년이 어찌 알아챘을까? 어디에서 무엇 때문에 들켰을까?

상궁은 냉면을 넉넉히 삶아 수라간 나인들에게 돌렸다. 상궁도 함께 먹으면서 나인들의 낯빛을 살폈다. 탈 난 사람은 없었다. 냉면에는 아무런 이상이 없다는 뜻이다. 그제야 상궁은 폐하께 냉면을 올리고 처소로 내려왔다.

엄 상궁의 정체를 아는 자의 긴한 용무라! 대전 상궁에게 긴한 용무라야 뻔하다. 서신이 됐든 무엇이 됐든 폐하께 전해 달라는 부탁일게다. 지금 경복궁은 일본군과 친일파 내각이 철통같이 지키고 있어 누구도 폐하를 뵈올 수 없다. 폐하는 유폐 상태다. 일본 측이 그리하는 까닭은 조선을 장악하려면 국왕의 이름으로 조서를 내려야 함을 잘 알고 있기 때문이었다.

달포 전쯤, 폐하께서 친히 밀지를 내리셨다.

과인을 구출하라!

왕족과 친미파 친러파 고위 관리들과 선교사들까지 대거 나섰다. 한성에서 아니 조선에서 힘깨나 쓰는 '한다'하는 사내들이 충심으로 뭉쳤다. 이들은 군사를 동원하여 경복궁 동쪽 춘생문으로 밀고 들어가 임금과 동궁을 모셔 나오려는 무력 거사를 계획했다. 그러나 친일 세력이 병력을 내어줄 리가 있겠는가. 궁 즉 통이라. 임최수 등 주모자의 머리에 기막힌 묘안이 떠올랐다.

새로 간택된 왕후를 명분으로 삼자!

거사 얼마 전에 중전이 시해된 지 불과 팔 일만에 폐하는 '새 왕후를 간택한다'는 뜻밖의 칙령을 내렸다.

곤위가 하루라도 비어 있음이 가하지 아니하니 간택하

는 절차를 거행하라.

궁중에서는 물론 여염의 백성들도 혀를 차며 고개를 흔들었다. 누구보다도 기함한 사람은 불과 사흘 전에 입궁한 엄 상궁이다. '아니 중전 가신 지 며칠이나 됐다고 새 왕후 간택령이란 말인가.' 엄 상궁은 먹은 밥이 얹히고 속이 부글부글 끓었다.

물론 칙령은 일본 측의 강압에 의한 것이었다. 새 왕비를 뽑아 죽은 민비에 대한 기억을 백성들 머리에서 사라지게 하려는 일본 측의 흉계였다. 국제적으로 비난받고 있는 '중전 시해 사건'을 희석해 보려는 야비한 술수였다.

처녀단자령이 내려지고, 단자를 낸 규수들로 삼간택을 행하여 안동 김 씨 가문의 규수가 뽑혔다. 새 왕비는 입궁하자마자 임금의 강한 거부로 가례도 올리지 못하고 궁에서 쫓겨났다. 하지만 어찌 되었든 정식 절차를 거쳐 간택된 중궁임에는 틀림없었다.

춘생문 거사 주모자들은 이를 기화로 군영에 쳐들어가 '새 왕후를 궁으로 맞아들여야 하니 봉영할 병력을 내라!' 겁박했다. 새 왕후 봉영에 쓰겠다는 데야 어쩌겠는가. 그 협박이 통하여 친위 중대장 남만리가 군사를 내주었다. 남만리도 실은 거사 주모자 쪽 사람이었다.

팔백 병력이 춘생문으로 내달렸다. 군사들이 당도하면 안에서 궐문을 열어주기로 미리 약조가 되어 있었다. 문은 열리지 않았다. 대대장 이진호의 밀고로 오히려 역공당했다. 주모자들은 역모로 처형되었고 용케도 친러파 이범진, 이완용 등은 국외로 피신했다는 풍문이 떠돌지만 진위는 알 수가 없다.

엄 상궁은 꼬깃꼬깃한 쪽지 서신을 다시 들여다보았다. 누군가 제2의 춘생문 거사를 계획하고 있음을 왕께 고해달라는 뜻이리라. 그렇지 않고서야 누가 대전의 지밀상궁에게 이 같은 서신을 보내겠는가. 상궁은 쪽지 서신의 결과를 이모저모로 따져보았다.

'거사모의가 맞다면, 그래서 성공한다면, 거사의 명분이 된

새 왕비는 즉각 입궐하여 중궁전을 차지할 것이다. 그러면 십 년 만에 입궁한 나는 끈 떨어진 연 신세가 된다. 거사가 실패하면, 그때는 폐하가 무사하지 못하실 거다.'

거사가 성공하든 실패하든 결과는 치명적이고 상궁에게는 득이 없었다. 상궁은 혼자 생각에 빠져있다가 허탈하게 웃었다. 누가, 왜, 보냈는지 아무것도 모르면서 '거사모의'라 단정 짓고 백일몽을 꾸고 있는지도 모른다.

'그나저나 어쩐다?'

없던 일로 치부해 버리자니 불안하고, 폐하께 알리자니 괴로움만 더해 드릴 것 같고... 내키지 않았다. 지난번 거사의 실패로 폐하가 얼마나 괴로워하시는지 상궁은 잘 알고 있었다. 꺼림칙하지만 만나보기로 마음을 정했다. 그 후에 폐하께 확실한 자초지종을 아뢰는 게 좋을 것 같았다.

엄 상궁이 '시전(시장)에 간다' 하면 수문장은 군말 없이 궐문을 연다. 궐문이나 지키는 하급 관료도 지금 권력의 향배가 어디를 향하고 있는지, 누가 실세인지 정도는 알고 있음이다. 춘생문 거사 이후 경계가 강화되어 정확한 출타 이유를 대지 않고는 수문장들이 궐문을 열지 않는다.

상궁은 육조거리를 지나 대안문 쪽으로 길을 잡았다. 궐 밖 백성들은 장사도 하고 일도 하고 별일 없이 지내고 있는 모양새다. 대궐 안과 별세상인 것이 이상스러웠다.

'쪽지에 국숫집 뒤편 안채라 하였지.'

엄 상궁이 국숫집 앞을 돌아 막 뒷채로 들어서려던 때였다. 종업원과 맞닥뜨렸다. 청년은 대나무 싸리비로 골목을 쓸고 있었다.

"오셨습니까, 마마님!"

'마마님!' 똑똑히 들었다. 목소리도 표정도 가게에서 목청껏 소리치던 그 종업원이 맞나 싶게 공손하다. 번잡한 가게 앞과는 달리 골목 안은 고만고만한 기와집들로 고즈넉하다. 상궁은 청년의 안내에 따라 안채로 들어섰다. 마당은 커다란 국수틀과 넓적한 자배기들로 발 디딜 틈이 없다. 덜거덕! 등 뒤에서 빗장 걸어 잠그는 소리가 났다. 순간, 상궁의 오른손이 치마말기*에 꽂아둔 비수에 닿았다. 수상한 짓을 하는 순간 비수가 날아갈 것이다.(*치마의 맨 위 허리에 둘러서 댄 부분)

상궁은 청년이 열어주는 장지문 안으로 들어섰다. 머릿장과 문갑이 놓인 조촐한 여인네 방이었다. 움찔했다. 윗목에 웬 남자가 앉아 있었다.

"엄 상궁 마마님, 그간 뵈옵고도 인사 여쭙지 못하였습니다."

무슨 말인가. 처음 보는 남자였다. 상궁이 영문을 몰라 하자 남자가 목을 거북이처럼 쑤욱 빼 보였다. 앗! 국숫집 여주인의 그 곱사등이 모양이 아닌가.

"소인이 곱사등이 귀머거리 주인입니다."

들고 보니 오, 국숫집 여주인의 얼굴이 보인다. 목덜미가 굽기는 했어도 허리를 곧게 펴서인가 키가 두어 뼘은 더 커 보인다. 서대문 밖 영천 악박골에서 치료받을 때 저런 사람을 본 적이 있다. 영천 약방 아저씨 말로는 담음이 뭉쳐 목뼈가 딱딱하게 굳는 '골비'라 하던가. 고치기 어려운 병이라 했다. 그런데...이 자가 왜 나한테 자신의 비밀을 밝히는 것인가. 그렇다고 이런 일로 쪽지를 보냈을 리는 없겠고...상궁이 정색하고 물었다.

"긴한 용무라는 것이 그것이요?"

"아 아닙니다, 마마님. 그간 결례를 범하였기에 올리는 말씀입니다."

"괜찮소."

국숫집 주인이 안으로 큰 숨을 쉬었다. 상궁은 아무것도 모르는 눈치다. 궁에서 나온 사람만 보면 절로 몸이 움츠러든다. 주인이 일어나서 상궁에게 깍듯이 절하였다.

"인사 올립니다, 마마님. 소인은 이범진 대감의 겸인傔人(청지기)이옵니다. 대감께서 사람을 보내시어 마마님을 찾아뵙고 올리라 하신 말씀이 있기에 뵙기를 청하였습니다."

'이범진이라! 중전께서 총애하시던 그 이범진이라는 말이지.'

한성 바닥에서 무섭기로 이름난 포도대장 이경하와 그 아들 이범진을 모르는 사람은 없다. 아버지를 닮아 타고난 무골이어서 또래 서생들을 몰고 다니더니 머리까지 명석하여 과거 급제한 후로는 승승장구하였다. 아무튼 쪽지 서신을 보낸 자의 신원이 확실해졌다.

"대감은 지금 어디 계시오?"

"상해에 계십니다."

'국외로 도피했다는 풍문이 맞았군.' 상궁이 고개를 끄덕였다.

"어떻게 상해로 가신 것이요?"

"아라사 공관에서 군함을 내주어 가신 것으로 아옵니다."

'아관에서 이범진에게 군함을? 그저 상해 가는 길에 태워준 것인지 따로 군함을 내어준 것인지 자세한 내막은 모르겠으나 이범진의 힘이 그 정도란 말이지.'

"알겠소. 말씀해 보시오."

"지난번 거사가 잘못되어 폐하께서 더욱 곤궁한 입장에 처하셨으리라 하시며 대감의 심려가 이만저만이 아니라 합니다."

"당연히 그렇겠지요."

"하여 대감께서는 어떡하던지 저 무도한 것들의 손에서 폐하를 구해내어야 한다, 밤낮으로 궁구하나 뾰족한 수가 없어 한탄하신다, 합니다.”

“그 말은 그러니까...또다시 거사를 획책한다는 말이오?”

“그것이...저번과는 다른 방식이라 합니다.”

“다른 방식이면 거사가 아니란 말이오?”

상궁의 목소리가 높다.

거사라면 성공이든 실패든 상궁에게는 득이 없다.

“맞는 말씀이십니다만...”

겸인이 두 무릎에 각각 두었던 두 손을 모아 쥐고는 단숨에 말하였다.

“대감께서 뾰족한 수가 없다 한탄하시다가 문득 깨닫기를, 폐하께서 오랜 세월 심중에 깊이 간직하실 만큼 영민하신 엄 상궁 마마님이 떠올랐다 합지요. 지난번 거사 때 마마님을 찾아뵙고 미리 상의드리지 않은 것을 통탄하시다가 이럴 것이 아니라 찾아뵙자, 이제라도 직접 뵈면 우둔한 보통 사람으로는 생각지 못할 제갈공명의 지혜가 있으시리라, 그리 결론을 냈다 합니다.”

‘이범진이 나를 부리겠다는 속셈이로군. 감히 대전 지밀상궁인 나를.’

“그래서요?”

“예, 예, 그게 그러니까...대감님 말씀은 궐 안에서 엄 상궁 마마님께서 내통해 주시면 밖에서도 빈틈없이 준비하여 무조건 따르겠노라, 그리 말씀 전해 올리라 하셨습니다.”

‘흥. 무조건 따르겠다. 이범진이 그리할 인물인가.’

“알겠소.”

“마마님, 그 말씀은…”

“내 알았다지 않소.”

“…대감께는 어찌 전할까요?”

겸인은 생사 가름할 판결이라도 기다리는 사람처럼 간절한 눈으로 상궁을 바라보았다.

“깊이 유념하겠다 그리 전하시오.”

감격한 겸인이 덥석 절하였다.

“예, 예, 마마님. 대감께 그리 전해 올리겠습니다.”

유념하겠다는 말을 그리하겠다는 뜻으로 알아들은 것 같았다.

‘마음대로 전해 올리라지. 나는 꿈쩍 안 할 터이니.’

상궁이 그만 일어나겠다는 뜻으로 치맛자락을 당겨 잡았다. 겸인이 급히 문갑에서 다홍색 상자를 꺼내 상궁 앞에 공손히 놓았다. 반가 마님들이 가락지며 비녀 등을 넣어두는 작은 보갑이다.

‘사람을 어찌 보고.’ 상궁이 콧방귀를 뀌었다.

“마마님. 거사에 드는 비용은 따로 마련해 올릴 것입니다.”

긴 하루였다. '거사'라는 말이 온종일 머릿속을 맴돌았다.

엄 상궁은 어제와 다름없이 폐하의 조석 수라를 챙기고, 야참 냉면도 올리고, 궐 곳곳을 돌며 고장 난 등불이 있나 꼼꼼히 살폈다. 폐하께서는 밤의 어둠을 경계하신다. 밤새 전등불 밝히고 정사를 보시다가 새벽 세 시 무렵에야 침수 드신다. 임오년의 군란도, 을미년의 흉변도, 갑신년의 정변도 모두 밤의 어둠을 틈타 일어나지 않았던가.

상궁은 다시 침전으로 올라갔다. 저녁 어스름과 함께 등청 하시는 선교사분들이 밤새 불편함이 없도록 자리끼(물)며 요 강이며 모든 준비가 잘되어 있는지 점검해야 한다. 중전 마 마의 어이없는 참살에 경악한 선교사들이 나섰다. 이인 일조 로 조를 짜서 매일 밤 육혈포를 차고 폐하의 침전을 지킨다. 특히나 오늘은 아녀자 선교사들이 번 드는 날이다. 운두우 (언더우드) 선교사의 내자(아내) 릴리어스, 번커 선교사의 내자 엘러스, 치마 두른 선교사 둘이 폐하의 침전을 지킨다. 상궁 은 붉은 비단으로 싼 무명 서답(생리대)을 요강 옆에 놓아두 었다.

하루 일을 마치고 처소에 든 상궁은 말린 벚꽃 섞은 고운 소금으로 이 닦고 정형나무 꽃봉오리 말린 약재 계설향으로 입안을 헹구었다. 벚꽃 소금과 계설향은 전에 중전 마마가 쓰시던 방식 그대로이다. 상궁은 소세까지 마친 다음에야 반침에 넣어둔 다홍색 보갑을 꺼냈다. 국숫집 주인은 '거사에 드는 비용은 따로 마련해 올릴 것'이라 하였다. 허면, 이것은 뇌물이라는 뜻이다.

상궁은 손대중해 보고 빙그레 웃었다. 작고 막직한 것은 금덩이, 크고 묵직한 것은 은전(은화)이다. 짐작한 대로 안팎으로 붉은 옻칠한 상자 안에는 어여쁜 금덩이 네 개가 들앉아 있었다. 금가락지며 진주 물린 삼작노리개 따위 자자분한 여인네 장신구를 뺀 거두절미 금덩이들만이다.

"배짱 하나는 맘에 드는구먼."

이범진은 승하하신 중전 마마께서 가까이 부르시던 심복이요 신임하는 신하였다. 그 천하의 이범진이 하찮은 상궁 나부랭이에게 뇌물을 쓴다? 엄 상궁의 입에서 호탕한 웃음이 터져 나왔다. 금덩이가 알아서 굴러들어올 만큼의 권력이 있다는 방증傍證이 아닌가. 상궁은 여섯 살 생각시 적부터 권력의 핵심으로 끌려들어 오는 숱한 금덩이들을 보았다. 대비전이나 중궁전 같은 태생부터 존귀한 이들이 타고나는 자석 같은 힘이려니 그리만 여겼었다.

상궁은 타고 나지는 않았으나 스스로 존귀한 이가 되어가는 자신을 느꼈다. 가만히 있어도 금덩이와 은전들이 끌려오고 있지 않은가. 손가락 끝으로 금덩이를 쓸어보았다. 어깨

너머로 보던 것과 손으로 직접 느껴보는 금덩이는 전혀 달랐다. 차갑고 도도한 촉감이 썩 마음에 든다.

십 년 만에 입궐한 지 이제 두어 달. 벼슬을 바라는 이들이 상궁의 서소문 본가로 은전 궤짝을 들여놓기 시작했다. 그들은 임금을 가장 가깝게 모시는 자가 누구인지, 임금의 마음이 누구에게 있는지 꿰뚫고 있다. 일본과 친일파에 볼모 잡힌 허수아비 임금이라도 형식적이나마 임금의 재가가 떨어져야 일이 성사된다는 것을 아는 자들이다.

내일은 서소문 집에 가서 그동안 들어온 은전 궤짝을 정리해야겠다. 은전 한 냥이면 쌀이 열 말이다. 이범진의 금괴는...어림잡아도 은전 사만 냥은 될 듯싶다. 사만 냥이면...쌀이 사만 섬. 상궁은 사만 섬짜리 금괴를 가벼이 반침 안에 넣었다.

상궁은 밤새 뒤척였다. 잠이 오지 않는다. 이범진도 지금 상해 어느 곳에서 잠 못 이루며 궁리를 거듭하고 있을 터이다. 조선에 모습을 드러내면 처형이고, 언제까지나 남의 나라에서 떠돌 수도 없는 일이고...그렇다 하여 또 거사를 입에 올린다? 하긴 무엇으로 지금의 이 상황을 뒤집을 것인가. 생각해 보면 상궁 역시도 처지가 다르지 않았다. 어쩌면 더 화급할지도 모른다. 새 왕후는 지금도 동소문(혜화문) 밖 친정에서 이제나저제나 폐하의 부르심을 기다리고 있다.

"안돼! 다시는 예전으로 돌아가지 못해!"

상궁이 소리내어 뱉았다. 그리 생각하면 역시 거사인가.

일이 이쯤 되었으니 폐하께 아뢰어야겠다. 이범진과 아라사가 뒷배라면 고개를 끄덕이시겠지.

이범진은 우정국 연회에서 정변이 발발하자 그 즉시 중전을 업고 뛴 인물이다. 총 칼 난무하는 현장에서도 머리가 팽팽 돌아가는 사람이다. 이번 일도 치밀한 계산의 결과일 것이다. 이범진이라면 대국 아라사를 뒷배로 끌어들일 수 있겠지. 어쩌면 이미 판을 깔아놓았을 수도 있어. 그렇지 않고서야 함부로 거사를 입에 올렸겠는가. 안에서 내응하면 밖에서 실행하겠다? 옳거니! 큰 일은 그리하는 법이지. 이범진이야말로 제갈공명이 아닌가.

상궁은 어둠 속에서 두 눈을 크게 떴다. 지금 권력을 쥐고 있는 친일 세력들이 가례 절차를 밀어붙이면 그대로 시행될 수밖에 없다. 내일 당장 새 왕후가 입궐한다 해도 조금도 이상하지 않다. 그리 화급한 일을 어찌 미루고 있었을고. 상궁이 벌떡 일어나 앉았다.

"어영부영하다 새 왕비 입궐 사태를 당하느니 이참에 나도 폐하 업고 뛰자!"

그렇지만 어떻게? 찬찬히 생각하자. 생각이 날 거야. 기막힌 생각이 날 거야.

호랑이 등에 올라타기

엄 상궁은 이범진이 전해온 거사 소식을 폐하께 어떻게 올릴까 고심하였다. 궐의 벽마다 문마다 친일파가 심어놓은 눈과 귀가 있다. 상궁은 낮것상에 온면을 올리면서 그릇 밑에 작은 쪽지를 살짝 보이게 눌러놓았다. 한 장 장지문 밖에 친일파의 졸개가 귀 기울이고 있을지 알 수 없는 지금이다.

춘당대에서 연 날리며 긴히 올릴 말씀이 있사옵니다

임금이 쪽지를 펴보시고 얼른 소매 속에 넣으셨다.

시저를 놓으실 때쯤 엄 상궁이 우정 큰소리로 아뢰었다.

"대전 마마. 오늘 바람이 좋사옵니다. 연날리기 딱 좋은 바람이 부옵니다."

"설도 대보름도 다 지났건만 무슨 연이냐?"

"아직 정월이옵니다. 액막이 연을 날리시면 한 해가 평안하오실 것이옵니다."

"그럼, 연을 준비하거라."

"대전 마마. 잠깐 천안을 감으시옵소서."

"어찌 그러느냐?"

"어서요."

"허허 거 참."

엄 상궁이 숨기고 있던 연을 꺼냈다.

"됐사옵니다. 보시옵소서."

"어느새 연을 만들었느냐?"

"마술로 뚝딱 만들었사옵니다."

장지문 밖에서 엿듣고 있던 지밀 나인들이 혀를 내둘렀다.

"그러하냐. 그럼 나서볼까."

임금도 짐짓 큰 소리로 말하고 자리에서 일어났다.

한겨울 춘당대는 을씨년스럽고 고적하였다. 팔작지붕을 인 영화당이 저만치 보여 이곳도 사람 사는 궐 안이구나 싶을 뿐 허허벌판을 지나가는 바람 소리만 천지에 가득하다. 그 바람모지 속에서 두 사람은 정말로 연을 날렸다. 이미 궐에는 엄 상궁이 폐하 모시고 나가 액막이 연을 날리고 있다는 소문이 퍼져 있을 터이다. 지금도 누군가 엿보고 있을지 모른다. 상궁은 연신 얼레를 돌리면서 어떻게 말을 꺼낼까, 고심하였다.

폐하는 춘생문 거사의 실패로 크게 위축되고 옥체도 눈에

띠게 수척해 지셨다. 불과 한 달 반 전의 실패를 추스르기도
전에 또 거사를 입에 올리면 어찌 나오실지. 춘생문 때의 상
처가 깊어 거부하실지도 모른다. 게다가 요즘 전국 각지에
서 의병이 들불처럼 일어나고 있다. 국모를 시해한 을미화변
의 충격이 채 가시기도 전에 단발령을 강제로 시행하여 백성
들의 화가 폭발했다. 백성들은 '이게 다 일본놈들 때문이고
그 일본놈들 편드는 친일내각 때문'이라며 들고일어났다. 백
성들은 상투를 자르지 않겠다는 저항을 넘어 일본군과 관군
을 상대로 전투를 벌이고 있다. 제 나라 관군과 백성들이 맞
붙어 죽기 살기로 싸우고 있으니 폐하의 심중이 어떠하시겠
는가.

　춘생문의 실패는 폐하로 하여금 뼈마디가 녹아드는 좌절
을 맛보게 하였다. '과인은 모르는 일이다' 눈 가리고 아웅
식의 억지를 써서 겨우 위기는 모면하셨다. 그러나 거사 관
련자들은 임금을 입에 올리지 않고 의연하게 처벌을 감수했
다. 주동자 임최수는 '국모 시해의 변을 겪은 원통함으로 내
가 밀지를 위조하여 거사했다' 진술하여 사형을 선고받고 처
형되었다. 임최수와 거사 관련자들의 충심은 임금을 아프게
하고 깊은 죄의식에 빠뜨렸다. 임금은 자책하며 어금니를 꽉
깨물었다. '과인은 너희들을 잊지 않겠다. 결단코 잊지 않겠
다!'

"정말로 연만 날리고 있을 참이냐?"

임금이 높이 뜬 연에 시선을 둔 채로 말씀하셨다.

"긴히 올릴 말씀이라는 것이 무엇인지 들어보자."

"예, 마마. 말씀 올리겠나이다. 얼마 전에 쪽지 서신을 받았사옵니다."

"쪽지 서신을? 누가 보낸 것이냐?"

"이범진 대감이 사람을 통해 보내왔사옵니다."

"이범진이가 살아있느냐?"

"상해로 피신하여 지내고 있다 하옵니다."

"다행이로구나."

상궁은 쪽지와 함께 국숫집에서 있었던 일을 아뢰었다.

쪽지를 본 임금이 짧게 신음하였다.

"이 쪽지가 거짓이었으면 어쩔 뻔했느냐? 너를 이용하여 과인에게 접근하려는 사람이 얼마나 많은지 모르느냐? 너를 시기하고 음해하는 자들도 꽤 있을 것이다. 과인을 생각해서라도 네 자신을 귀히 여겨라."

"...예, 마마. 명심하겠나이다!"

"그래서 이범진이가 뭘 어쩌겠다는 것이냐?"

"결국 거사가 아니겠사옵니까?"

"거사를 행하기에는 지금같이 혼란한 시기가 적합하다. 허나 무슨 수로 궐을 빠져나가겠느냐?"

“지난번 거사는 밖에서 들어가 폐하를 모셔 나오려 한 시
도로 너무 무모한 것이었사옵니다.”

“다른 방도가 있었겠느냐?”

“안에서 나가는 방도도 있사옵니다.”

“어찌 나간단 말이냐?”

“시간이 필요하옵니다.”

“...거사란 달리는 호랑이 등에 올라타는 형국이니라.”

“이범진 대감이 호랑이 같은 자이니 손잡고 도모해 볼만
하다 사려되옵니다.”

“이범진과 상의한 묘책이라도 있느냐?”

“거사를 ‘허’하신다는 전하의 하명 없이 어찌 함부로 움직
이겠나이까.”

임금은 말없이 얼레를 돌리며 생각에 잠겼다.

일본은 청일전쟁에서 승리하고, 중전을 시해하고, 과인을
허수아비로 만들었다. 예서 더 추락할 것이 있겠는가. 지금
상황을 타개할 수만 있다면 목숨을 걸 것이다. 멀뚱히 앉아
서 죽을 수는 없다. 죽을 때 죽더라도 냅다 지르고 죽겠다!

“호랑이 등에 올라타면 멈출 수가 없다.”

“명심하겠사옵니다.”

“이번 거사에 나라의 명운이 걸렸음을 명심하라.”

“폐하. 거사를 ‘허許’ 하시옵니까?”

"'허'한다!"

"대전 마마. 뜻 받들겠나이다!"

"더 이상의 희생이 있어서는 아니될 것이다."

"유념하겠사옵니다. 일이 진전되는 대로 바로 아뢰겠나이다."

상궁은 찬 바람을 한껏 들이마셨다. 가슴이 후련하였다.

"밖으로 나오기를 잘하였다. 안의 사람들은 누구도 믿을 수가 없다. 조심하거라. 지나가는 바람에도 속내를 들켜서는 아니 된다."

"예, 대전 마마. 거사를 '허'하셨으니 액막이 연에 불운을 실어 끊어버리시옵소서!"

"그러자꾸나. 액운을 깨끗이 날려버리자!"

상궁이 준비해 온 작은 칼을 올리니 임금이 바로 연줄을 끊었다. 상궁도 거사의 성공을 염원하며 자기 연의 줄을 끊었다.

실에서 놓여난 연들이 중심을 못 잡고 흔들린다. 갑자기 주어진 자유가 버거운가. 가느다란 실이나마 의지하고 있었던가. 그것도 잠시, 연이 떠오르기 시작한다. 파도를 타듯 바람을 탄다. 하늘 높이 솟구쳐오른다. 제 세상을 만나 자유롭게 유영한다. 연들이 까마득히 날아가 작은 점으로 사라져간다.

하늘이 텅 비었다.

"연이 제 곳으로 갔다."

"그럴 것이옵니다, 마마."

"춥다. 그만 들어가자."

그 언젠가처럼 왕이 말씀하셨다.

상궁은 왕을 따르며 영화당을 바라보았다. 상처가 깃든 그곳. 숨죽여 외면했던 지난날들을 흔들림 없이 바라보았다. 제 곳으로 날아간 연처럼 자유롭게! 당당하게!

그날로 엄 상궁은 이범진에게 갈 서신을 국숫집 주인에게 전했다.

혼란한 지금이 거사를 행할 적기라 허許하시었소

아라사 쪽 진행 상황을 상세히 알려주기 바라오

+

쌍가마 행렬이 궐문에 이르렀다. 엄 상궁의 큰 가마와 뒤따르는 심복 궁녀의 가마다. 문지기들 얼굴에 희색이 돈다.

"온다! 온다!"

"뭐가 와?"

"딱 보면 몰라? 저 큰 가마를 엄 상궁 말구 누가 타남?"

군졸들이 수군거렸다. 가마가 다가와 섰다.

"출입패를 보이시오!"

긴 창대를 거머쥔 키 작은 수문병이 기세 좋게 소리쳤다.

"추운데 고생들 하오. 번 끝나거들랑 뜨끈한 탕반으로 요기나 하랍시오. 엄 상궁 마마님께서 내리시는 것이오."

훤칠한 앞 가마꾼이 출입패와 묵직한 엽전 꾸러미를 건넸다. 근처 수문병들까지 우르르 다가와 꾸러미를 함께 받았다.

"고맙소이다. 출입하실 때마다 번번이 챙겨주시니 이거 참! 상궁 마마님께 고마우시다는 말씀이나 잘 올려주시오."

키 작은 수문병이 굽신 허리 굽혀 인사치레를 했다.

매번 공돈이 생기니 수문병들로는 여간 반가운 가마가 아닐 수 없다. 엄 상궁은 하루 몇 번을 들락거려도 때때마다 거르지 않고 행하를 챙겨주었다. 이제껏 누구에게서도 받아본 적 없는 후한 액수였다. '여편네가 손도 크지. 뇌물을 얼마나 거둬들이길래 돈을 물 쓰듯 하네.' 수문병들은 흉을 보면서도 엄 상궁의 가마가 나타나기만을 목이 빠지게 기다렸다.

가마 두 채가 뻔질나게 궐 밖 출입하는 것을 본 궁녀들은 눈을 하얗게 흘기며 수군거렸다.

"이젠 아주 대놓고 두 대로 드나드네. 밤새 쌓인 은전 세기 귀찮아 나인을 달고 나가는 게지."

"어디 사는 누가 얼마를 바쳤는지 딱 그 돈만큼씩 벼슬을 내려준다는 거 아냐.”

“친정집 곳간이 차고 넘쳐서 새 곳간을 짓는다는구먼.”

궐 안의 관심은 온통 엄 상궁의 궁 밖 나들이에 쏠려있었다. 어제는 몇 번 나갔다, 오늘은 몇 번째다, 횟수를 손꼽는 궁녀도 있었다. 두셋만 모여도 엄 상궁 가마 이야기로 침을 튀겼다.

며칠 지나지 않아 엄 상궁의 가마 행차는 궐 안으로까지 들어왔다. 이 전각 저 전각 다닐 때에도 엄 상궁은 가마를 타고 다녔다. 궁 안에서 가마를 탈 수 있는 신분이라야 왕실 가족과 정1품 영의정· 좌의정·우의정뿐이다. 궁중 법도를 모를 리 없는 상궁이 궐 안에서 버젓이 가마를 타고 다니니 궁중 사람들은 입을 다물지 못했다. 아무리 대군주 폐하의 총애를 믿고 그런다지만 저리 뻔뻔할 수가 있을까. 노상궁 마마님들은 궁중의 법도가 무너짐을 한탄하면서 자신의 눈을 가렸다.

대군주 폐하도 다 듣고 있었다. 엄 상궁이 그리할 적에는 필시 곡절이 있으려니, 뭔가 속이 있으려니, 고할 때가 되면 고하겠거니 한 마디도 묻지 않았다.

엄 상궁이 궐 안에서 가마를 타고 다닌 지 열흘쯤 되는 날이었다. 급히 달려오던 중인 복색의 한 사내가 상궁의 가마를 가로지르려다 가마와 부딪혔다. 가마가 넘어지지는 않았지만 심하게 흔들렸다. 안에 타고 있던 엄 상궁이 크게 노하여 명하였다.

"뻔히 눈 뜨고도 가마와 부딪쳤구나. 꿇려라."

그 자리에서 문책한 결과 급한 전갈이 있어 궐에 들어온 김홍집 대감의 통인通引으로 드러났다.

"아무리 급하기로 마마님의 가마를 보지 못하였단 말이냐?"

훤칠하니 힘깨나 쓰게 생긴 가마꾼이 호령하였다.

통인이 고개를 뻣뻣이 들고 답하였다.

"지금 궁에는 대왕대비 마마도 대비 마마도 승하하시어 가마 타실 어른이 안 계신 것으로 아오. 하여 빈 가마를 옮기는 줄로만 알았소이다."

"이눔이 터진 입이라고 아무 말이나 지껄이는구나."

가마꾼이 통인을 냅다 걷어차서 쓰러뜨렸다.

엄 상궁이 손짓으로 제어하고 통인에게 물었다.

"그래, 급한 전갈이라는 것이 무엇이냐?"

"강원도 원주 안창 고개에서 봉기가 크게 일어났다 하여 급히 대감께 전해 올리려던 참이었습니다."

"알았다. 급한 일이니 어서 가보아라."

가마 소동은 그것으로 일단락되었다. 영의정 김홍집 대감으로부터는 아무런 이의 제기가 없었다. 그렇게 가마 소동은 없던 일로 묻혔다. 그러나 시시비비하는 것을 엿보고 있던 주변 전각의 궁녀들 환관들이 입소문을 냈다.

'영의정 대감도 힘을 못쓰더구먼.'

'엄 상궁이 삼정승 위란 말이구먼.'

별일 아닌 가마 소동은 영의정도 건드리지 못하는 엄 상궁이라는 존재를 뚜렷이 부각시켰다. 이제 엄 상궁이 궐 안에서 가마를 타고 다니든, 궐 밖 본가에다 뇌물을 쌓아두든 누구 한 사람 입 뻥긋하는 이가 없었다. 대놓고 위세 떠는 그 기세에 눌려 입 벌리고 구경하는 지경에 이르렀다. 엄 상궁의 도를 넘은 방자한 행태가 거듭될수록 사람들의 머릿속에서는 감히 도전할 수 없는 강력하고도 견고한 새로운 세력으로 자리 잡아 갔다.

일본 측 역시 엄 상궁이 꽁무니에 심복 가마를 매달고 쌍가마로 궁 안을 헤집고 다녀도 씰룩 웃고 제지하지 않았다. 천한 신분으로 허리 한 번 못 펴고 살다가 어인 일로 대군주의 눈에 들어 한껏 위세 떨며 나다니는 것에 오히려 안심하였다. 뇌물 받고 벼슬도 팔고 하는 것을 알고 있었지만 그것 또한 웃어넘겼다. '늦게 배운 도둑질 날 새는 줄 모른다'고 소소한 뇌물에 맛 들일수록 그것에 매몰되어 권력 쪽으로는 눈길도 주지 않을 것이기 때문이었다. 저런 천박한 부류는 태생이 소인배로 민비처럼 권력을 휘두를 그릇은 애당초 아니다 마음을 놓았다.

국숫집 안채는 누가 봐도 국숫집답게 국수틀이며 커다란 자배기들이 발 디딜 틈 없이 어질러져 있었다. 여염 아낙의 차림을 한 엄 상궁이 익숙하게 대문 안으로 들어서서 빗장을 걸었다. 늘 그렇듯이 국숫집 주인은 멀쩡한 남정네 차림으로 상궁을 맞았다. 두 사람은 아무 말없이 좌정하였다. 주인이 상궁 앞에 붓두껍을 씌운 붓 한 자루를 내어놓았다.

"마마님께 그대로 전해 올리라는 명을 받았사옵니다."

상궁이 붓을 들었다. 서신이 올 차례에 붓이라. 문익점 흉내라도 내겠다는 것인가. 상궁이 흥, 코웃음 치며 붓두껍을 벗겼다. 사용하지 않은 뾰족한 새 붓이 나왔다. 붓두껍 안을 한참이나 들여다보던 상궁이 주인에게 물었다.

"바늘이 있는가?"

"예, 마마님."

주인이 반짇고리에서 바늘을 찾아 건네었다.

상궁은 붓두껍 안쪽에다 바늘을 찔러 돌돌 말린 얇은 종이를 끄집어냈다. 붓두껍 색깔과 같은 미색 종이가 철근덩이 만큼이나 무겁다. 군사기밀 문서였다. 아라사 공사관에 배치될 병력과 무기의 숫자까지 정확하게 기재해 놓았다. 거사

당일 공사관에 도착할 폐하 일행을 엄호할 병력의 규모였다.

"대감마님께서는 지금 아라사 공사관에 들어와 계십니다 마마님."

상궁이 고개를 끄덕였다. '거사 준비 완료'의 뜻으로 알아들었다.

이제 이쪽에서 답할 차례다.

그동안 상궁은 일본과 친일 내각 등 궁궐을 차지하고 있는 쪽이 안심하도록 오만방자하고도 우둔한 짓거리를 거리낌 없이 행하였다. 다른 한편으로는 국숫집을 통하여 이범진을 위시한 친러파 인물들과 긴밀하게 연락하여 준비하게 하였다. 처음에 제의한 대로 '안에서 내응하면 밖에서도 준비하겠다'는 약조를 양쪽 모두 빈틈없이 이행했다.

상궁은 생각에 잠겼다. 우선 힘세고 믿을 만한 가마꾼이 필요하다. 빠른 걸음으로 쉬지 않고 달릴 체력은 필수다. 당일 인원은 최소로 한다. 대전 마마와 왕태자 전하, 상궁과 박나인 옥금이. 폐하께서 거사를 '허'하시기는 했으나 자세한 내막까지는 모르신다. 호위 군사 하나 없이 오직 엄 상궁 하나만을 믿고 행하는 거사라면 선뜻 따라주실는지. 거사 날짜는 조금 더 생각해 봐야 할 것 같았다.

"마마님, 믿을 만한 환관이 필요하오시면 소인이 주선해 올리겠나이다."

궁궐 사람의 말씨였다.

상념에서 깨어난 상궁이 주인을 지그시 바라보았다.

“미리 말씀 올리지 못하여 황공하옵니다, 마마님.”

주인이 공손히 상체를 굽혔다.

“되었네. 그럴만한 사정이 있는 게지. 환관은 필요치 않네. 되도록 적은 사람으로 움직일 것이네. 수일 내로 다시 오겠네.”

“알겠사옵니다.”

“가게의 종업원은 믿을 만한 사람인가?”

“소인의 양자이옵니다.”

“그렇구먼. 청년이 영민해 보이던데 신식 공부를 시켜도 좋을 듯 하네만.”

“그리 좋게 보아주시니 황감하옵니다. 일이 끝이 나면 그리 하겠사옵니다.”

엄 상궁이 병력이 적힌 종이를 주인에게 주었다.

“태우게.”

“예, 마마님.”

서신은 촛불에 닿기가 무섭게 재가 되어 바스러졌다. 상궁이 자리에서 일어났다. 주인이 궐에서 왕실 어른 모시는 예법으로 상궁을 대문까지 배웅하였다.

상궁은 궐에 들어오자마자 서소문 집에 갈 채비를 하였다.

"마마님. 날이 어두웠는데 본가에 또 가십니까?"

옥금이가 의아한 얼굴로 상궁을 바라보았다.

"어둡기에 가는 것이니라."

"예? 예에!"

옥금이는 더는 묻지 않았다. 마마님이 그리하신다면 그리하는 것이다. 다 뜻이 있는 것이다. 생각시 시절부터 큰애를 친언니처럼 따랐다. 언니 말을 듣고서 잘못된 일은 없었다. 언니가 약조하고서 지키지 않은 적도 없었고 한 번 다툰 적도 없었다. 늘 양보해 주고 항상 편들어 주었다. 차갑고 무섭기만 한 궐에서 언니가 있어 견딜만하였다. 전생의 친자매가 궐에서 다시 만난 것이리라, 옥금은 그리 믿는다.

가마 두 채가 어두운 밤거리를 잰걸음으로 지나간다. 빠끔 열린 작은 문틈으로 한 여인이 밤거리를 내다보고 있다. 거사 길을 연습하고 있는 엄 상궁이다. 잘 아는 길이라도 밤에는 달리 보일 수가 있다. 밤의 거리에서 일어나는 일들도 미리 숙지해 두어야 한다.

그렇게 매일 밤마다 내리 세 번을 연습하고서야 상궁은 결단을 내렸다.

임금은 낮것상을 드는 둥 마는 둥 하고 집옥재로 나섰다.

임금이 집옥재로 나서실 때는 아무도 따라나서지 못한다. 서책 읽고 공부하는 유일한 혼자만의 시간이다. 조금 전, 엄 상궁이 비밀 쪽지를 올렸다. 그것은 낮것상 다과 쟁반 밑에 빼꼼히 숨어있었다.

조그만 서찰만 달랑 올리고 엄 상궁은 또 가마를 타고 나갔다. 오늘은 그 연유緣由를 들을 수 있으려나.

+

엄 상궁이 나무향 진하게 풍기는 집옥재 마루방으로 들어섰다.

임금은 아직 오지 않으셨다. 서양식 전등은 불을 켜지 않았고 실내는 창호지 대신 유리를 끼운 창으로 넘어가는 햇빛이 들어와 희미하게 밝다. 상궁은 서재의 책들을 건성건성 구경하며 임금을 기다렸다. 서양 기계에 관한 책, 과학, 지리, 천문학, 서양의 군사학, 청나라 실학서...상궁은 기계서적을 뽑아 펼쳐보았다. 뱀처럼 길고 큰 기계 그림이 눈에 들어온다. 밑에 한자로 된 주석을 보니 '화륜거火輪車(기차). 탈것으로 철로 위를 달리는 운송수단'이라고 쓰여있다.

"올라오너라."

폐하의 목소리! 상궁이 사방을 둘러보았다.

"계단이 보이느냐?"

마루방 한구석에 계단이 있었다. 처음 보는 것이다.

"예, 보이옵니다. 올라가옵니다."

높은 천정 한 곳에 다락이 있는 줄은 몰랐다.

얼마나 많은 책들이 쌓여 있는지! 책 더미 안쪽에서 밝은 빛이 새어 나온다.

"들어오너라."

상궁은 어리둥절한 채 책더미의 열린 곳으로 들어갔다.

작은 동굴이었다. 임금은 책더미에 둘러싸인 채 자그마한 서안을 앞에 두고 보료 위에 앉아 계셨다. 서안 위 갓 쓴 전등의 노란빛이 따스해 보인다.

"다락이 있는 줄은 몰랐사옵니다."

"창덕궁 별궁을 옮겨와 지을 때 과인이 만들었다. 책 창고로 지었으나 이따금 과인이 쓴다."

'폐하께서 숨 쉬러 오시는 비밀의 방이구나.' 상궁은 속으로 생각하며 서안 앞에 앉았다.

임금이 낮것상에 올라왔던 쪽지를 서안 위에 올려놓았다.

"예, 마마. 말씀 올리겠나이다."

"춘당대에서 궐 밖으로 나가는 방법을 강구한다, 하였다."

"오늘 올릴 말씀이 바로 그것이옵니다."

"방법을 찾았단 말이냐?"

"여러 번 시연도 하여 확신을 얻었사옵니다."

"오, 그러하냐. 들어보자."

"춘생문 거사의 실패는 밀고 때문이지 경계가 허술해서가
아니옵니다. 헌데도 친일 세력은 지난번 일을 교훈 삼아 경계
를 더욱 강화했사옵니다. 하여, 이번 거사는 스스로 안에서
문을 열게 하는 전술이어야 할 것이옵니다."

"그야 이를 말이냐. 안에서 문을 열게 한다! 말처럼 쉽겠느
냐?"

"폐하께서도 들으셨겠지만 소인네가 감히 궐 안에서 가마
를 타고 다녔사옵니다."

"곡절이 있으려니 하였다."

"그러하옵니다. 소인네가 가마 타고 궁 밖 출입을 할 때마
다 수문병들이 일일이 가마 문을 열고 얼굴을 안으로 들이밀
고 확인하지 않겠사옵니까."

상궁은 그동안의 일을 낱낱이 고하였다. '궐 안에서 가마
타고 다니기'로부터 수문병들에게 '행하 뿌리기'로 궐문 빗장
을 헐겁게 해 놓은 일, 국숫집 주인을 통한 '이범진과의 서신
교류' 등…

묵묵히 듣고 계시던 임금이 갑자기 하문하셨다.

"이범진에게 서신이 왔느냐? 보자!"

"태웠사옵니다."

"어찌 과인이 보기도 전에 그리하였단 말이냐?"

"암송하여 아뢰겠나이다."

"상궁!"

"이전에 봇짐장수 이용익도 대전 마마 면전에서 직접 암송하지 않았나이까?"

"들키면 다 죽으니 그리한 것이지."

"이것은 그것보다 더 위험하고 더 중요하여 그리하였사옵니다."

"알았다. 암송해 보거라."

"'인천에 정박 중인 아라사 군함의 대포 한 문. 수병 일백이십 명. 식량과 탄약을 지니고 입경入京하여 아라사 공사관에 들어오도록 조치 완료.' 이상이옵니다, 마마."

임금이 고개를 끄덕이었다.

"밖의 준비는 그만하면 되었다. 안에서는 어찌하려느냐?"

"위장 전술이옵니다."

"들어보자."

"대전 마마, 대군주폐하. 소인네를 믿으시옵니까?"

"어찌 그러느냐?"

"믿으시옵니까?"

"믿지 않으면 어찌 너와 거사를 도모하겠느냐."

"무엄한 말씀 올리겠나이다. 대전 마마를 궁녀 가마에 모실 것이옵니다. 무례를 용서하옵소서."

"그럼 연輦(임금의 가마)을 타고 나가겠느냐."

"가마꾼으로는 전에 함께 수련한 절의 도반들을 훈련시켜 놓았사옵니다. 힘 좋고 무술에 뛰어난 자들로 믿고 맡길 수 있사옵니다."

"잘하였다. 승병이라니 안심이 되는구나."

"아라사 공관까지는 가마 두 채로 이동하옵니다. 한 채에는 대전 마마를 모시고 다른 한 채에는 왕태자 전하를 모시옵니다."

"엄 상궁 너는 어찌하려느냐?"

"대전 마마와 한 채에 앉아 한 데 가옵니다. 뒷가마에는 왕태자 전하를 모시고 박 나인이 한 데 가옵니다."

"계속하라."

"호위 병사는...한 명도 없사옵니다."

"궁녀의 가마에 무슨 병사가 따르겠느냐. 헌데, 상궁의 말에 어폐가 있구나."

꾸짖는 말씀에 상궁의 얼굴이 굳었다.

"승병은 병사가 아니라더냐."

"마마. 놀랐사옵니다."

“웃자고 하는 얘기다. 계속하여라.”

“하옵고...”

“말하라. 상궁 가마도 타는데 예서 더한 것이 있겠느냐?”

“...”

“무얼 그리 망설이느냐?”

“혹여 순라꾼이 가마를 열어볼 때를 대비하여야 하옵니다.”

“그럴 수도 있느니라. 탈바가지라도 쓰랴?”

“그것이 아니옵고...”

“그럼 무엇이냐?”

“...여인네들이 쓰는 장옷을...”

상궁은 더는 말을 잇지 못하고 서안 아래 납작 엎드렸다.

“황공하옵니다 황공하옵니다, 대전 마마.”

침묵이 흘렀다.

상궁은 후회하였다. ‘그래, 폐하께 아녀자 장옷은 무엄하지’ 그리 생각하다가도 ‘장옷이 문제인가. 그보다 더한 것이라도 해야지.’ 그래도 그리 말씀 올릴 수는 없다. 그렇다고 이대로 물러설 수도 없다. 하긴, 들킬경우 장옷 썼다고 관원이 임금을 못 알아보겠는가. 장옷은 그만두자. 상궁이 마음을 굳혔다. 폐하는 변장 없이 가신다!

“가마가 묘책이 될 만하다.”

임금이 먼저 말씀하셨다.

"그리 하자!"

상궁이 얼굴을 들고 임금을 바라보았다.

"그리하자 하였다."

"폐하! 믿어주시는 은혜, 뼈에 새기옵니다! 신명身命을 바치겠나이다!"

"거사는 이번이 마지막이다. 더는 할 수 없다. 한 치의 오차도 있어서는 아니 될 것이다."

"호랑이 등에 타고 궐문을 훌쩍 뛰어넘겠사옵니다!"

"말만 들어도 숨이 쉬어지는구나."

임금이 덥석 상궁의 손을 잡았다. 서안 위 갓등이 흔들렸다. 책더미에 드리운 두 그림자가 일렁인다.

"너는 마른 논에 흘러드는 물 같구나."

임금이 서안을 밀치고 상궁을 당겨 안았다. 두 그림자가 하나 되어 보료 위로 쓰러졌다. 상궁은 임금의 어깨 너머로 노란 갓등 빛이 커다란 책에 스미는 모습을 바라보았다. '지구설략 地球說略. 저 책에서 축국공 같이 생긴 지구를 보았지...새벽녘까지 빛나는 샛별도 보고...긴 꼬리 살별도 보았어...'

노란빛에 둘러싸인 책더미 동굴 안은 아득히 먼 어느 별인가. 엿보는 눈도 엿듣는 귀도 없는...대전 마마와 단 둘이만 있는 아무도 모르는 별...

하늘은 묽게 탄 먹빛으로 무겁다. 동이 트려면 아직 멀어 눈앞 분간도 어렵게 어둡다. 궐문 주변만 횃불들로 휘황하게 밝다. 저 안 어디선가 발소리가 다가오고 있다.

"이봐, 이봐. 엄 상궁 마마님 오시네."

'엄 상궁' 그 한마디에 졸고 있던 수문병들의 잠이 확 깼다.

어둠 속에서 가마 두 채가 모습을 드러냈다.

"행하가 오시는구먼. 얼시구 절시구 조오타!"

"거 참. 입에 침이나 닦지않구서는."

"엄 상궁 덕분에 매일이 잔칫날이야. 어깨춤이 절로 난단 말이지."

가마가 불빛 안으로 들어오자 모두 입을 다물었다. 근처의 수문병들이 우르르 가마 곁으로 몰려들었다.

"엄 상궁 마마님 출입이시오!"

앞 가마의 훤칠한 가마꾼이 큰 소리로 외치고는 여느 때와 다름없이 출입패와 묵직한 엽전 꾸러미를 내밀었다. 수문병 몇이 다가와 출입패는 보는 둥 마는 둥 엽전 꾸러미를 받아들었다. 그중 하나가 궐문 빗장 앞에 서 있는 수문병에게 소리쳤다.

"엄 상궁 마마님의 출입이시다! 궐문을 열어라!"

둔탁한 소리를 내며 궐문이 열렸다.

가마 두 채가 어둠 속으로 스며들어 빠르게 사라졌다.

여명 직전의 도성은 옅은 어둠에 덮여 흡사 안개에 갇힌 듯 보인다. 매서운 새벽 공기는 헉헉 숨을 몰아쉬는 가마꾼들의 땀방울까지 얼어 붙일 기세다. 양력으로는 2월이지만 아직 정월이다. 가마꾼들은 혹시나 발소리가 날까 조심조심 걸음을 옮긴다. 몇 번이나 연습했기 망정이지 인적 드문 후미진 길은 주변이 나무들로 둘러싸여 자칫 길을 잃기 십상이다. 간혹 부엉이라도 울면 가마 안팎에서 모두 소스라치게 놀라 숨죽이곤 했다.

쿵, 가마가 크게 흔들렸다.

상궁이 재빨리 치마 속 환도環刀 손잡이를 움켜잡았다. 이제껏 가마가 이리 흔들린 적은 없었다. 무슨 일이 생겼나 보다. 상궁은 온 신경을 곤두세워 밖의 소리에 귀 기울인다. 가마꾼들의 거친 숨소리뿐 아무 소리도 들리지 않는다. 가마는 다시 아무 일 없이 간다.

그제야 상궁이 큰 숨을 내쉬며 칼에서 손을 거두었다. 아마 큰 돌부리나 땅 위로 나온 나무뿌리에 걸렸었던가 보다. 웬만한 일이 아니고서는 밖에서도 안에서도 말은 하지 않기로 했다. 웬만한 일 그러니까 큰일이 닥치면 앞 가마꾼이 가마 문틀을 똑똑 두드려 안에서 준비할 수 있도록 약조했다.

상궁은 환도에서 손을 떼고 임금을 돌아보았다. 어두워 잘 보이지는 않지만 솜 둔 하얀 무명 바지, 저고리에 장옷을 걸친 임금의 모습이 어렴풋이 잡혔다. 임금이 상궁의 어깨에 손을 얹고 꽉 쥐었다가 놓았다. 아마도 '과인은 괜찮다' 그런 뜻이리라. 어쩌면 '너무 놀라지 말거라' 염려해 주시는 뜻일지도 모른다. 상궁은 그 경황에도 가슴이 뛰고 얼굴이 달아오름을 느꼈다. 환도는 일이 생기면 쓸 요량으로 준비했다. 칼집 고리에 달린 장식용 비단술은 떼어버렸다.

이후로도 간간이 가마꾼이 무엇엔가 걸려서 가마가 기우뚱거리곤 했다. 그럴 때마다 가마 안 임금과 상궁의 심장도 쿵! 쿵! 내려앉았다.

사방은 고요하고 간간이 마른 나뭇가지 스치는 겨울바람 소리만 들린다. 이따금 마른풀 밟는 소리가 들리기도 한다. 그때마다 상궁은 머리가 쭈뼛해졌다. 대군주가 사라진 것을 알고 쫓아오는 일본군의 군홧발 소리인가? 궁에서 벌써 눈치를 채고 가마를 뒤쫓고 있나? 친일 내각의 끄나풀 자객의 발소리인가? 조금만 이상한 소리가 들려도 온몸이 오그라드는 것 같았다.

상궁은 시간을 셈해보았다. 밤길에 경복궁 서문에서 정동

아라사 공사관까지 연습한 대로는 반 시진(한시간) 조금 안
되는 삼 각(45분) 남짓이다. 그리 계산하면 이제 거의 다 와
가고 있을 게다. 가마도 안정적인 속도로 가고 있다. 거친 길
을 벗어나 인가 가까이 왔다는 뜻이다. 조금만 더 가면 아라
사 공관이 있는 정동 언덕마루에 닿을 것이다.

가마가 섰다. 아주 조금씩 움직여서 울퉁불퉁한 길로 들어
서더니 다시 섰다. 아주 조심스럽게 가마가 땅에 내려앉았다.
'무슨 일인가?' 상궁은 가마 옆문 틈에 귀를 댔다. 그리 멀지
않은 곳에서 무슨 소리가 들려온다. 두런두런 사람의 말소리
같다. 다 와서 사람과 맞닥뜨리다니. 상궁은 숨이 막히는 듯
한 공포에 몸이 굳었다.

똑. 똑.

앞 가마꾼이 가만히 가마 앞문을 두드렸다.

상궁이 치마 속 환도의 손잡이를 잡았다.

말소리가 가까워진다. 사내들이다. 낄낄 웃는 소리도 들리
고, 걸음걸이에 맞춰 딱딱 무엇이 부딪치는 소리도 들린다.

'순라군이다!'

밤새 도성을 돌며 딱딱이 치는 순라군의 그 딱딱이가 걸을
때마다 부딪히는 소리다. 이제 들키는 건 시간문제다. 상궁
은 마른침을 꿀꺽 삼켰다. 앞으로 일어날 일이 번개처럼 등
골을 훑고 내려갔다. 칼을 잡은 손에서 진땀이 난다. 궐 안

에서 서문 영추문까지 움직일 때도 얼마나 가슴을 졸였던가. 아무리 궁 안에서라지만 임금과 세자의 새벽 거둥은 아라사 공관 길만큼이나 멀다. 이제 정동 고갯마루를 코앞에 두고 순라군들과 맞닥뜨리다니. 상궁은 숨을 크게 쉬고 가마꾼의 두 번째 신호를 기다렸다. 소리가 세 번 나면 가마 문을 열고 튀어나간다. 결전이다!

꽥 꽤에엑!

상궁은 소스라치게 놀랐다. 난데없는 괴성이 새벽 공기를 찢고 튀어 올랐다.

이제 그녀는 상체를 들다시피 하고 당장이라도 가마 문을 열고 나갈 기세로 대기했다. 똑. 똑. 똑. 소리가 세 번 나면 박차고 뛰쳐나갈 참이다. 밖에서는 때리고 고함치고 괴성을 지르고...여러 소리들이 뒤엉켜 기괴하고 무섭다. 괴성의 정체는 알 수가 없다. 그 소란 속에서 가마는 미동도 없다.

갑자기 뚝 소리가 그쳤다. 무엇인가 죽어가는 비명 소리가 길게 들린다.

"빌어먹을 놈의 족제비. 애 떨어질 뻔했구먼."

"일석이조 아닌가. 족제비 털에다가 닭 한 마리가 어디야."

"족제비가 한 이레는 굶었는가 봐. 죽을 때까지도 닭 모가 지를 놓지를 않대."

...족제비 털이...비싼가...암만...못해두...

순라군들이 지껄이는 소리가 점점 멀어지고 있었다.

상궁이 털썩 주저앉았다. 땀 찬 손바닥을 곁막이에 문질렀다.

가마가 가만히 일어났다. 무슨 일이 있었느냐는 듯 사뿐사뿐 걷기 시작한다.

상궁의 옆구리에 임금의 무릎이 닿아 있었다. 그 무릎을 가만히 어루만졌다.

‘폐하, 되었사옵니다! 되었사옵니다! 안심하소서! 이제 다 와 가옵니다!’

임금도 무릎에 와 있는 상궁의 손을 쓰다듬기도 하고 꽉 쥐기도 하면서 마음을 나누었다.

‘그래, 알았다. 과인은 괜찮다. 많이 놀랐겠구나.’

상궁은 숨을 고르면서 생각한다. 새벽 잠행 길에 순라군과 마주칠 경우를 염두에 두기는 했어도 정말로 마주칠 줄은 몰랐다. 순라군, 수문병 등 하급 관료들이 이렇게 오금 저리게 무서운 관원일 줄은 몰랐다.

족제비! 겨울철에 먹이가 없어 인가로 내려와 닭을 훔쳐가던 길이었겠지. 족제비 한 마리가 폐하와 조선과 우리네 생명의 은인이 될 줄 누가 알았겠는가. 이는 진정 종묘에 모신 역대 임금님들의 보살핌이 아니고 무엇이랴! 상궁의 눈에서 하염없이 눈물이 흘러내렸다.

가마가 사뿐 내려앉았다. 앞문이 열렸다.

"폐하! 폐하! ..."

이범진이 가마에서 내리는 임금을 부축하며 흐느껴 울었다. 이번 거사를 주도한 이범진이니만큼 가마가 아관에 도착하기까지 얼마나 애간장을 태웠을지 그 속을 짐작하고도 남을 일이었다. 아라사 공사 베베르Weber가 정중하게 허리를 굽혀 폐하를 맞았다. 뒤에 섰던 이완용, 이윤용이 눈물을 글썽이며 임금께 깊이 절하였다. 임금께서는 맞이하는 이들의 손을 잡고 일일이 눈을 맞추며 고개를 끄덕이셨다. 왕태자 전하가 부왕의 뒤를 따랐다.

여태도 땀을 흘리며 숨을 고르는 가마꾼들이 언 땅에 엎드려 있었다. 엄 상궁이 가마꾼들 앞에 섰다. 그제야 가마꾼들이 일어나 상궁에게 깊이 절하였다. 상궁이 눈물 가득한 얼굴로 가마꾼들을 그윽이 바라보니 도반들이 정중히 합장하였다.

6. 대한제국의 탄생

임금이 아라사 공관에 첫발을 들인 이후 정국은 요동치기 시작했다. 일반 백성들의 소견에도 친일 세력이 몰락하고 친러 세력이 득세할 것이 훤히 보였다. 역시나 임금은 김홍집 친일 내각을 해산하라는 조칙을 내리고 대신들을 전면 교체했다. 곧이어 을묘왜변 관련자들을 역적으로 규정하고 체포령을 내려 이범래, 이진호 등 친일파는 처형하거나 귀양 보낸다는 교서가 떨어졌다. 일본의 압력으로 강제 시행되었던 모든 개혁안을 중단하고 백성들의 불만이 폭동으로까지 비화된 단발령도 폐지하였다. 팔도 고을의 장터와 관아의 정문, 큰길 사거리, 주요 나루터 등 사람들이 많이 모이는 곳곳마다 방이 붙었다.

알외는 말슴

백셩들아, 귀 강(가져) 듣고 눈 뻐 자세히 보라
나라님 命이시다

ᄒ나 지난 을미년에 강제로 ᄒ엿던 단발령斷髮令은
백성들의 전통傳統과 도리道理를 ᄒ치는 악법惡
法이니 이제부터 즉시로 이 명命을 거두고 폐지廢
止ᄒ노라

둘 모든 백성들은 다시 예전과 갓치 상투를 틀고 망건
網巾을 쓸지어다
부모님씌 받은 그대로 소중히 지키고, 누가 와서
억지로 머리털을 훼손毀損 ᄒ려 ᄒ거든 이 방榜의
뜻을 일러 지키라

셋 을미년 화변에 나라의 어머니國母를 ᄒ害친 그 불
상ᄒ 일로 온 백성을 눈물짓게 ᄒ엿으니 이는 하
늘이 노ᄒ시는 일이요 땅도 슬퍼ᄒ눈 일이로다
나라를 어지럽힌 역적逆賊 김홍집金弘集 유길준
兪吉濬 어윤중魚允中 등 뎌들을 보면 감히 도逃
망치게 ᄒ지 말고 즉시 잡아서 관가에 바치라
팔도八道 관찰사觀察使와 수령守令들은 뎌들을
즉시 칙포逮捕ᄒ야 나라 법대로 처결處決ᄒ라
만일 이 역적들을 돕거나 ᄆ음을 ᄒ가지로 ᄒ눈
ᄌ는 곳흔 죄罪로 ᄃ스릴 것이니 명심銘心ᄒ라

건양 원년 이월 이십구일 의정부議政府 알외눈 바

임금은 급박한 정치 문제를 처결하는 한편, '날이 밝는 대로 왕태후마마와 왕태자빈을 서궁西宮 경운궁으로 이어하여 모시라' 명하였다. 경복궁에 남아있던 왕족으로는 헌종의 계비 왕태후 홍 씨와 왕태자빈 민 씨뿐이었는데 이들을 아라사 공관 옆 경운궁에 이어함으로써 임금이 수시로 찾아가 돌볼 수 있게 하였다.

경복궁에 덩그라니 남은 궁인들은 일손을 놓고 모여서 수군거렸다.

"아관에서 어명이 내려와 있다, 합디다."

"무슨 어명이랍디까?"

"왕태후 마마와 왕태자빈 마마를 서궁으로 이어하여 모시라는 명이랍디다."

어명에 따라 두 분 마마는 황급히 궁을 떠났다. 이로써 270여 년 만에 복원한 경복궁은 또다시 임금 없는 빈 궁궐이 되고 말았다.

나만의 방

여기가 어디인가? 내가 죽어 다른 세상에 와 있나?

엄 상궁은 꽃무늬 가득한 비단 벽지를 손으로 조심스레 쓸어보았다. 왕비만이 입을 수 있는 자디(자주색) 치마와 같은 자주색 비단이다. 방바닥의 폭신한 깔개에도 당초문 같은 화려한 무늬가 눈이 어지럽게 펼쳐져 있다. 상궁은 진땀으로 축축해진 버선을 벗고 맨발바닥으로 가만히 쓸어본다. 폭신하면서도 약간 까슬거린다. 아마도 짐승의 털로 직조한 깔개인 듯하다.

불과 이 각(30분) 전만 해도 어둡고 거친 길을 숨죽이며 달려왔다. 그 와중에 새벽길에서 순라군을 맞닥뜨려 생사의 기로에 섰던 그 일이 꿈인가, 지금이 꿈인가, 아직도 실감이 나지 않는다. 상궁은 자신이 앉은 반들거리는 의자 손잡이의 정교한 조각도 만져보고 드높은 천장에 매달린 휘황한 전등도 바라보며 "이 아름다운 방이 내 방이다! 나 혼자 쓰는 진짜 내방이다!" 소리 내어 자기 귀에 들리게 하였다.

궁중에서 독방을 가진다는 것은 신분과 지위를 나타내는 척도라 할 수 있다. '독방'은 아무나 가질 수 없는 특권이다. 왕을 비롯한 왕비, 왕세자, 세자빈 등 직계 왕족들은 각자의 처소가 있다. 상궁 중에서도 독방을 배정받는 이들이 있는데 제조상궁, 부제조상궁 그리고 왕과 왕비를 직접 모시는 지밀상궁과 왕자나 공주를 돌보는 보모 상궁 정도이다.

아라사 공관이 조선 임금 일행에게 제공한 방은 네 개뿐이었다. 임금께서 네 방의 용도를 직접 배정하셨다. 임금이 거실로 쓰실 어소御所, 임금의 침실인 침소, 엄 상궁의 처소, 시중드는 궁녀들의 공동 거소, 왕태자의 처소…는 없었다. 가장 크고 화려한 어소는 새 내각의 대신들을 맞고 외국 사신들을 접견하는 장소이지만 방이 없는 왕태자의 처소를 겸했다. 아무리 망명 중이지만 폐하께서 왕태자를 제치고 보잘것없는 한갓 궁녀인 엄 상궁을 융숭히 대접하셨다. 말씀은 안 하시지만 '과인이 너를 각별하게 아낀다'는 어심御心의 표현일 것이다. 엄 상궁은 군주가 자신을 알아주시는 지우지은知遇之恩의 은혜에 뜨거운 눈물을 흘렸다.

별이 된 사람들

입춘도 지난 이월 하순이건만 동장군은 물러날 기색 없다. 엄 상궁은 오슬오슬 한기를 느끼며 폐하께 올릴 식혜를 들고 어두침침한 복도를 재게 걸어간다. 밖으로 밀어서 열게 되어 있는 유리창을 지날 때는 버릇처럼 걸음이 멈추어졌다. 이곳 아관은 원래 왕실 정원인 상림원이 있던 곳으로 정동에서 가장 지대가 높다. 이 창에 서면 도성이 환히 내려다보여 오며 가며 공사 중인 경운궁을 바라보곤 한다.

지금 도성은 불빛 한 점 없이 캄캄하고 그 위 하늘은 소금을 흩뿌려놓은 듯 온통 반짝이는 별 밭이다. 사람이 죽으면 별이 된다지. 그래서 저렇게 별이 많은 게야. 폐하도 이 몸도 무수한 별 중에 하나가 될 뻔하였구나! 내가 살아서 저 별들을 보는구나! 상궁은 울컥한 마음을 진정하고 폐하의 침소로 향했다.

무거운 나무문이 둔한 소리와 함께 열렸다. 왈칵, 불빛이 복도로 쏟아졌다. 상궁은 조심히 문을 닫고 안으로 들어섰다. 폐하는 여태도 책상에 앉아계셨다. 저 덮개 달린 책상은 안에 작은 서랍이 있어서 붓이며 벼루 등을 넣어둘 수 있다. 일이 끝나면 아무도 손 못 대게 덮개를 덮고 자물쇠를 채울 수도 있다. 이 아관에서 가장 탐나는 물건이다.

"전하, 아직도 끝나지 않았사옵니까?"

책상 위에 놓인 문서를 멍하니 보고 있던 임금이 깨어나듯 말씀하셨다.

"춘생문 거사 실패로 죽어간 그들의 비명이 들리는 것 같구나. 나라를 바로 세우려던 충신들이 오히려 역적으로 몰려 죽었다. 그들 중 누구 하나 제 몸 살겠다고 임금을 입에 올리지 않았다. 과인은 그들 등 뒤에서 아무것도 할 수 없었다, 하지 않았다."

엄 상궁은 감히 임금의 자책에 동조하거나 위로랍시고 함부로 입을 뗄 수 없었다. 그만큼 무거운 말씀이었다.

"허나, 이제는 아니다. 더는 아니다. 임최수, 이도철...이름 없는 수많은 이들...그들의 충심이, 나라를 지키려 쏟은 피가 과인의 가슴속에서 타오른다."

"전하, 참된 충정을 알아주시니 저 하늘의 영혼들도 기뻐할 것이옵니다."

"과인은 일본의 억압에서 벗어나자마자 제일 먼저 행하고자 한 책무가 있었다. 춘생문 거사 관련자들의 죄를 벗겨주고 신원해 주는 것이다. 자, 보아라. 내일 관보에 실을 조칙이다."

"전하. 너무도 기쁘고 감격스럽사옵니다. 영혼들과 그들의 식구들은 물론 팔도 온 백성들이 전하의 은덕에 감읍할 것이옵니다."

"은덕이랄 것이 무에 있느냐. 당연지사인 것을."

"이는 전하 스스로 춘생문 거사의 정당성을 인정한 것이 되옵니다. 일본의 압박에서 벗어나 자주적으로 국정을 운영하겠노라! 의지를 천명하신 상징적인 조치로 받아들여질 것이옵니다."

"이곳 정동의 외국 공사관들이 말이냐?"

"예, 전하. 아직 수교 맺지 않은 세계 여러 나라들도 전하를 그리 인정할 것이옵니다."

"상궁의 말이 맞다. 과인의 심중에도 그런 뜻이 있었지 싶다."

"그렇사옵니다, 전하."

"취소하겠다."

"예에? 아니되옵니다, 전하! 절대 아니되옵니다. 명 거두어주옵소서!"

"아니된다. 이전에 너에게 교언영색이라 한 말을 취소한다."

"전하! 놀랐사옵니다."

"상궁은 할 말을 다 하면서도 과인을 알아주고 높여주는 지혜가 있구나. 어찌 이런 보물이 내게 왔을고. 너는 참으로 아름다운 여인이다."

임금은 2월 20일에 칙령을 내렸다.

아관으로 망명한 지 아흐레 만이었고, 임최수 등이 처형된 날로부터는 43일 만이었다.

그리고 4월에는 두 사람에게 '충민공'이란 시호를 내리면서 특별히 벼슬을 올려주어 추증하였다. 임최수에게는 정2품 내부 협판을, 이도철에게는 정2품 군부 협판을 추증했다. 다시 2년 뒤에는 그 자손들에게 벼슬을 내려 그들의 충성을 기렸다.

한성, 불결한 도시에서 청결한 도시로

1896년 9월 24일. 임금은 내각을 의정부로 바꾸고 모든 국정을 직접 주관하는 체제로 만들었다. 따라서 그에 걸맞은 왕궁과 왕도를 새로이 건설할 필요가 있었다. 그 준비의 하나로 역대 왕의 어진을 모신 진전眞殿을 경복궁에서 경운궁 별전으로 옮기도록 했다. 이때 시해당한 민 왕후의 관이 있는 빈전殯殿도 함께 했다. 이는 앞으로 경운궁을 본궁으로 삼겠다는 뜻이었다. 국왕의 도시 개조 사업은 1896년 9월 30일 한성의 '도시 개조' 준칙에 해당하는 내부령 제9호로 발표되었다.

"전하. 길이 넓어지면 한성이 번듯해지겠나이다."

엄 상궁이 전하가 보고 계시는 한성지도를 들여다보며 말씀 올렸다.

"번듯할 뿐이냐. 길 양쪽에 개골창(도랑)을 만들어 여염에서 버리는 허드렛물이 흘러가도록 하고, 쓰레기도 함부로 버리지 못하도록 법령을 내릴 것이다. 도성이 깨끗해지면 콜레라 같은 역병도 줄어들 것이 아니냐."

"그리되면 길도 깨끗해지고 돌림병도 줄고 정말 좋겠사옵니다. 전하, 지도의 선들은 다 무엇이옵니까? 길이옵니까?"

"옳게 보았다. 경운궁을 중심으로 우산살처럼 여러 갈래로 길을 내려 한다."

"꼬불꼬불한 길이 쭉 뻗으면 걸어 다니기도 좋겠사옵니다."

"힘들게 걸어 다니지 않아도 된다. 머지않아 큰길에 철마(기차)가 다니게 할 것이다."

"전하! 뽕나무밭이 변하여 푸른 바다가 된다는 '상전벽해'

가 실감되옵니다.”

“그렇구말구.”

“전하, 이 큰 역사의 실무자로 누구를 염두에 두고 계시옵니까?”

“이채연이 주미공사 박정양을 따라 미국에 가서 시정을 익힌 경험이 있다. 감당할 만하지 싶어 이채연을 한성부 판윤에 임명하려 한다.”

“적절하오신 인사라 사려 되옵니다. 하온데...”

“이채연에게 꺼려지는 점이라도 있느냐?”

“아니옵니다. 도성에 길도 내고 경운궁에 새 전각들도 짓고 그리하면...재정이 많이 들것이온데...”

“바로 보았다. 재정이 문제이지. 그래서 과인이 생각해 둔 바가 있다.”

“무엇이옵니까?”

“관리들의 부정 축재가 나라의 재정을 위태롭게 하고 있음을 안다. 그간 세무 업무에 많은 실적을 올린 인물을 탁지부에 붙여두려 한다.”

“특별히 신임하시는 관원이라도 있으시옵니까?”

“그리 묻는 것을 보니 상궁도 따로 생각해 둔 사람이 있는 게로구나. 과인이 모르는 청렴한 인재가 있으면 추천해 보거라.”

"…"

"재정은 중차대한 문제이다. 네 생각도 들어보자."

"외국사람이온데…"

"괜찮다. 말해보거라."

"영길리(영국) 사람 부로운Mcleavy Brown이 청렴하다 들었사옵니다. 소인네가 따로 알아본 바로도 믿을만한 인물로 판단되옵니다."

"과인이 알아본 바로도 그러하다. 그간 부로운이 세무 업무에서 많은 실적을 올리고 있었더구나. 부정 축재를 일삼는 대신들보다야 외국인이지만 정직한 부로운을 탁지부 고문관 겸 총 세무사로 임명하려 한다. 탁지부의 예산 입출은 반드시 고문관 부로운의 결재를 거치도록 아예 조칙을 내려 시행케 할 것이다."

"탁월한 묘안이시옵니다."

"네 소견에도 그러하냐."

"전하는 참으로 이상하시옵니다."

"무엇이 말이냐?"

"옛말에 '지혜롭되 날카롭지 않고 온유하되 무르지 않기가 어렵다' 하였는데 전하께서는 지혜와 덕을 모두 지니시었으니 옛말이 틀렸지 않사옵니까."

"과인이 지덕겸비智德兼備라면 너는 교언영색巧言令色인 게

맞았구나. 예전의 취소를 취소한다.”

“마마! 아첨이 아니옵니다.”

“부러 해본 소리다.”

상궁이 삐쳐서 돌아앉는다.

“농이라지 않느냐.”

“…”

“과인을 보거라.”

“…”

“어찌해야 맘을 풀겠느냐?”

“소인네에게 새로 짓고 있는 경운궁에 멋진 서양식 처소를 마련해주시겠사옵니까?”

“그러자꾸나.”

“이 아관의 처소보다 더 크고 더 화려해야 하옵니다?”

“알았다.”

그제야 상궁이 돌아앉아 임금을 바라보았다.

“약조하시었사옵니다?”

“알았대두 그런다. 다시는 돌아앉지 말거라. 과인에게 뒷모습을 보이지 말아라. 캄캄한 가마 안이 떠올라 가슴이 답답하고...숨이 쉬어지지 않는다.”

임금이 숨을 몰아쉬었다.

상궁이 임금을 안고 등을 어루만져주었다.

"안심하소서...소인 마마 곁에 있사옵니다...다 잘 되었사옵
니다...안심하옵소서 안심하옵소서..."

임금의 숨소리가 차츰 잦아들기 시작한다.

두 사람은 서로를 의지한 채 둘이 겪은, 둘만이 아는 악몽
을 견디었다.

"이 너비아니는 누가 구웠느냐?"

수라상을 받은 임금이 하문하셨다.

"...소, 소인...이옵니다."

박 나인이 임금 곁에 앉은 엄 상궁의 눈치를 보며 얼버무렸
다.

"그리 몸조심하라 일렀건마는. 상궁이 또 그리하면 박 나
인 너에게 죄를 물을 것이다."

"망극하옵니다. 명일부터는 마마님께 앉아서 소인 일하는
것을 '감하시라' 그리 여쭙고 행하겠사옵니다."

"그리하라."

엄 상궁이 옥금이에게 물러가라 손짓했다.

"자네는 지금 홀몸이 아니지 않은가. 어찌 그리 겁이 없
어."

"조심하고 있사옵니다. 어서 진어하시옵소서."

임금이 너비아니 한 점을 상궁의 밥 위에 얹어주었다.

"입덧도 아니 하고 기특하구나. 이것은 자네가 아니라 태중 아기에게 주는 것이다."

"예, 마마. 뱃속에서 아기시가 기둘리옵니다."

"오호, 그러하냐. 많이 먹고 건강하게 나오너라. 자네도 많이 들게."

임금은 엄 상궁이 포태하였다는 말을 듣고부터 허우체를 쓰기 시작하였다. 옥금이도 '보시라' 안 하고 '감鑑하시라' 왕실 웃전께만 올리는 극존칭을 썼다. 임금이 상궁을 그리 대우하니 아관의 조선 사람들 아라사 사람들 모두가 엄 상궁을 왕실의 가족으로 우대하였다.

상궁은 복중에 아기시를 품고 임금 진어하시는 수라를 한데 먹는 이 상황이 꿈만 같았다.

내게 이런 날이 오다니. 여섯 살 어린 생각시로 궐에 들어와 늙어 쓸모없어질 때까지 죽어라 일만 하다가 혼자 죽을 줄 알았지. 내 사주팔자에 관이 있다던가. 여자 사주에서 '관官'은 지아비, 곧 '지아비 복'을 말함인데 궁녀이니 나랏밥 먹는 것으로만 알았구나. 중전 살아계실 적에 그 요망한 진령군이 내 사주에 '관'이 들었다 했지. 반은 맞고 반은 틀렸다. 그냥 '관'이라 하면 안 되지. '관성官星이 청淸하다' 했어야지. 보통 지아비인가. 조선의 임금이 아니냐.

제3의 눈眼

매끈한 대리석의 웅장한 벽난로에서 장작이 활활 타오르고 있다. 불길이 어찌나 센지 한강 물도 꽝꽝 얼리는 조선의 한겨울 추위도 이 방에서는 힘을 못 쓴다. 벽난로 테두리를 장식하는 황금빛 덩굴 사이로 금박 입힌 독수리 조각이 불쑥 튀어나와 장작불이 너울거릴 때마다 눈동자가 불꽃처럼 번득인다. 아관에서 가장 크고 가장 화려한 폐하의 거실御所(어소)에서 압도적으로 눈길을 끄는 벽난로지만 그 곁 벨벳 의자에 앉아 영어책을 보고 있는 한 여인보다는 못하다.

전하를 알현하는 외국 공사들도 통변통역관들도 이따금 그 여인, 엄 상궁을 힐끔거린다. 지금 진행하고 있는 이 어전 회의를 나중에 그녀가 임금께 뭐라 아뢸지 조심스럽기 때문이다. 통변은 엄 상궁 마마님의 한 마디에 목이 날아갈 수도 있음을 알기에 말을 더듬기도 하였다.

엄 상궁은 아라사 공사가 폐하를 알현할 때 따라 들어오는 노어 통변들의 횡포가 심하다는 말을 듣고 있었다. 그중에서도 김홍륙은 학부대신을 거쳐 귀족 원경에까지 오른 안하무인인 자者로 아관에서의 말본새를 보면 기가 찰 정도였다. '상감'을 '당신'이라 하지를 않나 '신臣(신하)'을 '나'라고 하지를 않나, 상궁은 어이가 없었다. 임금은 '그것들이 무엇을 알겠느냐' 말씀하실 뿐이었다.

노어(러시아어) 통변들은 엄 상궁 마마님이 아라사 말을 알아듣지는 못하겠지만 벽난로 옆에 턱 하니 버티고 앉아 있는 것만으로도 압박감을 느꼈다. 더구나 황금빛 테두리의 커다란 거울 속으로 상궁의 치켜뜬 눈과 마주치기라도 하면 심장이 오그라드는 두려움을 느꼈다. 노어 통변이 그러하니 영어 통변이 느끼는 압박감이야 말할 나위도 없다.

"엄 상궁 마마님이 영어를 웬만큼 알아듣는다는구먼."

"보구녀관(여성병원) 세운 그 '메리 스크랜튼' 선교사에게 영어를 배웠다지?"

"보구녀관 여의사 '로제타 홀'이 마마님 진찰하느라 아관에 드나들잖어. 그러니 잘하시겠지."

엄 상궁은 자신이 영어를 잘한다는 소문을 내게 하였다. 실제로 엄 상궁이 임신 중이어서 서양 여의사가 드나들었기에 사람들이 그 말을 믿었다.

엄 상궁은 영어를 알아듣는 듯 자신을 드러내어 통변들에게 '똑바로 하라' 압력을 가함으로써 임금과 나라를 돕는다고 생각하였다. 그녀가 아관에서 임금을 돕는 일이 또 있었다. 때때로 티파티를 열어 외국 공사관 부인들과 교류하다 보면 꽤 쓸만한 이야기가 나오기도 한다. 그렇게 민간 정보력을 발휘하여 임금을 보좌하는 것도 상궁의 보람이었다.

오늘은 이범진, 이완용 등 친러파, 친미파 대신들이 아관에 들었다. 상궁은 외교와 정치 얘기에 가만히 귀 기울였다.

"...전하, 어쩔 수가 없습니다. 보호받고 있는 대가로 노서아가 요구하는대로 이권을 넘겨줄 수밖에 없습니다."

임금은 눈을 감고 대답이 없다.

임금의 고뇌를 대신하여 상궁이 일부러 크게 한숨을 쉬었다.

"전하. 이 일은 얼마간 말미를 두고 결정하시겠다, 그리 이르오리까?"

"그리하자."

"예 전하. 하오면 시민공원 자리로 탑골은 어떻게 생각하시옵니까?"

"탑골은 정조대왕 때 어가가 행렬을 멈추고 백성들로부터 상언을 접수하던 곳이 아니오."

"그렇습니다, 전하. 운종가에 접하는 철물교 앞이니 백성들의 왕래가 많아 시민공원 자리로는 적합하다 사료되옵니다."

"과인의 생각도 그렇소. 도서관 설계도는 나왔소?"

"예, 전하. 여러 나라의 건축가들이 설계안을 내었습니다."

"그래요? 봅시다."

도서관 설계도? 상궁이 귀를 쫑긋 세웠다. 전하께서는 수

옥헌漱玉軒이라 이름부터 지어두고 도서관에 각별히 마음을 쓰고 계신다. 상궁은 얼른 가서 보고 싶은 것을 꾹 참았다. 언제부터인가 시중에서는 '암탉이 울면 집안이 망한다'는 이노우에 공사의 말이 공공연히 떠돌고 있다 들은 까닭이다. 일본 사무라이에 전해 내려오는 말로 임진왜란의 주범 도요토미 히데요시가 후계자에게 남긴 유언이라고 한다. 이노우에 공사는 그 이야기를 의도적으로 퍼뜨려 암암리에 '암탉'이 '민비'라는 암시를 주어 민비를 폄하한 것이었다. 조선에는 원래 그런 말이 없었다. 상궁은 예서 더는 말거리를 주고 싶지 않았다.

논셜: …일본 잇지잇지신문에 말ᄒ기를 아라샤와 일본이 근일에 죠션 일로 인연ᄒ여 담판이 있다는데 담판하는 일인즉 첫째는 조선 대군주 폐하께서 환어하시는 일이라 환어하시는 일은 조선 정부에서도 원하는데 그져 아관에 계시니 독립국 님군이 무론 무슨 일이 있던지 외국 공사관에 가셔서 계시는거는 죠치 안타하고 (…)
(1896년 건양 원년 5월 28일 독립신문 기사 중)

"전하의 안위만 보장된다면 하지 말래도 환어하실 것을…"
엄 상궁이 전하가 보시는 신문을 들여다보며 중얼거렸다.

"아무런 조치 없이 환궁할 수는 없다."

"지당하신 말씀이옵니다. 여론에 떠밀려 환궁하셨다가는 뒤통수 맞은 일본이 어떤 보복을 해올지 생각만 해도 끔찍하옵니다."

"독립협회 논조야 그렇다 쳐도 알만한 대신들까지 '외국의 비호 아래 국정을 운영하는 것이 옳지 않다' 원론적인 말로 과인을 압박하니 심히 답답하구나."

"방책을 먼저 세운 다음에 환궁을 논의하는 것이 대신의 도리 아니옵니까. 아무런 방비도 없이 원리원칙만 내세우는 처사가 무책임하기 이를 데 없사옵니다."

"어디 대신들뿐이냐. 한성에 주재하는 각국 외교관들까지 환궁을 요구하고 나서는 마당이니 문제가 아니냐."

"전하, 그들의 속내는 뻔하옵니다. 아라사 세력이 강대해지는 것이 불리하고, 전하를 알현하려면 아관으로 와야 하니 불편하고, 이는 자기네 국익과 자존심이 걸린 문제이기도 하여 끈질기게 요구할 것이옵니다."

"맞는 말이다. 허나 만인소는 가볍지 않다. 과인이 심히 외롭구나."

만인소!라는 말씀에는 상궁도 얼른 입이 떨어지지 않았다.

만인소萬人疏는 파급력이 크다. 팔도 곳곳에서 올라온 유생들이 연대하여 집단 상소를 올리고 있다.

‘임금이 외국 공사관에 머무르는 것은 나라의 치욕이옵니다. 환궁하소서!’

이에 영향을 받은 백성들도 장터나 길거리에서 나라님의 환궁을 침을 튀겨가며 주장하기에 이르렀다. 임금은 (중전이 처참히 시해당한) 경복궁으로는 못 들어간다, 경운궁의 수리와 신축이 끝나면 환궁하겠다, 일단 그렇게 미뤄 두었다.

노서아도 조선 국왕을 자국 공사관에 계속 머물게 하는 것은 외교적으로 부담이 되었다. 국왕을 끼고 조선 국정을 좌지우지한다는 각국의 시선을 의식하지 않을 수 없었다. 이에 노서아는 ‘조선 국왕의 안전과 왕실을 보호할 수 있는 조치 후에야 환궁이 가능하다’는 취지의 공문을 각국 공사관에 보냈다. 구체적인 방안으로 ‘노서아 군사 교관을 파견하여 궁궐을 경비하게 하고 군대를 개편할 것’이라는 부칙도 달았다. 각국 공사관에서는 그렇게라도 하여 조선 국왕을 노서아로부터 분리시키고, 또 있을지 모를 일본의 야만적 침략은 막아야 해서 이견 없이 찬성하였다. 그러는 사이 아관 파천도 어느덧 1년이 다 되어가고 있었다.

“때가 된 것 같다.”

느닷없는 전하의 말씀에 신문들을 정리하던 엄 상궁이 손을 멈추었다.

"결단하시었사옵니까, 전하?"

"이제 조선의 자주권을 회복하고 흔들리는 나라를 바로 세울 때가 되었다. 한성 개조 사업도 잘 진행되고 있고, 경운궁도 얼추 마무리되어가니 이제 우리 궁궐로 돌아가자."

"예, 폐하. 그동안 잘 견디시어 좋은 날을 맞이하시옵니다."

"엄 상궁, 네 공이 크다. 내명부를 잘 관리하여 궐의 질서를 잡아주니 과인이 나랏일에만 전념할 수 있었다."

"과찬이시옵니다, 폐하."

"각처에서 말들은 많았으나 이 아관에서 계획한 일들이 많다. 환궁 후에 할 일이 태산이다."

"부디 옥체를 보존하옵소서."

"지금 누가 할 말을 하는 것이냐. 올 때는 둘이었는데 갈 때는 셋이 아니냐. 몸조심하여라."

막달에 접어든 상궁의 부른 배를 쓰다듬는 임금의 용안이 모처럼 환하다.

상궁은 살아생전 꿈꿀 수 없는 행복이 한데 모인 이 순간이 꿈만 같다. 궁녀에게 언감생심 지아비와 자식이 가당키나 한 일인가. 하지만 지금 자상한 지아비의 손이 뱃속의 자식을 쓰다듬고 있지 않은가. 꿈이 아니다. 이 힘찬 태동이 어찌 꿈일 수 있으랴. 상궁은 곧 떠날 정든 아관을 천천히 둘러보았다. 아관에서의 일 년은 연모하는 이와 단둘이 여염의 아낙인 듯 지낸 눈 뜨고 꾸는 꿈이었다.

대한제국의 탄생____1897.10.12

즉위식 전날, 도성 안 여염집들은 새로 제정된 태극 국기를 높이 달아 대한제국의 탄생을 축하하였다. 백성들은 전에 없는 나라의 큰 경사를 맞아 가랑비에 옷이 젖어 찬 기운이 스며도 얼굴에 기쁜 빛이 가득했다. 왕이 황제의 위에 오르는 것에 공감하고 축하하는 마음이 더 크기 때문이었다.

밤이 되자 도성 사람들은 집 앞에 오색 색등을 내걸고, 궁궐의 각 전殿에서는 등불을 높이 달아 거리가 낮과 같이 밝았다. 해만 지면 어둠에 묻히는 조선의 밤이 이렇게 환하기는 유사 이래 처음이리라. 구름에 가리워 보이지 않던 달이 나라 경사에 참여라도 하듯 훤한 낮을 드러냈다. 지상에서는 인간의 등불이, 천상에서는 밝은 달이 새 나라의 출범을 축하하였다.

날이 밝았다.

낮 두시 반. 태극 국기 물결로 넘실대는 대안문大安門 앞은 황제를 기다리는 백성들로 발 디딜 틈이 없다. 경운궁(덕수궁)에서 시작하여 환구단까지 길가의 좌우로 군사들과 순검들이 질서정연하게 배치되어 황국의 위엄을 나타내고, 황제가 지나갈 길의 좌우에는 휘장을 쳐서 잡인의 왕래를 금하였다. 또한 왕실에서 대대로 쓰던 의장물 창, 칼, 도끼 등에도 새로이 금칠을 입혀 어가를 호위하게 했다. 깨끗이 손질한 흰옷 입은 백성들은 조금이라도 높은 곳에 올라서서 이제나저제나 황제를 기다리고 있었다.

궁 안쪽으로부터 취타대 소리가 들려왔다. 어가가 다가온다는 신호다. 취타대가 대안문을 나서자 곧이어 어가가 모습을 드러냈다. 백성들이 환호성을 지르며 어가를 맞이했다.

태극 국기가 앞서 나가고, 황금색 일산을 받쳐 든 황제의 어가가 나타났다. 황제의 면복은 조선 역대 왕들이 즉위식에서 입었던 구장복九章服이 아니었다. 눈부신 황금색 십이장十二藏포에 십이류十二旒면을 쓰신 황제가 금으로 채색한 연輦을 타셨다. 조선에서는 처음 보는 황금빛 '황제'의 행차였다. 황제 뒤에는 황태자가 홍룡포에 면류관을 쓰고 붉은 연을 타고 따랐다.

취타대의 힘찬 나팔 소리, 위엄있는 북소리, 늠름하게 늘어선 군대들…달라진 황제의 위용에서 백성들은 새로운 시대의 개막을 실감하며 벅찬 감동을 느꼈다.

어가 호위는 긴 칼을 찬 내금위와 소총으로 무장한 신식 군대가 맡았다. 시위대 군사들의 총 끝에 꽂힌 창들이 석양 빛을 반사하여 날카롭게 빛난다. 육군 장관들은 금수로 장식한 정복 차림에 허리에는 금줄로 연결된 은빛 군도를 찼다. 옛 풍속으로 조선 군복 입은 관원들, 금관 조복한 관인들…다양한 색깔의 관복들이 잔치 분위기를 돋우었다. 그날로 향하는 준비만으로도 이미 백성들뿐 아니라 외국인들에게도 다시없는 좋은 구경거리였다.

이날을 기해 황제는 국호를 대한으로 바꾸고 국체도 제국으로 전환하였다. '조선'은 중국이 준 이름이므로 더 이상 쓰지 않고 역사적으로 많이 사용된 한韓을 택하여 대한제국이라 하였다. 이는 단순히 국호를 바꾼 것이 아니라 자주 독립국 대한제국이 근대 국가로 나아가기 위한 시작이었다.

12일 오전 두 시. 고요한 새벽. 황제는 백관을 거느리고 환구단에 나아가 명明의 압력으로 폐지된 고천제告天祭를 부활시켜 천지신명께 황제의 위에 나아감을 엄숙히 고했다. 이는 하늘로부터 황제의 자격을 부여받는 중요한 절차이지만 속내는 그렇게 단순하지 않았다. 이 황제 즉위식은 자주독립 국가로서의 위상을 대내외에 천명하는 정치적 행사로 청나라로부터의 독립을 확실히 하고 국제사회에 대한제국의 존재를 알리는 의미가 컸다. 한마디로 대한제국의 수립은 '우리나라는 스스로 다스리는 당당한 제국이다'라는 선언이었다.

황제는 황금색 곤룡포에 면류관을 쓰고 백옥홀을 쥐고 금으로 장식한 어좌에 앉아 대한제국 국새를 받았다. 자주독립국 대한제국의 황제로서 백관의 하례를 받는 의식이 이어졌다. 의정부 의정 심순택이 만조백관을 대표하여 폐하에게 무릎 꿇고 머리를 세 번 조아린 다음 만세삼창이 이어졌다.

산호만세! 山呼萬歲
산호만세!
재산호만만세!

조선일 때는 '만세'를 부르지 못했다. '만세'는 황제의 장수와 영광을 기원하는, 황제에게만 허용되는 축하의 외침이다. '천세'는 만세보다 한 단계 낮은 왕의 장수를 기원할 때 쓴다. 새벽 환구단에서 조선 최초의 '만세' 삼창이 하늘 높이 높이 울려 퍼졌다.

13일에는 대황제 폐하께서 각국 사신을 청하사 황제 위에 나아가심을 선고하시고 각국 사신들이 다 하례를 올리더라.

〈독립신문〉 1897년 10월 14일

영친왕 이은의 탄생

명성황후 탄신 46주년이 되는 날, 엄 상궁은 부른 배를 안고 황후의 빈전에서 제사 준비를 지휘하고 있었다. 오늘내일 하는 산모라 굳이 나서지 않아도 되지만 환궁 후 첫 행사를 놓칠 엄 상궁이 아니다. 이런 기회에 자신이 궁궐 안 실세임을 모두에게 인식시키려는 그 나름의 처세이자 전략이었다.

"제사는 정성이니라. 제물은 정갈하게 마련하고 상에 올릴 때는 지성으로 올리어라. 생전의 중전 마마를 모시듯 정한 마음으로 모시어야 한다."

궁인들은 엄 상궁 앞에서는 '예' '예' 하면서도 뒤돌아서는 입을 삐죽거렸다.

"자신을 내쫓은 전처의 탄신일 제사가 뭐 그리 반갑다고 저리 극성이람."

엄 상궁이라고 중전께 어찌 서운함이 없겠는가마는 다 지난 이야기이다. 한 지아비를 모시는 입장에서 그분의 속내를 헤아리지 못할 바도 아니다. 이미 딴 세상 사람 된 그분과 군왕의 총애를 다툴 일도 없는 마당에 혼이 와서 보더라도 흡족하게 대우하면 뱃속의 아기시를 해코지는 하지 않으시리라. 음식 흔하고 부릴 손 많은데 무에 아깝다고 귀신에게 인심을 잃겠는가. 제사가 끝나면 상의 음식들은 죄다 궁인들 차지다. 기름진 음식을 배불리 먹고 나면 마음도 넉넉해지는 법. 그때는 '엄 상궁이 의리가 있고 법도가 있다'며 삐죽이던 입이 쑥 들어갈 터이다.

"아이구! 아이구! …"

엄 상궁이 제사상 앞에서 비명을 지르며 주저앉았다. 한 손은 아기시가 든 배를 부여안고 다른 손으로는 상에 올릴 전복전을 받쳐 든 채였다. 주변의 노상궁들이 달려와 엄 상궁을 부축했다.

"마마님, 진통이옵니다!"

"이를 어쩌나. 벌써 양수가 비치옵니다!"

웬만한 일에는 꿈쩍 않는 노상궁들이 소리치고 허둥대고 난리가 났다.

"마마님. 전복전은 그만 놓으시어요!"

옥금이의 말에 엄 상궁은 정신을 차렸다. 그제야 움켜쥐고 있던 전복전 접시를 옥금이에게 넘겨주며 잘 받았나 살펴보기까지 하였다. 진통 중에도 중전 마마의 제상에 올릴 음식을 소홀히 않고 정성을 다하는 그 모습에 궁녀들이 혀를 내

둘렀다.

한갓 여염의 아낙도 임신하면 부정 탈까 싶어 초상집은 피한다. 하물며 태중에 황제의 아이를 품은 엄 상궁이 죽은 중전의 재궁梓宮(관) 이 모셔져 있는 빈전에 서슴없이 들어왔다. 새끼 구하러 호랑이 굴에 들어가는 어미 늑대처럼.

진통이 어찌나 급박하게 몰아치는지 산실청으로 갈 시간조차 없었다. 빈전에서 가까운 숙옹재로 모셔들여 급히 해산 차비를 하였다. 이윽고 건강한 아기시 울음소리가 숙옹재에 울려퍼졌다.

> 금월 이십 일 오후 십 시에 황자가 탄생하셨는데 그 어머니 되시는 엄 씨와 새로 탄생하신 황자 전하가 강건하시다니 경축하더라.
>
> (〈독립신문〉 1897년 10월 23일)

갓 태어난 아기를 들여다보며 엄 상궁은 이상한 마음이 들었다.

'이 무슨 운명인가. 귀하디 귀한 황자 아기시가 하필 중전 마마 탄신일에 태어나신단 말인가. 전생에 무슨 깊은 인연이 있기에 이리도 얽히는 것일까. 중전께서 나와 아기시를 곱게 보실 리 없거늘 이 질긴 운명의 끈을 어찌하면 좋을고.'

황제는 황자 아기시의 초명을 정유년 닭띠해에 온 길한 아이라는 뜻으로 '유길酉吉'이라 명하고 그 자리에서 엄 상궁을 후궁으로 승격시켰다. 이틀 후에는 아직 숙옹재에 누워있는 산모 엄 상궁을 종1품 귀인貴人에 봉하면서 경선당慶善堂이라는 당호를 내렸다.

그날 저녁, 감동한 엄 상궁이 숙옹재에 드신 황제께 거듭거듭 감사 인사를 올렸다.

"그만 되었다. 과인이 오늘 장한 일을 한 귀인에게 선물을 가져왔다."

곁에 섰던 대전 상궁이 봉투 하나를 올렸다. 엄 상궁은 떨리는 손으로 봉투에 든 흰 종이를 꺼내 펼쳤다.

善英

"이것이...무엇이옵니까?"

"과인이 각별히 총애하는 여인의 이름이다."

"폐하, 참으로 성은이 망극하여이다!"

"과인은 엄귀인이다 하지 않았다. 떡 줄 사람은 생각도 않는데 김칫국부터 마시느냐?"

순하게 자고 있던 유길이 깨어나 갑자기 울기 시작했다.

"보옵소서. 황자 아기시가 놀라지 않사옵니까."

“오호, 효자로고. 농이다.”

엄 상궁이 유길을 다독이자 다시 잠이 들었다.

“하온데 폐하. 무슨 뜻이오니까?”

“어질다는 ‘선’에 뛰어나다는 ‘영’이다. 마음에 드느냐?”

“폐하, 이제야 황자 아기시의 어미로서 합당한 이름을 갖게 되었사옵니다. 망극하여이다!”

엄 상궁은 생전 처음 받은 이름을, 황제께서 명하시고 손수 쓰신 ‘선영’을 가슴에 고이 간직하였다.

여자 나이 마흔 넷, 손자 볼 나이에 아들을 낳은 엄 상궁은 황자 전하 아기시를 품에 안고 그 조그만 귀에 대고 속삭였다.

“어미는 미천한 신분이오나 황자는 이 어미의 아들이기 전에 황제 폐하의 아드님이시옵니다. 장성하시면 황제의 위에 오르실 것이옵니다. 이 어미가 꼭 그리 되게 할 것입니다. 천지신명이시여! 어린 황자를 축복하시고 지켜주옵소서!”

황자는 건강하게 자라 세 살이 되었다. 유길은 은垠이라는 이름을 받고 곧바로 영친왕英親王에 책봉되었다. ‘친왕’은 황제의 친아들임을 나타내는 존호여서 그냥 ‘왕’이라는 호칭보다 격이 높다.

엄 귀인에게는 내명부의 가장 높은 품계인 정1품 순빈淳嬪
이 하사되었다. 그것도 잠시 일 년 후 순빈 엄 씨는 내명부의
품계를 초월한 순비淳妃로 책봉되었다. 비妃는 왕비와 동급
으로 '전하'라는 존칭이 붙는 지존의 위치이다. 거처의 격도
높아져 당호 '경선당'은 '경성궁'으로 올라갔다. 이로써 엄비
의 공식 칭호는 '경선궁 순비 전하'가 되었다.

1903년 양력 12월 25일 순비 전하의 오십 세 생일 선물은
정말 대단하였다.

"순비 엄 씨를 황귀비皇貴妃로 봉하노라."

황제의 칙명으로 '비'보다 한층 격이 높은 황귀비에 책봉되
었다. 황귀비는 서열상 정궁인 황후 바로 다음 자리다. 그러
나 중궁이 비어있어 실질적인 국모의 자리였다.

그러나 엄비는 황귀비가 성에 차지 않았다. 황후가 되고 싶
었고 당연히 그리되리라 믿고 있었기에 황후의 대례복까지
지어놓았었다. 그것은 그녀 혼자만의 생각이 아니었다. 그동
안 엄비의 수완과 위상에 압도된 대신들이 훗날 영친왕이 황
제가 되리라 내다보고 거듭 상소를 올렸다.

"엄비 전하를 황후로 진봉하소서."

천하의 여걸 엄비도 넘지 못할 문지방이 있었다. 궁녀 출신
여인이 '중전' 자리에 오르는 것을 금하는 숙종조로부터의
궁중 법도가 그것이었다. 이는 황제도 어길 수 없는 금도였

다.

이 역시 운명인가. 중전 민비가 누구인가. 숙종대왕 때 장희빈 때문에 폐출되었다가 복원되신 인현왕후 친정집 종손의 외동딸이 아닌가. 인현왕후는 민비 부친 민치록의 증조고모가 되신다. 또 이렇게 얽히는구나. 엄비는 씁쓸히 미소 지으며 한껏 치솟았던 마음을 깨끗이 접었다.

황귀비 책봉례____1903년 11월 7일

귀비 엄 씨는 궁 기와지붕 위로 쏟아지는 눈부신 가을 햇살을 마치 처음 보는 광경인 듯 바라보았다. 온 누리를 비추는 햇살도 어제와 다르고 원삼圓衫을 스치는 바람결도 어제와 다르다. 황후의 대례복 적의翟衣를 준비해 두었었다. 후궁이지만 후궁이 아니고, 황후의 자리에 있지만 황후가 아닌 황귀비. 황제도 나랏법을 어길 수는 없었다. 귀비는 한 점 남은 서운함을 청량한 바람결에 날려버린다.

용상은 비어 있었다. 황제는 이곳 중화전에 계시지 않는다. 오늘 행사의 주관자 폐하께서는 멀찍이 함녕전에서 매 과정을 보고 받고, 의식이 순조롭게 진행되는가를 살피면서 조용히 전 과정을 지휘하고 계신다.

오늘이 그날인가. 대한제국의 여인 중에 가장 지체 높고 가장 고귀한 황귀비가 탄생하는, 그래 바로 오늘이지. 취타대의 풍악 소리가 들려온다. 나팔 소리가 하늘 높이 치솟고 꽹과리가 요란스레 수선을 떨고 덩더꿍 덩더꿍 장구가 장단을 맞춘다. 악기들의 어울림을 비집고 끼어든 태평소가 너울너울 춤추며 흥을 돋운다. 지금 온 제국과 온 백성들이 기뻐 맞이하는 황귀비 책봉례를 축하하는 웅장한 행렬이 다가오고 있다. 귀비는 긴장과 설렘으로 요동치는 심장을 움켜잡듯 스란치마 자락을 움켜쥐었다.

둔중한 북소리 틈새로 나각이 소리를 낸다. 어느 것과도 닮지 않은 깊은 울림이다. 소라 껍데기에서 어떻게 저런 소리가 날까. 바다를 본 적 없는 귀비는 오묘한 나각의 소리에서 대한제국보다 청나라보다 아라사보다 더 넓고 더 거대하다는 바다를 상상한다. 바다라는 이름으로는 담을 수 없어 대양으로 불린다는 큰 바다 건너 나라들에서 놀라운 신문물과 기술이 들어오고 있다. 거대한 제국들이 앞다퉈 대한제국으로 들어오고 있다.

취타대 발걸음 소리가 가깝다. 긴 칼 높이 든 선두 의장대가 절도 있는 발걸음으로 나아온다. 지축을 울리는 그 발걸음에 맞춰 의장대 깃발들이 펄럭인다. 황금 비단실로 수놓은 깃발 속 황룡들이 가없는 하늘 높이 승천하려는 듯 세차게 꿈틀거린다.

행렬 중앙에는 귀비에게 바칠 '금책金冊, 금인金印'을 받든 신하들이 자리하고 있다. 길고 뾰족한 깃대 달린 화려한 깃발을 든 병사들이 금책과 금인을 호위한다. 봉황과 용이 그려진 깃발들이 바람에 펄럭이며 살아있는 생물처럼 꿈틀꿈틀 춤을 춘다.

붉은색 관복 입은 문관들이 군사들의 호위를 받으며 금책문이 든 상자를 모시고 진중하게 걷는다. 비단 보자기에 싸인 금책 상자 위에 드리운 금빛 비단술이 가만가만 흔들린다. 그 옆으로 비단 보자기에 싸인 또 하나의 상자가 따라온다. 황귀비의 공식 도장인 황금 인장이다. 앞으로 황귀비가 내리는 명령이나 문서는 이 도장 하나로 최고의 권위를 갖게 될 것이다.

금책과 금인을 모시고 가는 신하들 바깥으로 또 한 무리의 호위 무사들이 삼엄하게 경계를 서며 걷고 있다. 은색 투구와 검은 갑옷을 갖춰 입은 무사들은 여차하면 당장이라도 대검을 뽑아 들 기세다.

행렬은 느리고 장엄하게 움직인다. 대신들의 발소리가 북소리에 맞춰 규칙적으로 들려온다. 관리들이 갖춰 입은 관복의 무게감과 햇살을 되쏘는 칼들의 날카로운 번쩍임이 행렬에 무게를 더하고 있다. 궁궐 곳곳에서 일손을 멈추고 책봉

례 행렬을 지켜보던 환관과 나인들이 행렬이 다가오자 흙바
닥에 엎드려 고개를 숙인다.

중화전 너른 공간은 나라에 중요한 사람들로 가득하다.
금관조복의 대신들과 황실 종친들 그리고 내명부 궁인들과
환관들이 질서정연하게 늘어섰다.

책봉례 행렬이 중화전으로 들어섰다. 귀비가 황금빛 원삼
에 대수大首머리로 한껏 치장을 하고 나왔다. 귀비가 황후만
이 입을 수 있는 황원삼에 대수를 하고 있어도 놀라는 사람
은 없었다. 종친 어른 몇 분이 살짝 고개를 돌렸지만 감히 못
마땅한 티를 내지는 못한다. 귀비의 드높은 대수에서 봉황
떨잠 나비 떨잠들이 바람도 없이 흔들리고 진주장식 머리꽂
이, 용머리 장식 봉황 장식 금비녀들이 아침 빛살을 튕겨내어
눈이 부시다.

상궁이 절하는 자리로 귀비를 인도했다.

관리가 받들어 모신 금책을 책 인상 위에 올려놓았다. 뒤
이어 카랑카랑한 목소리가 모루 단청 위로 울려 퍼졌다.

"사배!"

귀비 엄 씨가 '국궁, 사배, 흥, 평신' 한다.

"궤!"

귀비가 무릎을 꿇는다.

독책 상궁이 궤 앞으로 나아가 함을 열고 책문을 꺼내어 읽기 시작한다.

"황제는 이르노라. 구빈으로 여관을 갖추니 왕화가 비로소 일어난다. 네 별자리가 비를 드러내니 천상에서 가히 볼 수 있노라. 순비 엄 씨는 삼가고 공경하며 스스로 지키는 바가 있고 품성이 돈후하다. 왕자를 낳은 경사가 있었으니 자손을 기르는 기쁨이 가득하다. 이에 고금은 예전을 상고하여 위호를 올려 더하노라. 순비 엄 씨를 황귀비로 책봉하노라."

독책 상궁의 우렁찬 목소리가 천정의 용에게까지 닿았다. 두 마리 용 문양이 꿈틀했다. 중화전은 애초에 대한제국 황궁의 정전으로 지었기 때문에 제후국을 나타내던 봉황이 아니라 황제국을 상징하는 용을 새겼다.

순비 엄 씨를 황귀비로 책봉하노라!

그때까지 숨죽여 듣고 있던 사람들이 큰 숨을 내쉬며 황귀비 전하를 향하여 허리 굽혀 절하였다.

관리가 황제 폐하의 명을 담은 금책과 금인을 황귀비에게 올렸다. '淳妃之印순비지인' 네 글자가 새겨진 금보를 받든 황귀비의 손이 가늘게 떨렸다.

중화전 돌계단 아래 여輦가 대령해 있었다. 왕비가 궁 안에서 타고 다니는 작은 가마다. 황귀비가 '여'에 몸을 싣고 황제가 기다리고 계시는 함녕전으로 향했다. 책봉 후 첫 알현. 황제 폐하께 정식으로 감사 인사 올리는 책봉례의 마지막 의식 조현례까지 마쳐야 황귀비 지위를 인정받는다.

황제는 조용히 기다리고 계셨다. 황귀비가 사뿐히 나아가 황제께 사배를 올렸다. 황제는 그윽한 시선으로 그녀를 바라보았다. 말씀은 없으셨다. 폐하의 감회어린 표정에는 두 사람만이 아는 숱한 순간들이 스쳐가고 있었다. 두 사람은 서로를 오래도록 바라보았다.

황귀비 왕관의 무게

제물포 앞바다에서 천지를 뒤흔드는 폭음이 일어났다. 러시아와 일본이 한반도의 지배권을 두고 끈질기게 대립해 오더니 1904년 2월 8일 마침내 전쟁에 돌입한 것이다. 일본은 인천에 정박해 있던 러시아 군함 2척을 격침한 뒤 그길로 대규모 병력을 인천에 상륙시켜 한반도를 강점해 갔다. 군사력이 약한 대한제국은 서구적 군제와 신무기로 무장한 군사 강국 일본을 당해낼 수가 없었다. 조정은 즉각 항의하고 군대 철수를 요구했지만 일본은 들은 체도 하지 않았다.

대한제국은 러일전쟁 직전, '대외 중립'을 선언했었다. 한반도가 두 나라 싸움의 전쟁터가 되는 것을 막으려는 외교적 승부수였다. 당시 서울의 전신국은 일본이 장악하고 있어서 보안 유지가 불가능했다. 이에 황제는 각국 공사관들이 모여있는 청나라의 국제항 치푸(현 옌타이)로 이용익 등 밀사를 파견하여 국제법상 중립국 지위를 인정받고자 하였다.

> ...대한제국 정부는...러일 간의 분쟁에서 엄정중립을 지킬 확고한 결의가 서 있음을 황제의 칙령으로 선언하는 바이다.
>
> 1904년 1월 21일

대한제국의 필사적인 노력에도 불구하고 일본은 이를 묵살하고 한반도를 병참 기지로 이용하며 전쟁을 계속했다. 강대국들의 전쟁터가 된 나라에서 백성들이 숨이나 제대로 쉬며 살고 있는지...귀비는 마음이 무너져 내렸다. 박 나인을 불렀다.

"옥금아. 백성들의 형편이 어떠한지 나가서 살펴보아야겠다."

"예, 전하. 성 안팎을 잘 둘러보겠나이다."

수이 대답하고 나간 옥금이는 보름이 다 되어서야 돌아왔다. 나갈 때의 단단한 그 옥금이가 아니었다. 비루먹은 말처럼 비쩍 마른 형편없는 몰골이었다.

"많이 상하였구나. 어디가 아픈 것 아니냐? 당장 어의에게 보이거라."

"괜찮사옵니다. 보고부터 받으시옵소서."

"정말 괜찮겠느냐?"

"예, 전하. 일본이 군사기지를 만든다고 백성들의 집과 논밭을 마구 빼앗고 있사옵니다...장정들을 강제로 동원해다가 전쟁물자 나르는 철도를 놓고 있사온데...마치 짐승 다루듯 마구 채찍질을 하고...민가의 쌀이며 소며 다 빼앗긴 백성들은 유랑길에 오르고..."

북받친 옥금이 끝내 울음을 터뜨리고야 말았다.

'이 땅이 더는 우리 땅이 아니로구나. 나라가 두 강대국 앞에 던져진 가련한 양 같구나.'

귀비는 불도 안 켠 경운당 침전의 깊은 어둠 속에서 홀로 탄식하였다.

"나라가 이렇게 무너지는데 나는 무엇을 해야 할까?"

귀비의 혼잣말이 방안의 어둠을 무겁게 흔들었다.

"어둡다. 아무 것도 보이지 않아. 이 나라처럼."

이 나라처럼? 스스로 뱉은 말에 놀란 귀비가 벌떡 일어났다.

"그래, 지금 이 나라는 불 안 켠 방처럼 어둡다. 너무나 답답하구나. 불을 켜야겠어."

귀비는 전등을 켜려고 더듬더듬 움직였다. 침전 벽과 천정에 커다란 전등이 여럿 달려있지만 어떻게 켜는지는 모른다. 수시로 쓰는 유리 갓등은 끈만 당기면 쉽게 켤 수 있다. 그 유리 갓등은 책을 읽거나 도장 찍을 서류를 검토할 때 사용하는 책상 위에 놓여 있다. 어둠을 휘저으며 가는 길에 장의자 팔걸이에 무릎을 부딪치고 원탁 의자에 발이 걸리고 하면서 간신히 책상 의자 등받이가 손에 잡혔다. 책상 위를 더듬자 백자 항아리 모양의 매끄러운 도자 갓등이 만져졌다. 갓등 아래로 길게 늘어진 끈을 당겼다.

빛! 눈부시게 밝은 빛이다. 작은 전등 하나가 넓은 침전 전체를 훤히 비춘다. 침전을 짓누르던 어둠은 자취도 없다. 귀비는 전깃불을 처음 본 사람처럼 노르끼리한 불빛을 황홀하게 바라보았다. 무릎을 강타한 장의자도 슬쩍 발을 걸던 원탁 의자도 시침 뚝 떼고 그 자리에 있었다. 어디에 뭐가 있는지 눈 감고도 훤한 줄 알았던 침전이 어둠 속에서는 다른 곳처럼 낯설었다. 갓등 유리 갓의 꽃무늬가 맞은 편 침전 벽에 꽃 그림자를 드리웠다.

"불을 켜자! 암흑에 잠긴 이 나라에 불을 밝히자!"

여성 교육의 등불을 켜다

귀비는 쇠락해가는 경운당 정원을 바라보며 탄식하였다.

나라의 국운이 기우니 꽃들도 시들고 나무들도 쇠잔해 가는구나. 러일전쟁이 일본의 승리로 끝나고 우려하던 일이 현실로 나타났다. 포츠머스 조약으로 러시아가 한반도에서 손을 떼자마자 일본은 군대를 동원하여 강제로 '제2차 한일협약'(1905년 을사늑약)을 체결하여 대한제국의 외교권을 강탈하였다. 사실상 나라는 일본의 식민지로 들어선 셈이다.

울분만 토하고 있을 때가 아니다. 오랜 유교 문화로 경직된 조선은 변화를 거부하고 나라 밖 사정에 어두워 외세의 압박에 제대로 대응하지 못했다. 이제라도 새 시대가 요구하는 인재를 키워내야 한다. 개항 이후 서양 선교사와 조선 정부와 민간의 지사들이 신식 학교를 세웠지만 턱없이 부족하다. 게다가 여학교는 다섯 손가락에 꼽을 정도다.

이 땅의 여자들은 배움에서 배제되었다. '낫 놓고 기역 자도 모르는' 무지 속에서 할머니 어머니가 살아온 대로 살아갈 뿐이다. 그러나 이 무식한 여자들이 없는 살림 일구고, 부모 봉양하고, 자식을 키워낸다. 쌀독에 쌀이 떨어져도 어머니는 자식을 굶기지 않는다. 남의 집 종살이를 해서라도 자식 입에 밥숟가락을 떠넣어 주는 것이 어머니요 이 땅의 여자다.

조선 여자는 오랫동안 돌보지 않은 메마른 황무지다. 황무지도 개간하면 밭이 된다. 거름치고 물 대면 문전옥답이 된다.

"되었다!"

순간, 바늘같이 예리한 것이 훅- 등을 타내렸다. 성공 예감. 아관파천 때 가마 작전이 떠올랐을 때도 그랬다.

귀비는 서양 선교사 만나기를 즐겨하였다. 특히 여자 선교사들과는 시간을 내어 이야기하면서 유심히 지켜보았다. 밖에서는 남자 못지않은 어엿한 의사요 선교사요 교사인 그이들이 집에서는 자식들 먹여 키우느라 밥 짓고 빨래하는 보통 어머니였다.

우리 조선 여자들을 가르치면 그이들보다 못하겠는가. 하나 업고, 하나 끌고, 집안일 밭일 다 해내는 억척스러움으로 못할 일이 무에 있겠는가. 의사도 선생도 그 무엇도 다 될 수가 있다. 귀비는 어려서 어깨너머 공부하던 때의 일이 생각났다.

어찌나 글이 배우고 싶든지 서당을 기웃거리며 사내아이들 글 읽는 소리를 듣는 족족 외웠다. 뜻도 모르고 지필묵도 없이 그냥 외워버렸다. 훈장님께서 어린 계집아이의 열심을 기특히 보시고 마루 한 귀퉁이에 끼워 주셨지. 그렇게 언문을 떼고 천자문을 떼었어. 까막눈일 때는 종이 묶음일 뿐이던 서책을 처음 읽어내던 날의 감동이라니! 눈이 확 뜨이는 그 놀라움은 평생 잊히지 않는다.

귀비는 러일전쟁 통에 세운 양정의숙養正義塾이 떠올랐다. 처음에는 친정 조카 엄주익이 사저에서 '올바르게 키워서 깨우쳐 준다'는 '몽이양정'의 정신으로 법률학과와 경제전수과를 두어 실무 중심으로 가르쳤다. 황제께서 기뻐하시며 '양정의숙'이라는 교명과 현판을 내리셨다. 귀비는 1907년에 황실 소유 토지 200만 평을 내려 번듯한 학교 양정의숙을 세웠다. 통감부의 견제와 간섭을 우려해 황실의 이름을 내지는 않았다. 군부 협판을 지낸 엄주익에게 학교를 맡겨 민간 주도 사립학교의 명분으로 자율성을 확보하고자 하는 뜻이 있었다.

양정의숙은 대한제국 황실이 세운 최초의 민족사학이다. 러일전쟁 중이라 나라가 무척 어려웠지만 학교 설립을 미룰 수는 없었다. 이 나라를 짊어지고 나아갈 인재들에게 하루라도 빨리 민족정신을 불어넣어야 하는 절박함이 있었다. 이번에는 여학교다!

귀비는 그 길로 '중명전'으로 황제를 뵈러 갔다. '중명전'은 원래 황실 도서관으로 지어진 '수옥헌'이었다. 경운궁에 큰 화재(1904년)가 나서 황제가 '수옥헌'으로 거처를 옮겨 편전 겸 침전으로 쓰시면서 '중명전'이라는 새 이름을 주셨다. 귀비는 대리석 바닥의 서양식 전각 이층으로 올라갔다. 낯익은 보랏빛 누비저고리의 뒷모습이 보인다. 솜 둔 오목누비 저고리는 황제께서 방한복으로 입으시는 평상복이다. 무언가 열심히 쓰고 계시는 구부정한 뒷모습에 울컥한 귀비가 걸음을 멈추었다.

황제는 끊임없이 외국 언론들에 친서를 보내신다. 조선이 외교권을 빼앗긴 을사년의 조약은 강제로 이루어진 늑약이며 무효라는 제보다. 증거도 조목조목 열거하신다. 지금도 그런 친서를 쓰고 계신 것이리라. 늑약이 이루어진 아래층 편전을 당신 발 아래 두고.

"폐하, 바쁘시옵니까?"

귀비는 부러 밝은 소리로 기척을 냈다.

"어서 오시오, 황귀비 전하."

황제가 쓰던 서류를 덮고 웃으며 귀비를 맞이하였다.

"가배차를 내오너라."

귀비는 마음이 급하여 상궁에게 손짓으로 사양하고 자리에 앉았다.

황제는 심신 안정에 잘 듣는다며 가배차를 즐기신다. 아관에서 환궁하신 다음 해 가배에 아편을 탄 독차사건(1898년)까지 겪으셨건만 여전히 그 씁쓸한 양탕국을 즐겨하신다.

"긴히 올릴 말씀이 있사옵니다."

"무슨 일로 이리 서두르는고? 얼굴까지 빨개져서는."

"신첩, 요즘 조선의 미래를 생각하옵니다."

황제의 얼굴에서 웃음기가 가셨다.

"들어봅시다."

"폐하. 국권을 회복하고 나라가 다시 일어서려면 백성이 깨어나야 하옵니다."

"그렇다마다."

"백성의 절반이 아녀자가 아니옵니까? 선진 열강들과 맞서면서 새 시대를 헤쳐 나가려면 아녀자도 배워야 하옵니다. 교육을 받아야 하옵니다."

"옳은 말이오. 허나, 당장은 방도가 없지 않소?"

"여학교를 세우면 되옵지요!"

"여학교라...그 문제는 과인에게도 숙제요."

"나라가 언제까지나 '조선'에 머물러 있을 수는 없사옵니다. 여학교는 새 시대의 시작이옵니다, 폐하!"

"조정 대신들의 반대가 만만치 않을 거요. 재정도 어렵고..."

"새길을 내는 것이옵니다. 신첩, 각오하고 있나이다. 허나, 폐하의 승인과 후원 없이는 시작할 수 없사옵니다. 부디 혜량하여 주옵소서."

황제는 생각에 잠겨 창밖을 바라보았다.

"정이월에 장독이 깨진다더니 처마마다 고드름이 창끝처럼

이 땅을 겨누고 있구나.”

“폐하…”

“잘 듣는다. 이는 단지 학교 이상의 뜻이 있음을 안다. 과인도 마음을 합하겠다.”

“폐하, 감읍하옵니다. 뜻 받들어 한 발 한 발 이루어 가겠나이다.”

여학교를 세운다고 하자 대신들이 크게 반대하였다.

“목소리들이 크다. 통감부가 사립학교 설립을 통제하고 있는 사실을 모르는가. 일이 되기도 전에 밖으로 새어 나가지 않게 조심들 하라.”

“폐하. 지금 나라가 이리 어려운데 무슨 학교입니까?”

“어려우니 그리하는 것이다.”

“재정도 넉넉지 않은데 무엇으로 학교를 짓습니까?”

“왕실의 내탕금으로 충당할 것이니 그리들 알라.”

“여자가 배워서 뭐 합니까?”

“미국 여자 의사 로제타 홀, 이화학당 선생 메리 스크랜튼을 보고도 그리 말하는가?”

“부자나라 미국과 어찌 같다 하오리까?”

“더는 거론치 말라. 귀비의 뜻이 곧 과인의 뜻이다.”

황제는 '보통학교령'의 취지를 알리는 「교육에 관한 조칙」을 반포하였다.

+

황귀비의 처소 경운당 서재의 환한 전깃불 아래 귀비와 군부 총장 엄준원이 오랜만에 마주 앉았다. 유리창을 흔들며 지나가는 바람 소리가 유독 크게 들린다. 사방은 어둡고 고요하다. 두 사람 앞에는 엄준원이 가져와 펼쳐놓은 신문이 있다.

"전하께서 한일부인회 총재를 맡으신 것은...물론 압력을 받고 계실 거라 짐작은 합니다만...”

엄준원이 사촌 누님 되시는 귀비를 바라보았다.

“나를 총재로 앉혀 놓으면 조선 상류층 부인들이 참여를 안 할 수가 없지 않겠나? 황실의 권위를 이용하려는 것이지. 역으로 나도 총재의 힘을 이용하네. 내가 그 자리에 있는 한 그들도 마음대로는 못하지.”

“그래서 전하께서는 어떤 학교를 구상하고 계십니까?”

“자하골 학교는 서양식 근대 교육을 하는 여학교이고, 용동 학교는 일본 ‘가조쿠 조갓코’(화족여학교)를 본뜬 여학교이네.”

“일본은 을사년의 조약으로 나라를 식민지로 만들고 있지 않습니까? 왜 일본 귀족학원을 본뜬 여학교를 만들려 하십니까?

“잘 물어주었네. 피할 수 없다면 생각을 바꿔야 하네. 흔히들 그러지. 나라가 ‘바람 앞에 놓인 등불風前燈火’이라고. 그래서 그리하는 것이네. 너무 화급하여 그리하는 것이야.”

“무슨 말씀이십니까?”

“알지 않는가. 조선은 여자 교육 자체가 없고, 일본은 근대적 교육 체제를 충분히 갖추었고. 두 나라가 정치적으로는 적대관계지만 일본의 근대화 경험이 녹아 있는 귀족학교 제도는 참고할 만하다 생각하네. 지금 우리 처지에서는 가장 빠르고 가장 현실적인 본이 되는 셈이지.”

“…”

“일본학교를 본뜨긴 하나 반가 규수들에게 여자가 지켜야 할 부덕婦德과 유교적 덕목을 가르칠 걸세. 신식 현모양처를 길러내는 것이지.”

“전하, 못 들으셨습니까? 통감부에서 후치자와 노에淵澤能惠 라는 일본 여자에게 교장을 맡길 거라 합니다. 통감부에서 근무하는 자에게 들었습니다.”

“그렇게는 안될 것이야! 교장은 정경부인이나 학식있는 부인 중에 초빙할 것이네. 실무야 일인日人이 맡게 되겠지만.”

귀비가 다 식은 차를 한 모금 마셨다.

“서양식 학교도 있다 하셨지요?”

“자하골 학교는 일본과 최대한 거리를 두려 하네. 자주독립의 민족정신을 불어넣어야지. 국권이 흔들리는 암흑시대에 등불이 되기를 바라는 내 염원일세.”

“무엇을 가르치시렵니까?”

“영어, 인문학, 수학, 과학, 예술까지 유능한 강사들을 초빙해서 체계적으로 가르칠 생각이야. 우리 딸들이 국경 너머의 세계를 알고, 앞선 나라들과 대등하게 소통하는 근대 여성으로 성장하기를 바라네.”

“그러니까 자하골 학교는 개화와 혁신, 용동 학교는 전통과 권위의 계승. 안정을 확보하면서 한편으로는 근대화를 추진한다, 그런 말씀으로 이해됩니다.”

“바로 그것이야! 준원이 자네는 내 뜻을 알아들을 줄 알았어.”

“탁월한 전략이십니다.”

“허나, 나 혼자서는 할 수 없네. 동생의 실무 감각이 합해져야 가능할 것이야. 힘을 합해 주겠나?”

“뭐든 돕겠습니다.”

“자네가 자하골 서양식 학교의 교장을 맡아 주었으면 하네.”

“기꺼이 힘을 보태겠습니다.”

“고맙네. 나는 학교 세웠다고 내 할 일 다 했다, 뒷짐 지고 있지는 않을 것이네. 서양 교육을 받은 우리 딸들이 서구 열강의 수준에 이르도록 내 힘껏 밀어줄 것이네.”

“전하. 가슴이 뜁니다. 힘이 납니다.”

“동생이 함께 하니 나도 힘이 나는구먼. 든든하네!”

+

중명전을 찾은 귀비는 어두워 보이지 않는 정원을 바라보며 한숨지었다. 여자의 집 밖 입출이 쉽지 않으니 학도를 어찌 모집해야 할지 막막하였다.

“어째 낯빛이 어둡구려. 여학교가 잘 안되는가?”

황제가 소리 낮추어 하문하셨다.

"학도 모집이 어렵사옵니다."

"그렇겠지. 드러내놓고 모집할 수도 없고 하니…"

"그렇사옵니다, 폐하."

"교명은 지었는가?"

"아직이옵니다."

"과인이 자하골 여학교의 교명을 생각해 보았소. 나라가 암울하니 '밝은 곳으로 나아가라' 그런 뜻의 이름이 좋을 듯하오. 나아갈 진進에 밝을 명明, 진명. 어떻소?

"나아갈 진에 밝을 명, 진명! 참으로 뜻이 좋사옵니다, 폐하."

"소리 낮추게. 통감부에 보고하는 사람이 있네."

"기뻐서 소리가 높아졌나이다."

"귀비 마음에 든다니 과인도 좋구나."

"폐하. 교명을 주셨으니 건학이념도 내려주옵소서."

"그것도 생각해 두었지. 덕을 쌓고 학업을 닦아서 나의 빛으로 겨레와 온 누리를 밝게 비춘다, 진덕계명眞德啓明이오. 귀비의 품은 뜻에 합하는가?"

"진덕계명! 교명과 쌍을 이루는 건학 이념이옵니다. 참으로 감읍하오이다. 폐하, 용동 여학교의 교명도 내려주옵소서."

"아무렴. 생각해 두었지. 어려운 시대이니 교육으로 밝고 새롭게 길을 내자는 귀비의 뜻을 담았소. 밝을 명明에 새 신新, 명신이오. 마음에 드오?"

"밝고 새롭다! 아주 좋사옵니다."

"'대학'에서 따온 것이오. 재명명덕在明明德 재신민在新民 덕을 밝히고 백성을 새롭게 한다는 뜻이지."

"명신, 이름에 근대적 교육 의지가 그대로 담겼사옵니다."

"흡족해하니 좋구나."

황제께서 학교 이름까지 내려주셨지만 정작 여학도 모집에는 진전이 없어 개교가 늦어지고 있었다. 귀비는 준원에게 묘안이 있을까 싶어 궁으로 불렀다. 역시 신통한 소리는 듣지 못하였다. 둘이 앉아서 하릴없이 차나 마시며 정원에서 들려오는 새소리에 건성 귀 기울이고 있었다.

"전하. 좋은 생각이 났습니다."

"오, 그래? 들어보자."

"제 여식이 다니는 교회에서 보구여관(여성병원) 의녀(간호사)가 영어를 가르칩니다. 한번 보시겠습니까?"

"의녀를? 뭐하러?"

"그 의녀가 전도부인도 하여 아녀자들을 많이 알 것입니다. 왜 그 남의 집 안방까지 들어간다고 '안잠자기'라고 부르는 여자들 있지 않습니까?”

“안잠자기?”

“성경책을 판다하여 ‘매서인’이라고도 하지요.”

교육에 뜻있는 고매한 인품의 부인도 아니고 ‘의녀, 전도부인, 안잠자기, 매서인’이라니. 귀비에게는 하나같이 수다쟁이 여인네로만 들렸다.

“되었네.”

“한 번 보기나 하시지요.”

허튼 말이라고는 없는 준원이 거듭 권하였다. 그의 면도 세워줄 겸 전도부인이라니까 아녀자들을 많이 알 것도 같아 한 번 보기나 하자 하였다. 기대는 하지 않았다.

다음날로 그 이름 많은 의녀가 궐에 들었다.

“전하. 인사 올립니다. 여메례황이라 합니다.”

큰절을 올린 의녀가 좌정하더니 귀비를 똑바로 쳐다보았다. 무엄한 눈빛은 아니었다.

“무슨 연유인지는 알고 왔느냐?”

“전하께서 여학교 설립을 준비하신다, 들었습니다.”

“옳게 들었다. 여학도 모집에 묘안이 있겠느냐?”

“이 자리에서 답을 내라 하시면 어렵습니다…허나 묘안이 있을 듯도 합니다.”

"내 성급하였구나. 의녀는 어디서 공부를 했느냐?"

"제 이름은 여메례황입니다. 이화학당에서 메리 스크랜튼 선생님께 배웠습니다."

"메리 스크랜튼? 나도 그이를 안다. 배울 것이 많은 분이 더구나. 그래, 신교육을 받아서 어떻게 쓰고 있느냐?"

"배움이 없는 여자들과 어린아이들의 의식을 깨우는 데 주력하고 있습니다."

"의식을 깨운다, 무슨 뜻이냐?"

"무지한 사람을 눈 뜨게 한다, 나라 사정이나 자기 권리를 알게 한다, 그리 말씀 올리겠습니다."

"앞으로 무슨 일을 하고 싶으냐?"

"우리 백성이 케케묵은 옛날 생각에서 벗어날 수 있게 돕고 싶습니다. 그동안도 사회 계몽운동을 해왔고 앞으로도 그리할 것입니다."

"사회 계몽운동이라. 예를 들어 말해 보거라."

"제 이름자 끝에 붙은 황은 첫 남편 사별 후 재혼한 두 번째 남편의 성입니다. 서양식으로 남편의 성을 따른 것이지요. 유교적 관점에서는 남편이 사망해도 여자는 수절하는 것을 미덕으로 여깁니다. 여자의 선택이나 생존은 무시되고 가문의 체면을 중시하는 것이지요. 저는 제 이름을 예로 들며 유교적 충절보다 자신의 삶을 더 소중하게 여겨라! 재혼하고 싶으면 해도 된다! 재혼은 부도덕한 죄가 아니다! 그리 말합니다."

"계몽운동이 학교에서도 적용이 되겠느냐?"

"이화학당 교사로 있을 때, 학도들에게 근대적 사고와 민족의식을 심어주는 계몽 교육을 실천했습니다. 이 땅의 제한된 여자 역할을 넘어서 주체적인 삶을 살아라, 민족의 자긍심을 갖고 사회에 참여하라, 그리 가르쳤습니다."

귀비가 고개를 끄덕였다.

"전하. 하문하신 문제에 생각한 바를 올려도 되겠습니까?"

"무엇이었지?"

"여학도 모집에 묘안이 있겠느냐? 하문하셨습니다."

"그랬지. 그새 생각이 났느냐? 말해 보거라."

"저는 가난한 부모에게 버려지다시피 이화학당에 맡겨져 그곳에서 자라고 배웠습니다. 그런 학당은 부모네들이 딸을 보내기 꺼려합니다. 게다가 서양인이 하는 학당이니 더 내켜하지 않았지요. 허나 귀비 전하께서 직접 만드시는 학교라면 믿고 딸을 보낼 부모네가 꽤 있을 것입니다."

"그러한가?"

"이화학당에 학도들이 모이기 시작한 것은 황제께서 직접 교명을 지어주시고 현판을 내려주신 그때부터입니다. 배재

학당도 그러했습니다. 그러니 '황실에서 하는 학교다' 신문에 광고라도 내면 좋겠지만 나라 형편이 그렇지 못하니 양반집 가가호호 방문하여 알리면 됩니다. 명망 있는 가문의 규수들로 학교를 시작하면 얼마 안 가 너도나도 들어오겠다고 줄을 설 것입니다."

"양반 부모들이 딸을 보내려 하겠는가?"

"황제 폐하의 칙령과 전하의 언문 교지를 보이면 마음이 움직일 것입니다."

"좋은 생각이다. 꼭 양반이 아니어도 딸을 보내겠다면 받아주는 것도 좋겠구나."

"예, 전하. 요즘은 개화된 부모네도 많습니다."

"그럼, 그리 해보자."

귀비의 얼굴에 흐뭇한 미소가 떠올랐다.

'준원의 말이 맞았구나. 그가 사람 보는 눈이 있었어. 이만한 인물이면 진명여학교의 실무를 맡겨도 좋겠구먼.'

황귀비는 어딘가 자신과 닮은 구석이 있는 여메례황이 믿음직스러웠다.

+

'국력이 약해진 이유는 민족의 무지에 있다. 여자도 교육을 받고 배워야 한다.'

1906년 4월 21일 마침내 자하골(현 창성동)에 진명여학교가 개교하였다. 교장에 엄준원이 취임하였고, 학교 운영을 담당하는 학감에는 여메례황이 취임하였다. 황귀비 구국 이념의 첫걸음이 실현되었다. 학도 모집에 근심이 컸으나 황실에서 세운 여학교에 대한 믿음이 주효했나 보다. 양반가 규수들이 70명이나 지원하여 입학식이 풍성하였다.

진명부인학교 설립 <대한매일신보> 1906년 4월 21일

엄비 마마께서...(중략) 부인 교육의 필요성을 통감하시어 특별히 내탕금을 하사하사 학교를 설립하니...무의무탁無依無托한 부녀들을 우선적으로 선발하여 가르치기로 함이라.

진명학교 개업 <황성신문> 1906년 4월 24일

귀비 엄씨가 창립한 사립 진명여학교가 지난 21일 오후 2시에 개교식을 거행하였는데 학부대신(현 교육부장관) 및 각국 공사 부인들이 참렬하여 성황을 이뤘다고 한다.

명신여학교는 황귀비로부터 한성부 용동(현 수송동) 용동궁 480평 대지에 지은 75칸의 한옥을 하사받아 5명을 첫 학생으로 받아들여 1906년 5월 22일 개교했다. 정경부인 이정숙

李貞淑이 여성 최초로 교장에 취임하였고 일본인 후치자와 노에淵澤能惠가 학감에 취임하였다.

명신여학교 개교 <대한매일신보> 1906년 5월 22일

엄비 전하께서 경선궁 내에 명신여학교를 설립하시고 개교식을 거행하였는데 외부대신 이하 각부 대신들과 각 학교장 및 외국 빈객들이 다소 출석하여 성황을 이뤘더라.

여학을 창설함은 우리 대한에 처음 있는 경사라며 모두가 칭송하여 마지 아니하더라.

명신여학교 설교設校 <황성신문> 1906년 5월 23일

귀비 엄씨께서 여학교를 설립하시되 이름을 명신明新이라 하시고 어제(22일) 개교식을 거행하였는데 내외 귀빈이 구름처럼 모여 대성황을 이루었더라.

A Royal School(황실학교) 메리 스크랜튼*

나는 최근에 황귀비Lady Om께서 설립하신 도시 북부의 한 학교에 깊은 관심을 갖게 되었다.

과거 우리는 교육적인 부문에서 그녀의 도움을 기대하지 않았다.

그녀는 스스로 이렇게 말했다.

"지난 12년 동안 저는 많은 힘을 갖게 되었습니다. 학교를 위해 무언가 하고 싶다는 소망 없이도 많은 일을 해왔어요. 하지만 신神 께서 저의 마음을 바꾸셨고, 이제 이 일은 제가 진심으로 하고자 하는 일이 되었습니다."

황제 폐하께서는 건물 한 채를 하사하셨고, 황귀비는 자신의 사재로 그곳을 학교에 맞게 꾸미고 있다. 새로운 기숙사와 기타 필요한 건물들도 지어지고 있다. 현재 50명의 학생들이 재학 중이다. (중략) 황제께서 하사하시고 (화려하게 액자에 담아) 보내주신 교명은 진명여학교 Tjin Myeng Ye Hak Kyo 진보적 계몽 학교이다. 나는 우리의 소명에 부응할 수 있기를 바란다. (중략)

<The Korea Misson Field>

*Mary Scranton, 한국 최초의 여성 교육기관 '이화학당' 설립자로 미국 감리교 첫 부인 선교사.

핏빛 달

일본은 을사늑약을 명분으로 1907년 7월 20일 황제를 폐위시켰다.

'일본이 외교권을 대행하고 있는데 황제가 몰래 헤이그로 특사를 보낸 것은 국제 신의를 저버린 행위'라는 것이다. 이토 히로부미는 7월 18일 밤, 폭언에 가까운 경고로 황제를 압박했다.

"이와 같이 음흉한 방법으로 일본의 보호권을 거부하려 한다면, 일본은 대한국에 대해 선전 포고할 권리가 있음을 알아야 할 것입니다."

그로부터 열흘 뒤, 일본은 대한제국의 무력 저항 수단을 완전히 없애기 위해 군대를 해산한다.

'대한국은 재정이 핍절하여 군대를 유지할 능력이 없으므로 현대식 경찰 제도로 치안을 유지하는 것이 효율적이다' 그런 어처구니없는 명분을 내세웠다.

이토는 군대 해산의 정당성을 부여하기 위해 위선적이게도 시혜적 관점을 강조했다.

"대한국의 군대는 현재 국가를 방어하기에 부족할 뿐만 아니라 오히려 국가 재정을 좀먹는 존재다. 군인들을 해산시켜 산업 일꾼으로 돌려보내는 것이 진정으로 백성을 위하는 길이다."

황귀비의 비밀 서신

1909년 시월 스무여드레

사랑하는 내 아들 영친왕 전하 보셔요.

전하가 황태자로 책봉되자마자 강제로 일본으로 떠난 지도 어언 두 해가 지났군요.

그날, 열 살 전하가 낙선재의 조약돌을 챙길 때, 울며 배웅하는 궁인들에게 "잘들 있소!" 의연하게 인사하고 떠나셨다는 얘기 들었어요. 슬픔 한 켠으로 마음이 든든하였지요.

낙선재 수학원의 반두(급장)이고 월종月終시험에서도 늘 일등을 놓치지 않은 영민하고 효성 스런 전하이니 장성하면 반드시 기울어가는 이 나라를 바로 세울 것이라! 그리 믿습니다.

며칠 전 10월 26일, 이토 통감이 하얼빈에서 별세했다는 소식, 들으셨지요? 전하 보령 유충하시어 그 전후 사정을 자세히 알도록 기록하니 유념하세요.

1904년 동쪽 바다가 들끓던 그해, 일본과 러시아가 우리나라를 두고 전쟁을 벌였어요. 그 러일전쟁에서 일본이 승리했고, 포츠머스 조약(1905년)으로 러시아가 물러나자마자 일본은 강제로 '제2차 한일협약'1905년 (을사늑약)을 체결하여 외교권을 박탈하고 통감부를 설치하여 사실상 조선을 식민지화 하였지요.

그때 황제께서는 "나는 동의하지 않는다" 단호하게 거부
하시며 한일협약을 인허하지 않으시고 국새도 찍지 않으셨
어요. 황제의 승인을 받지 못하자 박제순, 이완용, 이근택,
권중현, 이지용이 조약을 체결하여 백성들은 이들을 '을사
오적'이라 부릅니다.

이 협약은 조약의 명칭도 없고, 황제의 서명과 국새가 찍히
지도 않았고, 황제의 위임장도 없는 외부대신 박제순이 날
인하였고, 군사적 위협 속에 강제로 체결되었으므로 국제
법상 무효입니다. 전하는 이 강압적인 협약이 무효임을 뼈
에 새겨 기억해야 합니다.

일이 이 지경에 이르렀지만 황제는 굴복하지 않으셨어요.
'제2차 한일협약'의 부당함과 일본의 야만적 침략을 전세
계에 알리려고 1907년 네덜란드 해아Den Haag에서 열린 '제
2차 만국평화회의'에 밀사를 파견하셨지요.

전 의정부 참찬 이상설, 전 검사 이준, 전 주러 한국공사관
참서관(외교관 이범진의 아들로 7개 국어에 능통) 이위종이 밀사
들이에요. 전하가 기억해야 할 또 한 사람의 밀사는 미국인
호머 헐버트에요. 그가 황제의 친서를 가슴에 품고 세 밀사
들과는 따로 활동하여 일본의 시선을 자신에게 집중시킨
덕분에 세 밀사들이 해아에 도착할 수 있었지요. 황제께서

깊이 신임하시는 은인이니 기억하세요. 그리 어렵게 갔건만 밀사들은 일본의 방해로 회의장에는 입장도 못하였지요. 그래도 장외 활동은 활발히 펼쳐 한일협약의 불법성을 여러 나라 신문에 낼 수 있었답니다.

이토 통감은 해아 밀사 파견의 책임을 물어 황제를 퇴위시켰지만 황제는 꿈쩍하지 않으셨어요.

물론 퇴위식에도 나가지 않으셨지요. 그러자 이토는 황제 없는 퇴위식, 새 황제 없는 즉위식을 꾸몄어요. 환관 두 명에게 무엄하게도 황제 대례복을 입히고 황제와 태자의 대역을 시켜서 가짜 양위식을 치룬 것입니다.

이토 통감 이야기로 돌아가서, 일본이 조선을 식민지화 하려들자 분노한 안중근 대한의군 참모 중장이 1909년 10월 26일 하얼빈 역에서 초대 통감 이토 히로부미를 저격한 역사적 의거이지요. 일본에게 침략당한 중국도 동남아 나라들도 감히 하지 못한 일을 안중근 장군이 해낸 것이에요. 나라가 이 지경이지만 폐하와 어미는 손 놓고 가만있지 않아요. 이 슬픔과 수치를 이겨내려고, 나라를 되살리려고, 여러 가지 일들을 하고 있답니다. 다음 편지에서 알려줄게요.

날이 추워질테니 옷 잘 챙겨입고, 일본에도 따뜻한 국이 있겠지요? 가리지 말고 잘 드세요.

어미가 편지를 백 통 천 통 쓴다 한들 내 귀한 아들을 향한 깊은 마음을 어찌 다 표현하겠어요.

전하! 부디 건강하게 잘 지내고 곧...만나요. 사랑하는 내 아들!

추신; 이 편지는 부치지 못하니 언젠가 전하가 오면 볼 수 있게 잘 보관해 둘게요.

제국익문사*帝國益聞社

*제국익문사: 1902년 창설된 황제 직속 국가 정보기관. 통신사, 신문사의 형태를 띠었으나 실제로는 황제의 밀서를 외국에 보내고, 국사범과 외국인의 간첩 행위를 탐지하는 등 국권 침탈을 막기 위해 최전선에서 활동하는 비밀요원들의 정보 조직이다.

하얼빈 발 급보 1909.10.26. 전보

이등박문이 합이빈哈爾濱(하얼빈) 정차장에서 한인 안중근의 총격을 수受하였고 안중근은 현장에서 피포(체포)되었음을 복주伏奏(엎드려 아룀) 하나이다

태황제는 생각이 많은 눈으로 책상 위에 놓인 하얼빈 발
전보를 내려다보았다. 해아 밀사 건으로 강제 퇴위당한 황제
지만 실권이 없다고 가만있을 일이 아니었다. 한밤중에 은밀
히 익문사 독리(수장) 이용익을 불렀다.

"이토가 죽었다. 이제 일본이 안중근을 여순으로 압송해
제멋대로 처단할 것이 뻔하다. 안중근을 일본 손에 넘어가게
둘 수 없다. 하얼빈은 러시아 관할권 조차지이니 국제법의
땅이다."

"그러하옵니다, 폐하."

어좌 아래 꿇어엎드린 이용익이 머리를 깊이 숙였다.

"지금 당장 러시아 공사관에 연락하라. 사건 발생지가 러
시아 관할 구역임을 강력히 주장하고, 안중근을 러시아 법정
에서 재판받도록 조처하라!"

"예, 폐하."

"아니다. 급하다. 밀사를 파견한다. 받아 적어라."

이용익이 재빨리 옷 안에서 무색의 용액과 펜을 꺼냈다.
익문사 요원의 비보祕報(보고서) 나 황제의 특명은 묵서墨書(먹
글씨)를 사용하지 않는다. 백반 등 화학 용액을 써서 아무것
도 없는 백지처럼 보이게 한다. 보이지 않는 글자를 읽으려면
현상액을 발라 화학 반응을 일으키거나, 불에 비추어 열을
가하거나, 미리 약속된 조치를 취해야만 글자가 나타난다.

또한 비보는 이중 보안 체계로 되어 있어서 종이 앞면에는 일상적 안부나 물건 영수증 따위를 쓰고 진짜 내용은 뒷면이나 글 행간에 쓴다. 지금처럼 중요한 황제의 특명은 문장이 아니라 숫자와 한자로 치환된 암호여서 해독이 더욱 어렵다. 일제의 감시가 삼엄하여 비보가 발각되더라도 내용을 알 수 없게 하는 것이 중요하기 때문이다.

용익은 황제가 부르는 이름과 숫자들이 공중에 흩어지기 전에 민첩하게 받아적는다. 블라디보스토크로 파견할 밀사는 익문사 요원 '송선춘' '조병한' 두 사람이다.

"송선춘은 러시아 변호사와 영국 변호사를 선임하여 재판 관할권을 변경하라. 안중근을 전쟁포로 대우를 받게 하라. 블라디보스토크 한인 동포들로 집회를 열어 구명 활동을 펼쳐라."

이를 위해 황제는 막대한 내탕금을 하사하셨다.

"법적인 방법이 어려울 시, 조병한이 안중근을 여순 감옥에서 탈출시켜라! 그것도 용이하지 않을 시, 러시아 측의 협조를 얻어 어떡해서든 안중근의 신변을 인도 받으라."

펜이 지나간 자리에는 촉촉한 흔적만 남았다. 오직 이용익의 머릿속에만 새겨진 투명한 기록이다. 누가 이 종이를 가로챈다 해도 깨끗한 빈 종이에 불과할 것이다. 안중근의 운명이 하얀 종이 속에 유령처럼 숨어있는 듯하였다. 이용익은

밀서를 넣은 봉투에 대한제국 황제의 상징인 오얏꽃과 성총
보좌聖聰補佐라는 글귀를 넣은 인장을 찍어 봉했다. 독리는
밀서를 품 깊숙이 넣고 그림자인 듯 어둠 속으로 스며 사라
졌다.

*안중근의 아명.

"나는 대한의군 참모중장 자격으로 독립전쟁을 수행하다
포로가 된 것이다. 나를 국제법에 따라 전쟁포로로 대우하
라!"

태황제의 귀에는 함녕전 장지문을 흔드는 바람 소리도 안
중근의 외침으로 들린다.

지금 일제는 태황제가 안중근에게 동조하는 기색이라도

보일까, 극도로 경계하며 역도의 말을 강요하고 있다. 신문에 대고 이렇게 말하시오! '안중근의 행위는 폭동이며 국가에 해를 끼쳤다.'

황제가 소리쳤다. "안중근의 행위는 우국이며 백성에 희망을 주었다!"

안중근의 유가족이라도 돕고 싶었지만 일제의 방해로 그마저도 여의치 않았다. 황제는 신문이 놓인 책상을 내려치며 스스로에게 다짐하였다.

"안중근의 당당함, 그 용기는 시퍼런 칼날이다. 이제는 그의 희생을 역사의 무게로 받들어야 한다. 이 무거운 현실 앞에서 더는 흔들릴 수 없다. 이 상황을 돌파해야 한다! 방책을 찾아야 한다!"

딛고 선 땅이 무너지다____1910.8.29. 경술국치

이것이 내 조국의 끝이란 말인가...

귀비는 손도 안 댄 저녁 수라상을 내려다보며 한숨을 삼켰다. 폐하께서는 아침부터 내리 상을 물리시고 식음을 전폐하신다. 귀비도 억지로 권하지 않는다. 경술국치의 날. 나라가 일본에 합병된 마당에 물 한 모금 넘기기도 죄스럽다. 밖에서

는 수많은 민족지사와 백성들이 자결하는 순국이 이어지고
있다.

나라가 무너지는 순간을 두 눈 뜨고 마주하고 있는 황제
는 헤아릴 수 없는 슬픔과 절망으로 용안이 잿빛이 되었다.
귀비는 그저 황제 곁을 지킬 뿐 위로의 말을 찾지 못하였다.

"우리나라의 법도와 주권을 다 빼앗기고 말았다. 얼마나
오랜 세월을 지켜온 나라인데, 이렇듯 허망하게 무너지고 말
았구나."

"할 수 있는 일이 많지 않으셨지만 폐하께서는 그 속에서
나마 고뇌하며 애써오셨사옵니다."

황제는 눈을 감고 깊은숨을 내쉬었다.

"어떡해서든 민족의 혼을 보전해야 한다. 아무리 비굴한
세월이지만 왕실이 살아있는 한, 과인의 목숨이 붙어있는
한, 잃어버린 국권을 되찾을 것이다. 내 기어이 살아남아서
그날을 보리라!"

"꼭 그리 될것이옵니다, 폐하!..."

귀비가 눈물 가득한 눈으로 황제를 바라보았다.

황제가 귀비의 손을 잡았다. 뜨거운 손이었다. 귀비는 황
제의 차가운 손을 두 손으로 감싸안았다. 손과 손을 통하여
단단한 연대감과 어쩔 수 없는 무력감이 동시에 전해졌다.
깊은 절망 속에서 두 사람은 서로에게 기대어 통곡하였다.

귀비는 교육을 통한 국권 회복을 꿈꾸었으나 나라가 완전히 넘어가 버렸다. 그동안 일궈온 학교들이 일제 식민지 교육으로 오염될 생각을 하니 절로 탄식이 터져 나왔다. 그나마 일본에 재산을 다 빼앗기기 전에 학교를 세운 것은 참으로 다행한 일이었다.

일본은 '제실재산정리국'이라는 듣도 보도 못한 기구를 만들어서 대한제국 황실의 재정을 빼앗으려는 작업을 거의 완성했다. 황족 개인 재산을 국유화라는 명목으로 몰수해버리면 황실을 쉽게 억누를 수 있기 때문이다.

갑자기 귀비가 소리 내어 웃으며 무릎을 쳤다.

"전하, 무슨 좋은 일이 있으시옵니까?"

박 상궁이 의아한 얼굴로 귀비를 바라보았다.

"옥금아. 일제가 요즘 내 재산을 빼앗으려 혈안이 아니냐. 헌데, 내가 먼저 선수를 쳤지 않느냐. 황실의 재정은 백성에게서 나온 것이다. 그 재물을 학교로 백성들에게 되돌리니 한량없이 기쁘구나. 하나도 아니고 셋씩이나 말이다."

"아니옵니다, 전하. 네 개이옵니다. 평양 진명도 있지 않사옵니까."

"오! 그래, 그렇지. 평양 진명학교까지 넷이로구나!"

"전하. 꼭 누가 시킨 듯 그리하셨사옵니다."

'누가 시킨 듯?'

옥금의 말에 문득 떠오르는 사람이 있었다. 메리 스크랜튼!

메리 선생은 이런 말도 했다. '하나님께서 미리 준비해 주십니다.' 정말 신의 계시였든가!

평양군 소재 애국여학교가 재정 문제로 문 닫을 위기에 처했다는 보고가 있었다. 제2차 한일협약을사늑약 이후 뜻있는 민간의 지사들이 전 재산을 들여 학교를 세웠지만 그저 가르치기만 해서 되는 일이 아니었다. 학도들의 식사와 숙박까지 다 부담하다 보면 결국은 재정난으로 문을 닫게 되는 것이 흔한 수순이다. 이에 귀비는 애국여학교를 인수하여 '진명여학교'로 개명하고 서울 진명여학교의 분교로 세웠다. 서울 진명이 어느 정도 자리가 잡혀가기에 총교사 여메례 선생이 평양 진명 교장에 취임하였다. 빼앗길 위기의 재물로 없어질 위기의 여학교를 살려내어 더 번듯하게 세웠다.

진명여학교 지교 설립 <대한매일신보> 1907년 7월 10일
황실에서 평양군에 진명여학교 지교(분교)를 설립ᄒ고 본교 총교사 여메례황씨가 前往(전왕) ᄒ야 (앞서 가서)개교식을 거행하얏ᄂ대 교비금(학교운영비) 四百圓(400원)을 下賜하사 ᄒ옵섯다더라

7. 사랑할 때와 죽을 때

활동사진 상영회

1911년 여름은 영친왕이 유학 명목으로 볼모가 되어 일본에 끌려간 지 사 년째가 되는 해이다. 일본은 열 네살이 된 이은 생도의 일상을 담은 활동사진을 조선 왕실에 보내왔다.

이태왕(고종) 전하는 외국 사신을 접견하는 서양식 전각 구성헌九成軒에 영사기를 들여놓고 발달한 나라들의 근대적 도시 모습이며 낯선 풍물들을 관람하곤 하였다. 특히 잘 훈련된 외국의 군사 퍼레이드 영상은 되풀이해 보면서 은밀히 새로운 꿈을 꾸는 황제 혼자만의 시간이었다. 귀비도 때때로 구성헌에 와서 자신이 설립한 양정, 진명, 숙명의 운동회 장면 등을 관람하면서 학교의 발전상을 확인하곤 하였다.

오늘은 즉위 후 창덕궁으로 이어한 이왕(순종)과 윤왕후(순종비)를 초대하여 몇 남지 않은 왕실 가족끼리 관람하기로 하였다. 귀비는 식구나 다름없는 영친왕의 보모상궁 송설당과 상궁에 오른 옥금이도 불러 함께하였다. 상영을 기다리는 귀비의 얼굴은 아들을 만나는 설렘과 슬픔이 뒤얽힌 복잡한 감정으로 붉게 상기되었다.

　재작년, 아직 이토가 살아있던 여름에 귀비는 통감에게 대들 듯이 따져 물었었다.

　"통감. 일본학교는 방학도 없소? 방학에는 와서 부모를 봐야 하지 않소. 방학 때마다 보내주겠다고 이 함녕전, 바로 이 자리에서, 통감 입으로 약속하지 않으셨소? 왜 지키지 않는 것이오?"

　"왕세자 전하를 위해서입니다. 아직 모든 것이 낯설고 서툰 전하께 공연한 혼란을 줄까 염려해서지요. 교육 전문가가 전하를 면밀히 보살피고 있습니다. 왕세자 전하의 학업이며 생활이 안정되었다, 판단되면 그때는 말씀 안 하셔도 보내드릴 것입니다. 근대적 교육이라는 것이 그런 것입니다."

　그 이토는 죽었다.

　창마다 커튼이 쳐지고 스크린에 영상이 떠올랐다.

　열 네 살 빡빡머리 소년이 나타났다. 떠날 때의 어린 티는 간데없다. 하얗던 얼굴이 까맣게 탔다. 소년은 자고 난 이불을 손수 정리하고, 손수 방을 청소하고, 손수 제복을 다린다.

　귀비의 눈에 눈물이 맺혔다. 그러나 이내 눈물을 훔치고 얼굴을 가다듬는다.

　일본 육군중앙유년학교 예비과 생도 이은이 일본 국기에

경례하는 모습이 영상에 떴다.

아! 숨죽인 신음소리, 낮은 울음소리가 소리 없는 영상에 입혀졌다.

총기를 분해하고 조립하는 이은의 진지한 얼굴이 화면에 가득하다. 꾹 다문 입, 날카로운 눈빛은 이제껏 보지 못한 낯선 모습이다. 그 총기인가. 어느 들판에서 이은이 엎드려 총을 쏜다. 영상은 빠르게 전환한다. 흙먼지를 일으키며 달음박질하고, 열을 지어 행진하고, 들리지는 않지만 구호를 외치고…훈련에 집중하는 이은 생도의 모습은 하나 같이 다 낯설었다.

죽은 이토가 웃는다.

자, 보아라. 조선의 왕세자가 일본의 충실한 군인이 되어가는 저 모습을!

귀비가 주먹을 꽉 쥐었다. 손에서 식은땀이 났다.

휴식 시간인가. 생도들이 흙바닥에 앉아서 점심을 받는다. 이은 생도의 흙 묻은 손에도 주먹밥 한 덩이가 얹힌다. 왕세자 전하께옵서 한 입 듬뿍 베어 드신다. 물 한 모금 없이, 따뜻한 국 한 시저 없이.

귀비는 귀하디 귀한 아들 영친왕이 흙먼지 속에서 주먹밥 한 덩이로 끼니 때우는 모습에 큰 충격을 받았다. 아무리 볼

모로 데려갔어도 조용히 학교에나 다니는 줄 알았지, 저리 고생하는 줄은 몰랐다. 귀비는 식음을 전폐하고 앓아누웠다.

폐하가 미음이 담긴 소반을 앞세우고 경선궁에 들었다.

"이보오 귀비. 일어나 한 시저 떠 보오. 이러다 큰일 나겠소."

"황공하옵니다 폐하…"

"귀비. 일본이 영친왕 영상을 보여준 의도를 알아야 하오. 군사훈련 받는 모습을 보여주며 '영친왕이 이렇게 일본에 잘 적응하고 있다. 대한제국의 황태자가 일본의 군인으로서 철저히 길들여지고 있다' 그것을 보여주려는 것이오. 왕실의 기를 꺾으려는 술수지. 그럴수록 우리가 정신을 차려야 하오. 자, 한 시저만 들어보오."

폐하의 권유에 귀비가 억지로 몸을 일으켜 받아먹었다. 그 즉시로 토했다.

"어의는 이르라. 귀비가 왜 이러는 것이냐?"

"예 전하. 토사곽란으로 기혈이 막힌 데다가 장독(장티푸스)이 겹친 줄로 아옵니다."

폐하가 귀비의 이마에 손을 얹었다.

"열이 불덩이다. 방법이 없겠느냐? 무슨 수를 써서라도 귀비를 살려내거라!"

이태왕 전하가 신문을 집어 던졌다.

그 애틋한 아들을 단 한 번을 안 보여주어 한을 품고 가게 하는가. 천하의 몹쓸 사람들. 사람이 운명 직전에 하는 말에는 거짓이 없다 하였거늘 '양 폐하의 지극한 어짐과 사랑 아래'라고? 숨넘어가는 순간에도 귀비는 왕세자의 안위 생각 뿐이었구나. 그 경황에 마음에도 없는 말을 하였어. 그대의 마지막 말이 과인의 가슴에 살처럼 꽂힌다. 귀비는 정녕 지혜로운 여인이오!

황귀비 전하 유언____1911년 7월 20일 덕수궁 즉조당

"양정은, 진명은, 어찌 되었느냐?"
"잘 되고 있사옵니다."
옥금이가 울면서 아뢰었다.
"명신은 반드시 조선인 교장이어야 한다."
"염려마오소서. 이정숙 교장이 굳건히 지키고 있나이다."
"내가 죽은 뒤에도 학교들은 잘되어야 한다. 인재를 계속 길러내야 한다...궁핍한 학생이 있는지 늘 살펴...학업을 중단하지 않게...돌봐다오."
"그리하겠나이다, 꼭 그리하겠나이다, 전하."
영친왕의 보모상궁 송설당이 울음을 억누르고 말씀 올렸다.
"고맙구먼. 꼭 그리..."
귀비께서 더는 말씀을 잇지 못하고 간신히 손을 들어 가슴

을 두드리셨다.

"폐하의 안위가...위태롭다. 어쩌면 좋을고..."

"소인네 목숨 바쳐 폐하를 지키겠나이다."

"옥금이 네가 수라를...살피거라..."

"예 전하. 명 받자옵니다."

옥금이가 소리 죽여 울며 귀비 얼굴의 식은땀을 연신 닦아
낸다.

귀비가 자꾸만 헛손질을 하였다. 손에 쥐고 있는 영친왕
사진을 보려 하나 팔을 들 힘이 없다.

"보고 싶구나, 내 아들...우리 영친왕 전하...아들을 못 보
고...원통하다..."

"오고 계시옵니다! 곧 도착하실 것이옵니다! 정신 차리소
서, 전하!"

옥금이가 소리쳤다.

"....."

"전하! 전하!"

"...나라가 어렵다. 장례를...번잡히...말거라."

귀비는 영친왕 사진을 손에 꼭 쥐고 서거하였다.

전보 한 장

방금 이은 생도는 (육군중앙유년학교) 예비과생도 주임으로 부터 호출을 받고 숨이 차게 달려왔다.

"데라우치 조선 총독 각하로부터 전보가 왔다. 읽어주겠다. 이은 생도 귀국 허락."

영친왕은 기쁨으로 몸이 떨렸다. 어제 어마마마께서 병 중이시라는 전보를 받고 학교장에게 귀국 요청 서류를 넣고 기다리는 중이었다.

조선 왕세자의 귀국은 일본 정부와 조선총독부의 결정 사항이고, 최종적으로 조선총독부 데라우치 총독의 허가가 떨어져야 가능한, 매우 예민한 문제였다. 그동안도 두 분 마마의 생신이나 이왕(순종) 전하의 일로 여러 번 귀국을 요청했었으나 번번이 거절당했다. 이번에는 데라우치 총독이 직접 허락했으니 정말 조선에 갈 수 있게 되었다.

영친왕은 급히 귀국길에 올랐다. 비록 병 중이시지만 어마마마를 뵙게 되어 설레고 가슴이 뛰었다. 사 년 만이다. 배와 기차를 갈아타는 일이 조금도 피곤치 않았다.

그러나 영친왕이 조선에 도착했을 때는 귀비께서 서거하신 뒤였다. 어마마마의 임종도 지키지 못한 채 장례식에 상주로 참여하게 되었다. 사람들은 일본 군복을 입고 장례식에 나타난 영친왕을 보고 놀랐다. 조선 상복도 입지 못하고 상주 노릇을 하는 영친왕은 망국의 상징 같았다.

영친왕은 돌아가신 어마마마를 뵙고 마지막 인사라도 드리려 했으나 일본은 갖은 핑계로 막았다. 장질부사는 돌림병이라 옮아서 안된다, 귀한 신분은 죽은 시신을 보면 안 된다 등등.

일본은 영친왕이 국내에 오래 머무는 것을 경계하여 장례 중간에 본국으로 돌려보냈다. 결국 하관식 등 남은 절차는 상주인 영친왕 없이 치러졌다. 귀비께서는 임종의 순간까지도 그토록 보고 싶어 하던 아드님의 마지막 배웅도 받지 못하였다.

장례는 국장급 예우로 치러졌다. 특히 사람들의 이목을 끈 것은 여학생들의 참여였다. 황귀비가 설립한 진명, 숙명 두 여학교 학생들은 장례 행렬에 직접 참여하고 학교 안에도 분향소를 설치하여 조문하였다. 양정의숙 남학생들은 장례 행렬의 질서를 돕고 운구 행렬의 뒤를 따르며 설립자에 대한 예우를 표했다. 황귀비의 서거는 단순히 왕실 한 인물의 죽음을 넘어 대한제국 근대교육을 이끈 큰 인물의 상실로 받아들여졌다.

+

황제의 마지막 승부 – 왕의 여자 하란사

함녕전 이태왕 집무실에서 젊은 여자의 음성이 낭랑하게 울려 퍼졌다. 이화학당 총교사 하란사河蘭史다. 그녀는 경성에서 발행되고 있는 선교사 저널 <코리아 미션 필드The Korea Misson Field>를 황제께 읽어드리는 중이다. 긴 문장이 끝났다. 황제가 나직한 음성으로 말씀하셨다.

"이번 파리강화회의가 우리나라에게는 더할 나위 없는 기회다. 하여…"

황제가 말씀을 뚝 끊었다.

대전 상궁이 밤참을 들고 들어왔다.

"어서 책을 읽어라."

하란사가 다시 영어 문장을 읽기 시작했다.

황제가 상궁을 향하여 무덤덤하게 명하였다.

"거기 놓아라. 밤참은 영어 공부가 끝나거든 들이거라."

"예, 전하. 식혜가 시원하옵니다."

"그래, 알았다."

상궁이 식혜와 다과를 탁자 위에 올려놓고 다소곳이 물러 갔다.

"이제 한참 안 들어온다. 그 파리회의 말이다. 미국 윌슨 대통령의 민족자결주의를 기본 정신으로 한다니 참으로 하늘이 내린 기회가 아니냐."

"그렇습니다, 폐하."

"하여, 짐이 특사를 파견할 생각이다."

"예, 폐하."

"그대와 의친왕 강堈이 학교 동문이라지?"

"예? 예. 오하이오 웨슬리언 대학교Ohio Wesleyan University 에서 전하를 여러 번 뵈었습니다."

"들었다. 간간이 영어책을 읽으면서 이야기하자. 엿듣고 있 을 것이다."

그녀가 유창한 영어 발음으로 몇 줄 더 읽었다.

"그래서 강과 선생을 특사로 파견하고자 한다."

"...하명하소서."

그녀는 놀랐지만 침착한 태도를 유지하였다.

"강은 황실의 대표로서 상징적 무게를 지닌다. 선생에게는 실질적 외교 활동을 수행하는 막중한 임무를 내린다. 짐이 밀서와 비밀문서를 줄 터이니 국제회의에 가서 여러나라 대표들에게 보여라. 대한제국의 독립을 당당히 요청하거라. 영어책을 읽어라."

하란사는 입으로는 저널을 읽으면서 머리로는 파리 국제회의를 생각하였다. 예전에 가끔 황제의 통역으로 궁에 들어왔고, 황귀비마마 생전에는 학교 설립 문제로 뵈옵곤 하여 궁이 낯설지 않았다. 그런데 방금 엄청난 미션을 받고 보니 새삼 왕실의 무게가 느껴지며 가슴이 뛰었다.

황제께서 소중히 간직해 온 비밀문서를 보여주었다.

"1882년에 체결한 조미수호통상조약이다. 이 조약에는 '거중조정居中調整' 조항이 있다. 조선이 외국과 분쟁하거나 침해를 당할 경우, 미국이 중재에 나서 주권을 보호해 준다는 내용이다. 이번 파리강화회의에 이것을 가지고 가면 미국이 조선의 독립과 자주권을 위해 힘이 되어 줄 것이다."

황제는 모르고 있었다. 1905년 7월 일본 총리 가쓰라와 미국 육군장관 태프트가 밀약을 맺었다는 사실을. 일본은 미국의 필리핀 지배권을 인정했고, 미국은 일본의 한반도 지배권을 승인했다. 이 가쓰라-태프트 밀약은 같은 해 11월 을사늑약을 체결하는 일본의 발판이 되었다.

황제가 뒤편 책상 서랍에서 작은 상자를 꺼내서 하란사에게 주었다. 금지환이었다. 그녀가 의아한 얼굴로 황제를 바라보았다.

"신표다. 비밀특사의 증표지. 몸에 지녀도 의심받지 않게 금지환으로 준비했다. 안을 보거라."

반지 안에는 그림인지 글자인지 모를 이상한 도안이 새겨져 있었다.

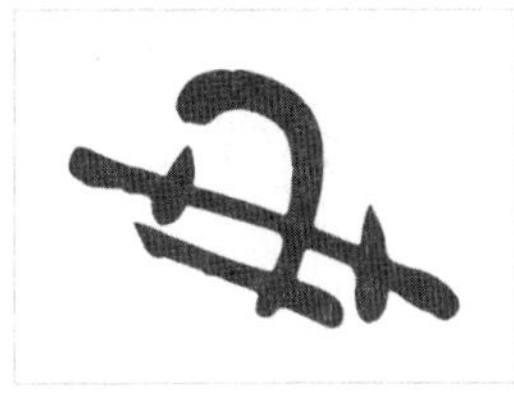

"황제의 수결(서명)이다. 무슨 글자인지 알아보겠느냐?"

"모르겠습니다."

"날개 익翼자다."

"날개요?"

"날개로 백성을 감싸안는 의미다. 또한 비상과 번영을 뜻하기도 한다. 대한제국이 다시 날아오르기를 바라는 짐의 소원이지. 황제의 명령을 사칭하는 경우가 많다. 그 보안장치이기도 하다."

"검처럼도 보입니다. 강한 느낌이 좋습니다, 폐하."

"잘 보았다. 열강의 국가 원수들에게 보내는 친서에 자주 사용한다. 국새를 찍기 어려운 비밀스런 문서에 '이것은 황제의 뜻이다' 증명하는 확실한 표식이다."

"폐하, 목숨 바쳐 실행하겠나이다."

하란사는 황제가 오랫동안 간직해온 비밀문서와 밀지를 소중하게 가방에 넣었다. 이번 일만 성공하면 나라가 독립할 수 있다! 그녀는 얼굴에서 열이 나고 가슴이 뛰었다. 어떤 위험이 닥쳐도 헤쳐나갈 자신감이 솟구친다. 정말 아무것도 두렵지 않았다.

황제는 궁중의 얼마 남지 않은 패물을 팔아서 파리로 가는 비용을 마련해주었다. 그동안은 군 현대화와 외교 활동에 필요한 자금을 내탕금 형태로 외국은행에 예치해 두어 여유가 있었다. 러시아 청나라 합작 형태인 '러청은행' 비자금은 이용익 명의로 이용익이 관리하였다. 독일계 은행인 '덕화은행' 내탕금은 헐버트를 통해 관리하고 활용했다. 「이 자금은 오직 황제 폐하의 지시에 의해서만 인출된다」는 특별 조항도 달아놓았다.

얼마 전 황제는 비용이 필요하여 헐버트에게 인출을 명했다. 이용익은 망명하여 독립군을 돕다가 블라디보스토크에서 객사했다고도 하고 암살당했다고도 한다. 은행에서 헐버트는 기겁하였다. 두 은행 모두 잔고가 0. 헐버트가 여러 경로로 알아본 결과는 놀라웠다. 이완용의 형 이윤용이 황제의 인장을 위조하여 인출해 갔다는 것이다. 이토가 황제의 내탕금이 독립군에 흘러 들어가는 것을 알고 미리 손을 썼다.

황제는 그 밤 잠들지 못하였다. 밤하늘의 쏟아질 듯 빛나는 무수한 별들까지도 야속하였다.

"일모도원日暮途遠이라. 해는 저물었는데 아직 갈 길은 멀구나."

+

황제가 내린 자금으로는 턱없이 부족하였다. 하란사는 아버지가 물려주신 포목점을 처분하여 부족한 자금에 보탰다. 그녀는 국외에서 활동하는 독립운동가들과 은밀히 정보를 주고받으면서 본격적으로 파리회의 준비에 돌입했다. 황제께서 하명하셨다.

"을사년의 조약과 한일합방 조약은 모두 군대를 동원하여 강제 체결한 것이다. 결코 황제의 긍종肯從(기꺼이 따름)이 아님을 공표하라."

황제의 하명은 잘 옮겨 적었다. 문제는 인사말. 몇 줄 안 되지만 조선의 첫 여자 밀사로서 '품위' 있고 '알맹이'가 있고 '인상적'인 첫 마디를 고심중이다. 쉽지 않았다.

난로 위 주전자가 하얀 김을 내뿜으며 교수실에 구수한 보리차 냄새를 퍼뜨린다. 선생은 창가에 서서 뜨끈한 컵의 온기로 손을 녹이며 창밖을 바라보았다. 메마른 나뭇잎이 거센 바람에 이리 쫓기고 저리 쫓기며 굴러다니고 있었다. 차고 건조한 바람이 부는 몹시 추운 날이다.

"절기가 대한大寒이니 한창 추울 때지."

그녀는 혼잣말을 하다가 문득 의친왕의 당부가 떠올랐다.

"궁에 첩자가 많아요. 총독부에 벌써 말이 들어간 것 같소. 밀지와 비밀문서를 찾으려고 혈안이 되어 있다 하오. 나도 미행이 붙어서 운신이 어렵소. 각별히 조심하시오."

그녀도 감지하고 있었다. 어디를 가든 누군가에게 뒤 밟히고 있다는 것을 느끼고 있었다. 그녀는 황제께 받은 밀지와 비밀서류가 든 가방을 쳐다보았다. 가방은 책상 의자 등받이에 걸어둔 옷으로 숨겨두었다. 자나 깨나 곁에 두고 있지만 자칫 탈취당할 수도 있겠다 생각하면 소름이 끼쳤다.

급한 노크 소리에 깜짝 놀랐다.

"선생님. 손님 오셨습니다. 급히 뵈어야 한답니다."

학교 급사가 힐끗 옆 손님을 쳐다보았다. 벽에 가려져 손님은 보이지 않는다.

선생이 미쳐 대답도 하기 전에 보이지 않던 손님이 쓱 앞으로 나섰다. 복색은 아니지만 태도로 보아 궁인임을 알 수 있었다.

"이태왕 전하를 모시는 상궁입니다."

역시. 한 번도 본 적이 없는 얼굴이었다. 선생은 상궁의 어두운 낯빛에서 직감했다. 총독부에서 알아챘구나! 파리회의 계획이 틀어진 거야.

상궁이 안으로 들어서더니 방문을 닫고 하란사 앞에 섰다.

"앉으시지요."

선생이 의자를 권했다.

"간밤에 전하께서 승하하셨습니다."

상궁이 뻣뻣이 서서 군인처럼 보고하였다.

이게 무슨 말이지? 폐하께서 승하? 갑자기? 그럼 파리회의는? 선생은 멍한 얼굴로 얼어붙어 서 있었다. 소식을 전한 상궁이 반절을 하고 급히 방을 나갔다.

나라에 중대한 일을 앞두고 폐하가 승하하셨다고? 그날 뵈었을 때만 해도 강건하셨다. 궁에서는 무슨 일이 벌어지고 있는 것일까. 그녀는 십수 년 전 일이 떠올랐다. 러시아를 끌어들여 일본을 견제하려는 중전 마마를 일본은 서슴없이 시해했다. 이번에는 황제였던가. 끊임없이 국제사회에 밀사를 파견하여 조선의 독립을 주장하는 황제. 눈엣가시였겠지. 헤이그 때는 강제 퇴위였다. 그때보다 더 막강한 파리강화회의는 죽음이라는 것인가.

선생은 무너지듯 책상 의자에 앉았다. 가방을 열어보았다. 미국에서부터 쓰던 짙은 자주색 가죽가방이다. 밀지도 비밀 서류도 그대로 있었다. 그녀는 그길로 가방을 옆구리에 꽉 끼고 교수실을 나왔다.

집에 도착하자마자 곧바로 짐을 챙겼다. 일단 나라를 벗어나야 한다. 뒷일은 북경에 가서 의논하고 움직이기로 한다. 황제의 뜻은 국제사회에 전해져야 한다. 지금은 그것만 생각하자.

밤에 누가 찾아왔다. 의친왕 전하께서 보낸 나이 어린 사내아이였다.

"전하께서는 장례 때문에 꼼짝 못하십니다. 그리고 이것도 전하라 하셨습니다."

인편에 쪽지도 보내셨다.

빈 종이였다. 비서秘書다! 일단 촛불에 쬐어보았다. 서서히 잿빛 글자가 나타났다.

헌병대 소속 밀정 배정자가 선생을 쫓고 있소.
폐하의 승하도 그들 짓이요. 부디 건승을 비오!

하란사는 파리로 가는 길에 독립투사들과 만나 의논할 생각으로 베이징에서 내렸다. 그곳 교민들이 만찬회를 열어 그녀를 환영해 주어 조선에서의 슬픔을 잠시나마 잊을 수 있었다. 경성역에서부터 밀정이 따라붙어 기차를 몇 번이나 갈아타고 오는 길이었다. 그러나 누가 알았을까. 밀정이 먼저 와 기다리고 있는 것을. 그녀는 만찬에서 음식을 먹은 뒤 갑자기 급사하였다. 그길로 병원으로 옮겼지만 손 쓸 틈도 없었다.

현지 일본 영사관에 의하면 '1919년 4월 10일 북경의 서양인 병원에서 사망. 사인은 유행성 감기로 인한 병사'라고 현지 신문을 인용해 기재해 두었다.

선생의 시신을 확인한 남편 하상기는 시신이 검게 변해있었다고 증언하며 독살을 강력히 주장했다.

일제의 사주를 받은 인물에 의해 암살당했다는 소문이 파다한 가운데 이토 히로부미의 양녀였던 배정자가 관련되었다는 소문도 들린다.

유해는 북경에서 화장되어 정동교회에서 추도식을 거행했다. 유물로는 하란사 선생이 늘 가지고 다니던 자주색 가죽가방과 낡은 성경책뿐이었다.

하란사 선생의 순국 이후 신한청년당의 김규식 대표가 파리에 파견되어 '대한민국 임시정부 파리위원부'를 설치하고 외교 활동을 펼쳤다. 그러나 파리강화회의는 제1차 세계대전 승전국들이 패전국의 처리를 위해 모인 자리였기 때문에 역시 승전국인 일본의 식민지 조선은 논의에서조차 제외되었다.

황제의 사인死因에 대하여 일본 어의는 뇌일혈(뇌졸중)로 진단했다.

그 진단을 믿는 사람은 없었다. 백성들은 황제가 독이 든 식혜를 마시고 죽었다는 풍문을 굳게 믿었다. 식혜를 올렸던 두 궁녀가 갑자기 죽었다. 궁녀들을 사주한 범인으로 장시국장인 한창수, 시종관 한상학, 자작 윤덕영이 지목되었지만 아무도 그들에게 죄를 묻지 않았다. 물을 수가 없었다. 황제의 시신을 수습했던 사람들은 살해당하거나 의문을 죽음을 당했다.

황제의 인산因山(국장)에 참여하려고 전국 팔도에서 백성들이 서울로 올라왔다. 애도와 설움과 분노로 민심이 들끓었다. 황제의 죽음은 백성들이 망국의 한을 터뜨리는 뇌관이 되었다.

인산이 사흘 남은 3월 1일, 인사동 태화관에서 민족 대표 33인의 독립선언서 낭독이 있었다. 원래는 탑골공원에서 거행하려 했으나 대규모 군중이 모이면 큰 혼란이 일어날 것을 우려하여 장소를 옮겼다. 그때 탑골공원에 모여있던 민중들은 지도부가 나타나지 않자 자체적으로 독립선언서를 낭독하고 "대한독립만세!"를 외치며 거리로 쏟아져 나갔다. 이를

신호로 시민들이 합세하여 전국적인 만세운동으로 확산되었
다. 거리에는 수많은 깃발들이 펄럭였다.

대한독립만세. 민족자결 수호. 한국독립만세. 대한국 황제
만만세. 세계평화수호.

황제의 죽음은 통곡에 휩싸여있던 거리를 비분강개한 독
립운동의 장으로 바꿔버렸다.

그해(1919년) 9월 상하이에서 애국지사들이 임시정부를 수
립하고 '조선공화국'이란 새 국호를 준비했다. 대의원회의에
서 긴급동의가 나왔다.

"새로운 민국은 조선이 아니라 대한제국을 계승하는 것이
마땅합니다."

대의원들이 만장일치로 대한민국이란 국호를 채택했다.

황제의 죽음은 한 역사의 끝이자 새 역사의 시작이었다.

Å

지워진 대한제국 황후

1판 1쇄 발행 | 2026년 4월 21일

지은이 | 권현숙
펴낸이 | 박정자

일러스트·컨셉디자인 | 안정인
편집 | 박은혜 / **디자인·제작** | 허인무

펴낸곳 | 도서출판 기파랑
등 록 | 2004. 12. 27 제300-2004-204호
주 소 | 서울시 종로구 대학로8가길 56 동숭빌딩 301호
전 화 | 02-763-8996 / 02-3288-0077
팩 스 | 02-763-8936

이메일 | info@guiparang.com
페이스북 | facebook.com/myguiparang

ⓒ 권현숙, 2026

ISBN | 978-89-6523-455-5 03810